KB126941

박상설의 자연 수업

아흔 살 캠퍼의 장쾌한 인생 탐험

박상설 지음

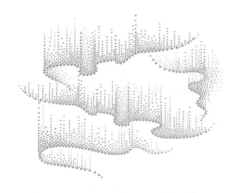

박상설의 자연 수업

나무와숲

개정판을 펴내며

김지혜

나무와달 대표, 《잘 산다는 것에 대하여》 기획·편집

이 책은 2014년 토네이도 출판사에서 펴낸 박상설 선생님의 《잘 산다는 것에 대하여》를 새롭게 개정한 것입니다. 안타깝게도 이 판본에는 개정판을 위한 저자 서문을 싣지 못했습니다. 박상설 선생님께서 2021년 12월 23일에 자연의 품으로 완전히 돌아가셨기 때문입니다. 생물학적 자연사를 맞이하기 전에 이미 실존적 죽음의 순간을 스스로 치러낸 위인偉人이시라 마지막 순간은 지극히 평화롭고 고요했을 것입니다. 평소 즐겨 듣던 잠피르의 팬플루트 연주곡 〈외로운 양치기〉가 곁을 지켰을 테고요.

지구의 입자였던 선생님이 우주의 파동으로 화해 영원히 자유로워졌음을 압니다. 그런데도 남은 이들은 헤아릴 수 없는 상실감과 그리움으로 선생님을 추모합니다. 아흔셋 노익장의 쩌렁쩌렁한 목소리, 거침없는 행동, 인간 세상의 모든 구속을 떨쳐버린 자유로운 기상을 누구에게서 발견할 수 있겠습니까. 자연에 뛰어들어 생사의 경계를 일찌감치 내려놓은 박상설 선생님이셨기에 가능했던 세계였고, 한없이 깐깐했으나 한없이 따뜻했던 베이스캠프였음을 우리는 기억합니다. 선생님의 뒤를 이어 오대산의 캠프나비 농장을 보살피는 유족 박서형, 온라인 커뮤니티 '캠프나비 행동하는 레저인문학'을 지키는 엘크, 출판사 나무와달이 만나 생전에 남기신 단 한 권의 책을 살리는 작업에 착수하게 된 까닭입니다.

선생님은 《잘 산다는 것에 대하여》를 출간한 뒤로도 눈을 감는 날까지 7년여간 끊임없이 글을 쓰고 칼럼을 발표하셨습니다. 야지에서 뒹굴다 돌아오면 기록을 남기는 일에 목숨을 걸 듯하셨습니다. 현대인들이 자연의 뭇 존재, 야생의 세계를 잊지 않고 찾아올 수 있도록 나침반이 되고자 하셨던 게지요. 자연, 교육, 문화, 자유의 어우러짐에 대한 독특한 주제 의식은 여전히 팽팽했고 현장에서 쓰인 글은 자연의 생기로 가득했으며 때로는 시가 되기도 했습니다. 그러나 이 모든 글을 모아 또 다른 책을 만들기보다는 당신이 직접 쓰고 검수했던 첫

책을 되살리는 일이 급선무라는 데 뜻을 모았습니다.

10년 만에 선생님의 원고를 다시금 매만지면서 그때는 보지 못했던 더 깊고 더 넓은 세계를 만났습니다. 깐깐한 성정 속에 뜨거운 다정과 세심이 깃들어 있었음을 이제야 알아보았습니다. 혼자일 때라야 자유롭지만 함께하면 더 아름답다는 걸, 그래서 나이·성별·계층을 불문하고 당신을 찾아오는 이를 절대 거부하지 않으셨다는 걸, 그 큰마음을 이제야 이해하게 되었습니다. 당신의 말과 글이 왜 그토록 필사적이었는지도 캠프나비에 직접 가보고 나서야 깨달았습니다. 하얀 구절초가 하늘하늘 웃으며 맞이하던 고랭지 농장은 주인이 없어도 자연이, 우주가 이미 오래전부터 보살피고 있더군요.

늙어가는 데는 별난 기술이 필요하다고 목청을 키우던 노인, 자신의 글은 자연처럼 늙지도 죽지도 않는다고 일갈하던 작가, 말과 글로 가르치려 들기보다 함께 트레킹하듯 곁에서 보폭을 맞춰주던 어른, 《월든》을 쓰기 위해 숲속 오두막에 은둔했던 헨리 데이비드 소로와는 결이 달랐던 행동가, 어떤 수식어로도 모자란 그분의 우주에 《박상설의 자연 수업》을 고이 올려둡니다.

캠프나비의 영원한 전설,
박상설 선생님을 그리며

엘크
온라인 살롱 '캠프나비 행동하는 레저인문학' 운영자

"청순한 기쁨은 오직 자연에서만 얻을 수 있다."
"자연의 법칙을 거스르지 말고 순리대로 행동해야 한다."

작금의 세상을 향한 마지막 당부이자 호소였던 박상설 선생님의 간절한 외침이 자꾸 가슴을 친다. 내게는 '깐돌'이라는 호칭이 더 자연스러운 선생님은 구순을 훌쩍 넘긴 나이에도 과거의 잘못된 관습과 인습의 굴레에서 과감히 벗어나 부조리한 세상에 반기를 들고, 나이는 숫자에 불과하다는 사실을 절제된 언행으로 증명하며, 가족은 물론 어떤 누구에게도 의존하지 않고 오롯이 본인 의지대로 일상의 모든 일을 인문학적 내공으로 척척 해결하며 사셨던 어른다운 어른이다. 선생님의 이런 생활 방식을 두고 혹자는 시대착오적 발상이라며 조소했는지도 모를 일이지만 말이다.

깐돌 선생님이 떠나가고 없는 이 지구상에서 선생님과 단 한 번이라도 만나 이야기를 나눠본 사람이라면 선생님이 설파하셨던 무위자연無爲自然이야말로 우리 시대가 직면한 모든 문제에 대한 해결의 실마리임을 공감하지 않을 수 없을 것이다. 아울러 선생님께서 보여주신, 세대를 초월한 깊은 사고와 특별했던 삶의 방식은 이 시대의 진정한 어른상에 대한 존경심의 발로이자 사무치는 그리움이 되고도 남는다.

운명적인 만남이었을까? 2021년 초여름 깐돌 선생님을 만나 뵙게 된 기쁨도 잠시, 그해 겨울 선생님은 홀연히 세상을 떠나셨다. 당시 백 살 청춘을 눈앞에 두고 계셨던 선생님께서는 나를 쉰 살 상늙은이로 치부하셨지만, 지구에서 마지막 6개월이라는 꿈만 같은 시간을 함께해주셨다는 사실만으로도 나는 생애 최고의 행운과 축복을 누렸다고 생각한다.

그렇게 깐돌 선생님과 압축적으로 교류하던 어느 날, 오래전에 세계 오지를 여행하던 시절의 이야기를 흥미진진하게 들려주신 적이 있다. 내용인즉, 미국 알래스카의 어느 눈 덮인 숲속에 들어 야영하던 새벽 무렵, 글쎄 덩치 큰 엘크elk 한 마리가 은근슬쩍 깐돌 선생님 곁으로 다가오더니 한참을 꿈쩍 않고 먼 산과 하늘을 응시하다가 슬그머니 가더라는 것이다. 깐돌 선생님은 "엘크의 시선이 머문 그 허공에 나란히 시선과 호흡을 맞추며 자연과 한 몸이 되어 아침을 맞이했던 바로 그 순간의 정조情調는 인간의 언어로는 도저히 표현하기 어려운, 큰 희열감 그 이상의 무엇이었다"라고 당시를 회상하셨다.

그날 이후 깐돌 선생님은 엘크를 지상에서 가장 맑고 순수한 영혼을 지닌 존귀한 동물로 여기게 되셨다는데, 엘크형 인간상에 대한 기대감을 갖고 내게 그 귀한 이름을 덥석 붙여주셨다. 우스운 이야기 같으나 어느 날 갑자기 나는 그렇게 깐돌 사부님으로부터 엘크로 불리기 시작했고, 그때부터 엘크의 희망 사항은 온 숲과 산을 맘껏 노닐며 맑고 순수한 영혼을 끊임없이 갈구하는 것이 되었다.

깐돌 선생님과 대화하면 만사가 명쾌했다. 무엇보다도 우리가 자연을 닮아가야 하는 이유와 우리에게 자연을 닮은 호흡이 필요한 이유에 대해 사변적 지식이나 겉치레 삶이 아닌 꾸밈없는 언행으로 명쾌한 답을 주셨으며, 한결같은 마음으로 자연을 통한 삶의 본질을 강조하셨다.

특히 나이가 들어갈수록 편리함만을 추구하거나 가족을 비롯한 누군가에게 의지하려는 피동적인 노년의 삶을 단호하게 경계하셨다. 오로지 주체적인 삶의 주인공으로 젊은이보다 더 젊은 패기와 열정을 끝까지 보여주셨고, 그런 강단 있는 모습이 깐돌 선생님의 대표적 아이콘이자 캠프나비*의 소중한 유산이 되었다.

이제 깐돌 선생님은 가고 없다. 하지만 생전에 일구셨던 주말레저농원 캠프나비와 온라인 살롱 '캠프나비 행동하는 레저인문학'을 통해 선생님의 유지遺志는 꾸준히 이어지고 있다. 선생님이 남긴 영토가 이 시대에 걸맞은 생명력을 더해 제2의 캠프나비로 거듭나는 날을 상상해본다. "자연과 더불어 공동의 선을 함께 찾아가는 과정 자체가 삶의 청순한 기쁨이자 가장 큰 즐거움 중의 하나"라고 말씀하셨던 선생님의 유훈을 나를 비롯해 이 살롱에 참여하는 분들이 모두 행동으로 옮겨 나설 때를 기다린다.

있는 그대로 가식 없는 깐돌 선생님의 심플라이프 Simple Life는 이미 여러 사람에게 삶의 이정표이자 나침반이 되어주고 있다. 선생님은 돌아가시기 직전까지도 '자연, 교육, 문화, 자유'라는 주제로 총 4학기 동안 캠프나비 커리큘럼을 공들여 준비하며 캠프나비 벗님들과 그 뜻을 함께 펼

치고자 하셨다. 그러나 1학기를 채 마치기도 전에 유명을
달리하셨다. 이 점이 못내 아쉽고 안타까웠는데 깐돌 선생
님의 유일한 저서가 복간된다는 소식을 들으니 참으로 반
갑고 기쁘다.

  "나는 죽어서도 끝까지 글을 쓰겠노라" 하시며 삶의
마지막 순간까지도 산과 들과 숲을 찾아 그리도 좋아 헤매
셨던 깐돌 선생님. 당신이 지구별에 남긴 의미 있는 행적들
이 잊히지 않기를 바라는 우리들의 간절한 소망이 텔레파
시가 되어 저 우주 너머 어딘가에서 뒷짐 지고 산책하고 계
실 깐돌 선생님을 이렇게 다시 소환한 것은 아닐까? 깐돌
선생님의 못다 한 이야기와 캠프나비 커리큘럼 중 미완성
으로 남은 주제들에 대한 궁금증과 아쉬움이 이 책을 통해
조금이나마 해소되기를 기대해본다.

  말보다는 오직 행동으로 평생 일군 '레저Leisure', '노동
선禪', '주말 농農', '문화 살롱의 즐거움'까지 '인간'과 '자연'에
대한 무궁한 사랑을 실천하며 '행동하는 인문학'으로 엘크
와 같은 세상의 주변인과 그들의 그늘진 삶을 위무해주고
묵묵히 자신만의 길을 걷다 간 절대 자유인! 인간이 자연의
한 부분임을 느끼는 것 자체가 가장 큰 행복임을 반드시 일
깨워주고 싶은, 이 세상의 또 다른 엘크를 향한 깐돌 선생

님의 쩌렁쩌렁한 목소리가 다시 들려오는 듯하다.

어서, 깨어나라! 혼자서 일어서라!

삶은 말로 설명할 대상이 아니라 직접 보여줘야 할 그 무엇이다.

아무리 훌륭한 생각이라도 작은 실천만 못하다. 당장 행동하라!

아, 그립고 보고 싶은 깐돌 선생님…….

*캠프나비Camp nabe는 박상설 선생님께서 50년 넘게 직접 운영하신, 강원도 홍천 숲속에 자리한 '열린 인성 캠프(주말농장)'의 명칭으로, 'nabe'는 'natural'과 'being'의 합성어(na+be)로 '자연에서의 나의 존재'를 일컫는다. 자연이 제 스스로 그러하듯이 우리도 일상에 얽매이지 않고 자연으로 귀의歸依하는 삶을 추구하자는 의미를 내포하고 있으며, 특히 'nabe'는 '나비'가 꽃과 꽃을 매개하여 자연을 풍요롭게 하듯이 사람과 사람을 맺어 보다 나은 세상을 만들고자 하셨던 깐돌 선생님 평생의 신념과 의지를 담은 상징어이기도 하다.

자연인 박상설이 권하는
인생의 도전과 지혜와 기쁨

이장무

전 기후변화센터 이사장, 전 서울대학교 총장

나는 시간이 나면 가까운 숲을 자주 찾고 산에도 오른다. 자연의 풍우에 적응하며 자라는 야생의 풀과 나무가 좋아서다. 자연에는 울타리도 벽도 없이 수많은 생명체가 조화와 균형을 이루며 살아간다. 서로 소통하고 자유로움과 기다림으로 자연의 섭리에 순종하며 신비로운 생명력을 보여준다. 인간 사회도 물 흐르듯 막힘이 없는 자연 생태계를 닮아갈 때가 자연스러운 것이다. 그래서 우리는 숲과 자연을 좋아한다.

국내외에 오른 숲과 산이 셀 수 없을 정도인 박상설 선생은 숲을 누구보다 사랑하고 자연과 하나 되는 삶을 실천하는 분이다. 세계 여행 중에도 호텔에 묵지 않고 늘 들판의 천막이나 침낭 속에서 자연의 향기를 만끽하는 기행을 이어가고, 결혼식 예복은 물론 일상의 물품이 중고품이나 재생품 일색인 선생은 자연의 섭리에 누구보다 충실한 분이다. 또한 그의 엔트로피적 세계관과 철저한 실천 정신은 위기의 기후변화 시대를 맞은 우리에게 강렬한 메시지를 던진다.

박상설 선생은 박식한 사상가이며 행동하는 실천가이지만 동시에 아름다운 시를 즐기고 가슴을 울리는 수필을 쓰는 뛰어난 문필가다. 영국의 역사가 아널드 토인비는 인류 문명의 역사는 자연의 도전에 대한 인류의 응전이 이룬 역사라 했다. 우리 인류가 이룬 문명의 진보가 초래한 환경 파괴와 기후변화 같은 역작용은 언젠가 우리를 위험에 빠뜨리는 덫이 될 수 있다. 박상설 선생은 뛰어난 공학자이며 특급감리사 1호로서 '무질서 상태의 세상을 향해 가게 하는 엔트로피 증가를 최대한 줄이는 생활'이야말로 자연과 지구를 지키는 일이라는 것을 강연과 사진, 수필로써 논리적으로 설파하고 있다.

90세를 바라보는 오지 탐험가이자 심리치료사 그리고 칼럼니스트로 활동하며, 홍천 내린천의 캠프나비 주말 레저농원에서 열린 인성 캠프를 운영하는 박상설 선생의 특이한 삶 자체가 우리의 호기심을 자극한다. '마지막 스승

은 자신을 산에 버리는 것'이라고 말하는 박상설 선생의 체
험과 사색이 녹아든 이 책에서 인생의 도전과 지혜와 기쁨
이 무엇인지를 독자들이 깨닫게 되기를 바란다.

자연 그 자체인
한국의 에머슨

이상기
《아시아엔THEAsiaN》 대표이사, 아시아기자협회 창립회장

박상설 선생을 보면 19세기 미국 시인 에머슨과 그의 시가 떠오른다. 에머슨이 내 옆에 슬며시 다가와 속삭인다.

"박상설 선생을 본받으시오. 그가 하자면 하고, 그가 가자면 가시오. 그는 자연주의자가 아니오. 자연 그 자체라오. 내가 150년 전 쓴 시의 주인공을 이제야 한국 땅에서 만났구려. 당신은 참 행복하군요. 한 가지 약속해주오. 당신도 내 시구처럼, 그리고 박 선생처럼 그런 세상 만들어주시구려."

박상설 선생님을 진작 만났으면 하는 후회를 이따금 한다. 그런데 지금 이 순간 그분의 책에 감히 추천 글을 쓰면서 괜한 후회란 걸 깨달았다. 시간은 길이가 아니라 질이란 사실과 함께.

016

에머슨의 시를 붙이며 글을 마친다. 《아시아엔》을 빛내
주신 박 선생님께 감사 인사를 드리게 돼 더 행복하다.

성공한 삶이란

| 랠프 월도 에머슨

자주 그리고 많이 웃는 것

현명한 이에게 존경을 받고

아이들에게 사랑을 받는 것

정직한 비평가의 찬사를 듣고

친구의 배반을 참아내는 것

아름다움을 식별할 줄 알며

다른 사람에게 최선의 길을 발견하는 것

건강한 아이를 낳든

정원을 가꾸든

사회 환경을 개선하든

자기가 태어나기 전보다

세상을 조금이라도 살기 좋은 곳으로

만들어놓고 떠나는 것

자신이 한때 이곳에 살았음으로 해서

단 한 사람의 인생이라도 행복해지는 것

이것이 진정한 성공이다

장중하고도 상쾌한 도전의 삶을
맨몸으로 보여주다

정현홍
전 국립공원관리공단 탐방관리이사

자연과 인간이 조화를 이룬 아름다운 국립공원은 국민 모두의 것이기에 고객의 소리를 듣고 업무에 융합하는 경영을 꾀하지만 쉬운 일은 아니다. 그런데 금년 초에 변화의 조짐이 생겼다. 박상설 선생의 칼럼을 탐방지원처장 주관으로 인터넷에서 오랫동안 검색 관찰한 결과 새 시대를 향해 자연 레저 문화가 나아갈 방향을 체계적으로 공감했다.

그래서 바로 박상설 선생을 국립공원관리공단 등산학교의 외래 강사로 초빙했다. 직원을 대상으로 한 강좌지만 나는 매번 빠지지 않고 정책개발 아이디어를 얻기 위해 등산학교 간부들과 함께 청강한다. 첫 강의 시간은 한마디로 충격이었다. 90세 가까운 노익장의 파워 특강은 어디서도 들을 수 없는 가슴 치는 명강의였다. 행동이 생각을 앞서

바로 지금 해치울 뿐이라 했다.

처음 보는 흥미진진한 레저 장비를 배낭에 잔뜩 메고 와 손수 몸으로 야지에서와 같이 거칠고도 신나게 우리를 매료시켰다. PT 프로젝트를 위시해 완벽하게 마련한 첨단의 커리큘럼 교재 준비도 놀라웠다. 스크린에 비친 사진은 국내외 오지와 세계의 극지를 탐험한 진기한 자료로 가득 차 우리 젊은이들을 무색하고도 아연케 했다.

박상설 선생의 삶은 한마디로 자연과 함께하는 다큐의 스토리다. 하도 신기하고 호기심이 일어 〈박상설의 자연 속으로〉라는 칼럼을 작심하고 탐독했다. 아, 그냥 한없이 마음이 가라앉으며 편하다. 그렇다, 박상설 선생의 글은 편안하다. 긴장과 응축보다는 너그러움과 넉넉한 상념으로 그냥 자연이다. 그러면서도 생을 단호하게 밀고 나간다.

내친김에 박상설 선생이 혼자 사는 집을 습격해 몸소 살림하는 모습을 보았다. 우리 일행은 오대산 북쪽 자락에 위치한 선생의 주말농원에서 캠핑하며 한 줌의 씨도 뿌렸다. 박 선생의 심플라이프, 소박한 삶의 진수를 같이 뒹굴며 배우기 위해서다. 선생의 칼럼으로 워크숍도 하고 밭에서 바로 뽑아온 싱싱한 푸성귀로 입맛을 돋우었다.

글과 한 점의 어긋남이 없는 선생의 삶은 시 같다. 또

한 창중하고도 상쾌한 도전의 삶을 보여준다. 눈부신 감성의 승리이며 손대는 것마다 첨단을 헤쳐나가는 진취적 생이다. 사유와 행동을 묶어 벤처 인생을 경영하며 '행복', '잘 산다는 것'의 의미를 엿보게 한다. 박상설의 신명 나는 국민 행복 프로젝트의 캐치프레이즈는 '맑고 자유롭게 자연으로!' 그 자체다.

가을을 맞아 새로 탄생한 박상설 선생의 책을 읽으며 자연 속으로 빨려들어 삶의 행간 속에 여백이 가득하기를 염원한다.

우리 모두 들어야 할
90세 청년 이야기

나공주

전 국립공원관리공단 탐방지원처장, 전 지리산국립공원본부장

뇌졸중으로 죽음의 문턱에 섰다. 산업화 시대에 앞만 보고 달려온 삶의 대가였다. 의학의 힘으로 생명은 잠시 연장했지만, 남은 삶은 미래가 없음을 직감했다. 지금까지와는 다른 '가지 않은 길'을 가야겠다는 결심이 선 순간, 재활을 마다하고 병원 문을 나섰다. 동행은 배낭 하나뿐이었다. 그의 '자연으로의 여정'은 그렇게 시작되었다. 레저 문화 칼럼니스트이자 자연치유사, 캠핑 애호가 '90세 청년' 박상설이다.

그 후 27년. 인천에서 차로 세 시간 거리인 홍천에 위치한 농원, 그는 늘 그랬듯 오늘도 차가운 새벽 공기를 가르며 주말농원으로 향한다. 가을에 뿌려놓은 들꽃이 싹을 틔우고 기다리고 있기 때문이다. 농장이라지만 산더덕, 곤드레, 야생화와 채소가 산풀과 섞여 자라는 밭과 자그마한

비닐하우스가 전부다. 산자락 농원에 햇볕이 쏟아지듯 내린다. 그는 배낭을 베개 삼아 장 지오노의 《나무를 심은 사람》을 다시 펼친다. 아들과 아내를 먼저 잃은 슬픔을 승화시켜 프로방스의 황무지를 거대한 숲으로 바꾼 엘제아르 부피에의 삶이 무엇이었을까 생각한다. 그의 정신은 서서히 맑아지고, 몸은 목마른 나무에 물이 오르듯 한다.

그와의 첫 만남은 올해 1월이었다. 캠핑 열풍이나 자연 레저 문화에 대한 고객의 소리voc를 듣고 업무 연계성을 살피기 위함이었다. 소위 자문을 위해서는 요청받은 기관을 방문하는 것이 상례지만 그는 달랐다. 본인의 집을 방문해주기를 원했다. 그렇게 그와의 첫 만남은 호기심과 놀라움의 연속이었다. 뇌졸중으로 쓰러졌던 구순九旬 가까운 노인이라고 할 수 없는 꼿꼿함과 열정, 또 모든 의식주를 스스로 해결하고 있다는 것이 놀라웠다.

무엇이 그로 하여금 병마를 다스릴 수 있는 힘을 갖게 했으며, 청년 정신으로 살게 했을까?

우선 자연으로의 여행과 걷기였다. 숲을 걸으며 우울증을 치유한 사례와 산을 꾸준하게 찾으면 혈액 속에 깨끗한 산소가 공급되어 암 예방에 도움이 된다는 의학적 소견도 있다. 산에서는 신선한 바람, 계곡 물소리, 새들의 노래

등 자연의 리듬에 몸이 안정되어 혈압 수치가 내려간다. 유명한 산일 필요도 없다. 그저 두세 시간, 무리 없이 걸을 수 있는 집 가까운 산이면 충분하다.

다음은 세상을 바라보는 태도다. 사람들은 숲에서 다양한 생명체들이 어울려 살아가는 자연의 질서를 보고 삶에 순응하는 자세를 배운다. 숲은 나를 뒤돌아볼 기회와 긍정의 힘도 준다. "질병의 근원적 치유 능력은 환자 본인에 있고 의사는 보조 역할이다. 같은 증상의 환자일지라도 성격이 쾌활하고 긍정적이면 치유 속도도 빠르다"라고 정형외과의사 김현정 박사는 말한다. 중요한 것은 본인의 의지나 긍정의 태도라는 것이다. 산이나 의술도 스스로 돕는 자를 돕는다고 해야 할까.

2014년 4월 16일 발생한 세월호 참사로 많은 이들이 힘들어하고 있다. 극적으로 살아난 어린 학생들이나 사랑하는 사람을 먼저 보낸 가족들이 겪어야 할 정신적 외상도 걱정된다. 위에서 언급한 바와 같이 60대에 이미 난치의 큰 병을 가졌던 상늙은이가 90세 나이에 청년 정신으로 살고 있다. 이 사실 하나만으로도 그의 삶을 존중하게 된다.

'90세 청년'의 시크릿Secret 노트에는 이렇게 적혀 있다. "나는 자연을 친구로 두었고, 긍정의 태도를 갖기 위해 노

력하고 있으며, 어떤 일에도 사변적 지식이 아닌 몸으로 부
딪치는 삶을 살고 있습니다."

모두가 바라는 행복,
잘 산다는 것에 대하여

모두가 바라는 '행복', '잘 산다는 것'의 의미는 무엇인가? 이 책을 준비하는 동안 이 물음 하나가 가슴을 쳤다. 나는 아마도 이 문제를 독자들과 이야기하고 싶었나 보다.

나는 내 방식대로 살아왔다. 틀을 깨고 몸을 굴려 야지에 살아남아 오늘도 자연에 논다. 생계를 위시해 일상의 모든 일을 호미질하며 김매듯 살아낸다.

내 삶을 한마디로 요약하면 도전의 삶이다. 그 주적主敵은 나다. 구속이 자유라고 믿고 고통 뒤에 즐거움이 온다는 이 행동 원칙은 젊은 날 밥벌이의 지겨움과 숙엄한 자연에서 나를 혹사하며 깨우쳤다. 인생의 허무나 좌절, 갈등, 번민 따위를 걷어치웠다. 순간을 살아내고 뒤돌아보지 않는다. 마치 자연처럼!

삶은 고통의 연속이다. 피할 수 없고 살아낼 수밖에 없다. 생계를 위한 무기는 오직 부지런함뿐이다. 나는 스물네 살 때부터 부모와 여동생 일곱을 부양하고, 곧이어 생긴 내 식구 넷까지 더해 서른 살에는 열한 명의 가족을 부양하는 가장이 되었다. 그것도 6·25 전화戰禍와 보릿고개의 처참한 시절의 이야기다. 초급장교 복무, 건설부 근무, 퇴근 후 대학 재수생을 가르치는 학원 강사와 가정교사, 부업용 집 장사 등을 죽기 살기로 해냈다. 내가 벌지 않으면 가족이 죽기 때문이었다. 결과적으로 가족이 나를 사람 되게 했다.

때때로 생지옥에서 도망치고 싶었다. 피난처는 산이었다. 이후로 숲과 산이 고향이 되었다. 나는 세상의 허무와 무상을 보아버린 허망함을 산길에 묻으며 연민의 자국을 지워나갔다. 무슨 수를 써서라도 틈을 만들어 만사를 제치고 속세를 떠나 저 멀리 자연을 껴안고 삶의 고뇌를 삭혔다. 그것만이 만신창이로 살아온 나를 위로했다.

나는 인간 공장 쪽보다 자연 생태계에 신경 쓴다. 제로 스트레스의 숲에서 노닌다. 오직 자연을 사랑할 뿐, 사람을 사랑한다고 함부로 말하지 않는다. 아름다움이 진실이며, 진실이 아름다움이다. 허나 아름다움이 진실보다 우위에 있다. 나와 자연과 문예 정신이 한 몸 되면 바로 거기에 즐거움이 있다.

자연의 아름다움에서 오는 순수 무궁한 정서를 인문 정신으로 살아내는 행동의 기쁨을 추구한다. 가슴 조이는 경탄과 기쁨을 자아내는 자연의 질서와 그 안에 깃든 오묘한 것들을 흠모하는 삶을 좇는다. 이 근원적 원리를 삶의 교서教書로 삼고, 그 기쁨의 복을 여러 사람과 행동으로 공유하고 싶다.

돈이 먼저냐 즐거움이 먼저냐, 이것이 고민될 때도 있다. 일의 보람을 느끼며 돈을 벌어 절제된 소박한 삶으로 마음의 풍요를 누리는 것, 이 판가름은 철학과 문화 수준의 안목 차이로 결정된다. 삶의 방식은 사람의 수만큼이나 천차만별이고 욕구를 무엇으로 채우느냐에 따라 운명이 바뀐다. 생활 형편이 어렵더라도 정신세계를 가꾸는 사람이 있는가 하면 반대의 사람도 있다. 결핍이 나를 다스리는 채찍이고 채근이다.

이렇게 하면 삶의 고통은 줄어들고 삶의 품격은 높아진다. 진리에 가장 가깝고 독자적이며 유연하고 막강한 엔트로피entropy적 세계관으로 살 일이다. 시간은 화살이다. 인생은 불가역不可逆이며, 돌이킬 수 없는 숙명에 갇혀 산다. 사변적 말꼬리가 아니라 행동으로 살 일이다. 홀로 존재하는 절대적으로 순수한 색은 없다. 자연의 색을 음미하며 나라는 일인칭을 버릴 때 내가 자연이다.

사람들은 못 사는 것과 잘 사는 것에 분명한 선이 그어져 있다고 믿는다. 그 선이란 것이 재화財貨다. 재화는 중요하다. 하지만 재화는 마음대로 좌지우지 못 한다. 잘 산다는 것은 너무도 중요한 인생의 명제이기에 나는 삶의 틈새마다 '자연풍의 놀이'를 슬쩍 끼워 넣어 노는 듯 일하고 일하는 듯 논다. 아흔이 가까운 나이지만 하고 싶은 것 여한 없이 다 하며 공고히 살아내고 있다. 내게는 자연이 직장이다. 죽는 날까지 자연으로 출근하고 걷다가 쓰러질 것이다. 늘 숲을 동경하며 그렇게 하나 될 것이다.

자연이란 '원시原是'를 일컫는 말이다. 나는 가능한 한 원시 상태를 끼고 산다. 자연의 창을 통해 세상을 바라보면 고달픈 세상살이도 한결 낫게 보인다. 자연에 놀다 보니 심플라이프의 무임승차 노인이 됐다. 나는 일상을 레저 놀이로 꾸며 마냥 자연에 뒹군다. 자연은 그냥 흘러간다. 그대로 버려둔다. 그대로 좋다. 덩달아 내가 좋다.

시집 한 권 들고 숲에 들자. 주중엔 열심히 일하고, 주말엔 야영하고 농사짓고 산에 가고 여행하자. 이것이 자연을 모태로 삼은 레저 문화다. 감성과 호기심을 유발하고 땀 흘려 일하고 땅에 뒹굴어 건강을 다지며 마음을 넉넉히 하는 평화로운 삶이다. 깊은 숲에서 보들레르의 시편에 몸을 떨며 스스로 아름다워지는 앤솔로지의 기쁨, 무엇으로 이 감동을 사랴!

여한 없다. 자연에는 근심 걱정 따위가 없다. 허나 나는 고뇌한다. 사유하는 고뇌의 고통은 얼마나 멋진 게임인가. 레저 놀이는 삶의 근본인 행복 프로젝트다. 서재를 박차고 숲을 두리번거리며 뭔가에 젖어 독백한다. 밤에는 사력을 다해 글을 쓴다. 레저 놀이는 글로 완성된다. 나의 글은 늙는 것도 죽는 것도 잊은 채 몸을 펜대 삼아 흙에 흔적을 남기는 처절한 기록이다. 위트와 재주 넘치는 찬란한 글은 모른다.

세련된 레저 놀이 훈련으로 세계화를 향한 가정 경쟁력을 키운다. 새롭고 다양한 레저 놀이 기술을 배우고 흥미진진한 모험 서바이벌로 단련한다. 각종 레저 장비의 취급 사용에 통달한다. 그리하여 숲으로 산으로 바다로 쇼핑 간다. 주말에 땀 흘려 밭을 가꾸고 텃밭에 무릎 꿇고 절하며 고마움을 느낀다. 아름다운 영혼과 향기로 가득하다. 내 생애는 오늘을 위한 모든 날이었다.

나는 주말레저농원을 47년이나 이어오며 국내외 오지를 피와 땀으로 탐험해왔다. 그 전쟁터 이야기를 글재주도 없으면서 〈나침반〉이란 제목으로 칼럼을 써서 캠프나비 동호인들과 나누어왔다. 그런데 그 글이 사람들 사이에 흘러다니며 마음과 마음을 주고받는 일이 벌어진 모양이다. 이런 인연으로 글이 점차 퍼져나가면서 강의 요청도 들어오고 〈나침반〉을 교재로 한 현장 체험 워크숍도 열게 되었다. 신문사와 방송매체에서 인터뷰와 출연 요청이 쇄도해 깐돌이 노인은 때아닌 외도로 경악했다. 그러던 중 아시아기자협회 창립회장이자 《아시아엔》의 발행인인 이상기 대표이사가 안면 없는 나를 칼럼니스트로 발탁했다. 이를 계기로 〈박상설의 자연 속으로〉라는 칼럼을 연재하게 되었다.

이런 흐름이 결국 이 책으로 이어진 것인가. 올 3월에 갑자기 면담을 신청하는 메일 한 통이 날아왔다. 2년 넘게 내 칼럼을 애독해왔다며 토네이도 출판사의 김지혜 기획실장이 책 출간을 제의해왔다. 전부터 몇몇 출판사와 지인들로부터 책 출간을 권고받은 터였지만 엄두가 나지 않아 숙제로 묵혀두고 있었다. 그를 직접 만나 보니 출간에 대한 열정이 대단했다. 박상설의 자연 이야기에 오랫동안 몰두하고 고민한 흔적이 역력했다. 마음을 전하는 흐름이 바로 자연이었다.

나는 그날 바로 그에게 출간을 허락하고 원고를 모두 넘겼다. 내게도 이례적인 일이었다. 토네이도에서 펴내는 이 책이 그야말로 돌풍이 되어 국민 모두를 행복의 대열로 빨려들게 하고 삶을 이완시켜 여백의 행복을 맛보게 되기를 바라며!

여생이 얼마 남지 않은 노인의 글을 읽고 격려해준 수많은 독자들, 등산학교 외래 특강을 이 노인에게 맡겨준 국립공원관리공단, 강연과 칼럼으로 뜻을 함께해준 파랗게 날 인문학연구공간에 감사드린다. 30년 동안 나와 산을 함께하며 여러 면으로 힘을 보태준 성진종합무역 안상길 회장, 나의 강의 준비와 샘골의 캠프나비 운영을 제 일처럼 도와준 남택희 전 경향신문 윤전기술국장과 EMMOL 사업본부장 정종은에게도 각별한 감사를 전하고 싶다.

자연에서 뒹굴다 돌아와 한 줄 한 줄 적어 내려간 글이 어느덧 이렇게 책으로 묶여 세상에 빛을 보게 되다니!

2014년 9월

샘골 숲에서 박상설

차례

1강
사람은 무엇으로 사는가

2강
어떻게 살아갈 것인가

3강
생각이 깊어지는 삶이 행복하다

4강
홀로 숲을 이루는 나무는 없다

사람은 무엇으로 사는가

때때로 죽음을 생각하십시오
그 위에 당신의 삶을 설계하십시오
오늘이 마지막이라고 생각하십시오
죽음의 기로에 서 있음을 안다면
인생의 무게가 한층 더해질 것입니다

늦기 전에,
더 늦기 전에

무척 덥다. 글을 쓰려고 책상머리에 앉았는데 다시 일어서고 만다. 글이 더 나아갈 수 없는 막다른 골목에 갇혔다. 더 뒤적거려본들 마땅한 생각이 떠오를 것 같지 않다.

집을 박차고 나선다. 생각이 집에 갇히면 움츠러들고 세상 밖으로 나가면 날개를 펼치기 때문이다. 참으로 희한한 일이다.

나는 하던 일이 막막해지면 길 위로 나선다. 생뚱한 곳에 있다는 '느낌' 하나면 충분하다. 걸어야 길섶의 들풀과 바람을 만난다. 신발을 벗어 들고 맨발로 색시걸음을 걷는다. 발바닥이 아파 견딜 수 없다. 그래도 살그머니 걷는다. 기진한 몸에 힘이 솟기 시작한다. 가능성은 늘 걷기에 있다. 작열하는 폭양을 피해 바닷가의 숲에 든다.

가끔 걷던 길이다. 오늘은 웬일로 저만치 붉은 해당화가 활짝 피어 있다. 언젠가 반겨 보았던 가시 돋친 그 꽃, 멀고 먼 길은 너를 만나기 위해서였구나. 산다는 것은 이런 거구나……

어디서 끝날지도 모르는 길이 굽이굽이 휘감는다. 길은 한 줄기 바람같이 흐트러졌다 모이고 퍼진다. 비선형의 길은 갈피를 잡을 수 없는 삶의 궤적인가. 아스라한 기억이 엎치락뒤치락 뒤엉킨다. 이곳 모두가 다 같이하던 것들인데 이제 와 모호하다. 저 들꽃들도 피는 대로 보이지만 그 들꽃이 아니다. 지난해도 오고 올해도 왔지만 이제 자욱히 사라져간다.

나는 석양 들녘에 있다. 그대로 버려둔다. 하릴없다. 그냥 있다. 해 떨어져, 밤이 지난다. 어둠, 이대로 좋다. 길 위에서, 늘 깨어난다. 시원의 힘, 소멸의 힘.

절망을 딛고 오토캠핑으로 이루어낸 치유, 최후를 각오한 여행! 나는 20여 년 전에 조용한 고별을 예비했었다. 길 위에 나를 버리기 위해 먼 길을 떠났다. 텐트를 걸머지고 비행기에 올랐다. 그 길 이후 나는 눈앞의 유혹에 더는 현혹되지 않는다.

정확히 27년 전, 당시 만 60세였던 나는 뇌졸중으로 쓰러져 1년을 넘기기 어렵다는 진단을 받았다. 한국에서는 어떤 병원도 병인을 찾아내지 못했고 3년 후 결국 미국 샌프란시스코 북캘리포니아 의과대학 교수로부터 MRI 검진 결과 내 머리 뒤 왼쪽의 대경맥이 막혀 모세혈관이 그 기능을 대신하고 있다는 진단을 받았다. 무척 위험한 중병이라 수술은 할 수 없고 환자 스스로 재활 운동을 열심히 할 수밖에 없다고 했다. 하루에 아스피린 한 알씩만 먹되 그 외의 약은 일체 먹지 말고 강도 높은 산행을 계속하라는 것이 그의 유일한 처방이었다.

나는 걷지도 못하는 몸으로 병원을 박차고 나왔다. 모든 것을 버려야 여한이 풀릴 것 같았다. 가족에게 기대면 같이 망할 게 뻔했다. 어차피 죽을 바에는 나를 산에 버리기로 했다. 걷는 시간만이 살아 있는 증표라 여기고 스틱에 의지해 한 발 한 발 겨우 뗐다. 그렇게 미국을 위시해 여러 나라를 혼자 떠돌며 얼마 남지 않은 여생을 강도 높게 압축해 여분의 삶을 동냥하기로 했다. 발병 전에도 등산은 꾸준히 해왔으나 의사의 권유로 나는 더욱 고난도의 등산을 쉬지 않고 해냈다.

죽기 전에, 더 늦기 전에 할 일이 있었다. 한 번도 안 가본 죽음, 걷고 또 걸어 기진해 쓰러지는 것, 바로 그것이었다.

벼랑 끝에
나를 세워라

나를 사로잡은 것들

오랫동안 캠핑을 즐겨온 내게 사람들은 가장 좋았던 곳이
어디냐고 묻곤 한다. 그들의 질문에서 도시 속 환상을 그리
는 마음이 보이지만 나는 이렇게 답한다. 좋았던 곳이 너무
많아 다 말할 수 없고, 좋았던 곳은 알고 보니 이제는 모두
시들해졌으며, 진짜 좋았던 곳은 딱 세 군데라고…….

미국 서부 사막과 인도 타르사막.

캐나다의 로키산맥과 알래스카의 외로운 자작나무숲
및 백야, 그리고 유콘강과 웅장한 빙하, 호숫가에서의 캠핑.

정처 없이 떠도는 빈한한 이들과의 만남, 그들과의
노숙.

여행은 때로 거지가 되는 일이다. 나는 때때로 떠돌이

들과 한패가 되었다. 단돈 2달러로 총탄이 난무하는 뉴욕 할렘가를 떠돌거나 거지들의 나라 인도에서 노숙하면서 진짜 사람들을 만났다. 천덕꾸러기로 나뒹굴어야 알게 되는 것들이 있다. 그 후로 나는 똑같은 나날을 꼬박꼬박 사는 일을 부끄럽게 여긴다.

어찌하다 여기까지 흘러왔는가? 또 어디로 떠나가야 하는가? 구속이 자유다. 여행은 가슴 저리는 일이다. 덧없음을 겪는 일이다. 겪어보지 않은 사람은 부담 갖지 말자. 나의 여행은 저절로 된 것들, 저 스스로 그러한 것들을 찾아다니는 일이다. 꼼짝없이 자연에 버려져 자생하는 것만을 좇아 마음을 풀어 노는 표류 인생이다.

가능한 한 기능적 문명을 뒤로하고 자연의 향기와 듬뿍 놀 일이다. 숲과 사막에 누워 느끼고 오면 그것으로 충분하다. 열 번 배우고 백 번 듣기보다 한 번 해보면 안다. 교실에서 감성을 배웠다는 자유인은 보지 못했다. 차로 그냥 지나치는 것과 두 발로 잠시라도 머무는 것에는 미묘한 차이가 있다.

사막에 깃들고 오로라에 취하다

사막의 무의미한 것들이 가진 힘은 무섭다. 사막의 외로운 황홀함에 우주만큼이나 헤아리기 어려운 나의 내면세계가 이유 없이 사뿐해진다. 나는 사막에 투항하며 중얼댄다, 아무도 없는 나 혼자여야 한다고……. 인생의 총체적 뜻은 하잘것없는 막막한 모래 들판에 있다.

타르사막 지평에서 마지막을 고하던 석양은 허무와 두려움과 비통한 아름다움 그 자체였다. 미국 서부의 네바다, 유타, 애리조나, 뉴멕시코 등 사막 지대에서도 여러 날을 보냈다. 오토캠핑과 기차 여행을 통해 미국 대륙을 횡단한 것도 네 차례다. 한여름 낮 기온이 섭씨 50도에 육박하는 열사의 광막한 땅이지만 해가 지면 시원해지고 한밤중에는 한기마저 든다. 공허하고 아득한 사막이지만 습기가 없어 밤은 쾌적하고 더없이 상쾌하다. 밤이 깊을수록 찬란한 별들이 손에 잡힐 듯 마구 쏟아진다.

한번은 사막 등산에서 어이없이 당한 적이 있다. 산이라야 불과 100미터 높이 이내의 돌덩어리뿐이었다. 걷다 보니 지평에서 보이지 않던 거대한 계곡이 갑자기 눈앞에 나타났다. 그 깊이가 무려 1,000미터를 넘었다. 그런데 계곡 밑으로 산이 꽂혀 있는 게 아닌가? 그 지옥 같은 역산행을 섭씨 50도 땡볕을 뚫고 해내야 했다.

나를 몰아세우는 황량한 사막 바람에 맞선 도전은 두

타르사막 지평에서 마지막을 고하는 석양은 허무와
두려움과 비통한 아름다움 그 자체였다.

고두고 사막을 사랑하도록 만들었다. 록키의 길은 거의 수
직 길을 피하고 지그재그로 뻗어 있다. 빨리 오르기보다 천
천히 자연을 음미하며 걷게 돼 있다. 어딜 가나 산이 험악
해서겠지만 트레일 곳곳에 '길을 벗어나지 말라_{Stay at Trail}'
라는 안내판이 서 있다.

　　나는 웅장한 빙하의 경관에 압도당해 마냥 서 있었다.
대평원의 자작나무숲, 하늘로 치솟은 숲에 둘러싸인 수많

은 호수들……. 그때 도도히 흐르던 유콘강 흙탕물에는 천지를 뒤흔들며 거대한 나무들이 떠내려가고 있었다.

여름빛이 저물며 강의 힘찬 울음소리가 거세지자 북극의 한지에서만 사는 아주 작은 모기떼가 습격했다. 가히 살인적이었다. 미리 준비해 간 모기장을 해먹에 달아매고 북방 하늘 아래서 유유히 한여름 밤의 꿈을 즐겼다. 더위는 멀찌감치 물러나고 때아닌 가을을 즐겼다. 자정 넘어도 밤하늘은 초저녁처럼 환한 백야였다.

빙하를 이고 있는 산 위 하늘에 찬란한 오로라가 형형색색의 빛을 띠고 휘— 우주의 울림소리를 내면서 화살처럼 퍼지며 백야를 덮쳐 사라졌다. 어찌 저리도 아름다울 수 있을까. 내가 있는 곳조차 알 길이 없었다. 나는 떨었다. 호숫가 전나무 사이 풀숲에 텐트를 치고 백야의 밤을 하얗게 보내며 오로라를 기다렸다.

버려진 것들은 스스로 아름답다

나는 언제나 사막과 북극 그리고 떠도는 사람들과 같이하고 싶다. 허허롭고 광막한 곳에 나를 홀로 버리는 적막의 자유를 무엇으로도 살 수 없기 때문이다. 규제 대상에서 벗어났을 때, 인위적인 것이나 화려한 대상에서 제외됐을 때

나는 살아 있다. 이는 소박한 것과 맞닥뜨려 은유적 상징으로 새로운 지평을 여는 일이다.

내가 캠핑을 처음 시작했을 때 극지를 떠돈 이유는 여행하기 위해서가 아니라 죽음을 앞둔 나를 버리러 갔기 때문이다. 지금 생각해도 엄두가 나지 않는 무서운 길을 마구 쏘다녔다. 소설보다 더 소설 같은 만용은 선험적 기억에만 의지하지 않고 늘 새로운 것을 모험하는 호기에서 비롯하는가?

나는 눈앞의 절벽을 두려워하지 않는 스스로가 가엾기까지 했다. 버려진 들녘마다 이름 모를 꽃들이 파도치는 북극에서 소진되고 싶었다. 기억 없는 기쁨, 기억나지 않는 슬픔, 후회할 수 없는 깨달음의 희열 등 모든 발자취가 꿈의 행로였다.

버려진 것들은 너무 아름다웠다. 저절로 된 것들, 제 스스로 그러한 것들이 너무 아름다워서 허전하고 쓸쓸했다. 자연에는 디자인이 없다. 인간이 개입할 수 없는 심플함이 전부다. 자연이 하는 일은 모두 옳다.

짧지 않은 여로에서 사막에 눕고 빙하를 탐험하는 여정은 험난했지만, 현실과 환상의 경계를 오간 길은 여한이 없다. 길 위에서 마주친 헐벗고 가난한 이들, 이 순간에도 길 위를 헤매고 있을 그 빈한하고 선량한 사람들이여, 너무 외롭거나 아프지 마라! 세상 끝에 걸친 그대들의 고통, 그리고 나의 방황도 언젠가 끝이 날 것이다. 따뜻한 말 한마디 전해주지 못하는 나의 삶이 비열하고 비통하고나!

나는 언제나 사막과 북극

그리고 떠도는 사람들과 같이하고 싶다

허허롭고 광막한 곳에 나를 홀로 버리는

적막의 자유를 무엇으로도

살 수 없기 때문이다

기쁨과 행복은
집안에 머물지 않는다

좋은 것들은 홀로 제 스스로 있다

이 나라 산천이 예전 같지 않다. 어느 산골에 가도 민박집, 펜션, 카페, 노래방, 술집이 즐비해 옛 정취를 찾아보기 어렵다. 가끔은 텔레비전도, 신문도, 마을도 없는 적막한 오지가 그립다. 그런 때면 나는 오대산 샘골 캠프나비로 훌쩍 떠난다.

　산속에 산이 눕고 계곡 속에 계곡이 요동치며 모든 굽이 휘돌아 어느 길이 제 길인지를 묻는 곳. 춤추는 연두 그늘, 제각기 펄렁이며 어서 텐트를 펴자고 성화다. 여름은 신록으로 오지만 새소리로도 온다. 새벽 공기 가르는 산새 소리는 어떤 설교보다 평화롭다. 이런 아침이 있기에 캠핑을 고집한다. 가을을 기다리는 야생화는 폭염에 맞서 색의 추억 남기려 햇볕 냄새 풍긴다. 나는 이미 가을의 들국화, 억새 물결 언덕에 뒹굴 벅찬 꿈을 나직이 품는다.

홍천에서 양양으로 이어지는 56번 국도를 따라 오대산 북쪽에 이르면 북한강 너비가 불과 10~20미터 폭으로 좁아진다. 이쯤에서 다리를 건너 샛길로 한 구비 돌아들면 거짓말처럼 원시의 골짝이 숨어 있다. 바로 이곳이 캠프나비 주말레저농원이 자리한 샘골이다. 험준한 백두대간과 해발 1,500미터 오대산의 수많은 골짜기에서 사시사철 맑은 물이 흘러내리는 북한강 발원지 중 한 곳으로 해발 600미터에 위치한 청정 고랭지다. 인근에는 숱한 비경을 거느린 계곡과 숲이 즐비하다. 샘골은 나의 비닐하우스 농막 캠프 외에는 집 한 채 없이 겹겹이 산으로 감춰진 골짜기다.

오대산에 오를 때면 늘 하던 버릇대로 5,000분의 1 정밀지도를 펴 들고 숨어 있는 골짜기를 찾아 떠돈다. 숲과 계곡 하나하나 다 들여다보며 부산을 떤다. 산속은 어딜 가도 새롭고 바라는 목적지는 없다. 해맑은 냇물 소리, 돌아서지 못하게 나를 잡는다.

삶은 숲에 순응하는 싸움인가. 숲과 계곡은 홀로 제 스스로 있다. 침묵의 공포가 가득한 그곳에서 그들은 끝끝내 나를 모르는 체한다. 숲은 세상의 의미를 낚아 올리는 소리로 수런거린다. 인간들의 돈벌이, 성공학이 씁쓸해지는 순간이다. 만드는 문화가 아닌 기르는 문화, 숲이 키우는 문화를 보라. 보이지 않고 만져지지 않는 그 문화는 어디에 사는가. 내 나이 여든일곱, 여태 살아오는 동안 나 자신과 불화의 접점에서 싸움은 치열했다. 삶은 죽음의 덧없음을 잊기 위한 싸움인가.

숲은 인간마저 숲이 되게 한다

숲은 삶과 죽음의 경계를 지운다. 모든 인간은 뼛가루로 산에 당도해 삶을 죽음과 바꾼다. 삶과 죽음은 해가 뜨고 지는 일과도 같다. 인간은 덧없는 것들의 영원함에 끝끝내 속고 산다. 죽음을 예비하고, 떠나는 이유를 묻지 말자. 숲은 그대로지만 나는 숲을 신경 쓴다. 숲은 나로 하여금 다른 데로 눈 돌리지 못하게 하고, 잔잔한 생각들을 바람에 포개며 나마저 숲이 되게 한다.

날이면 날마다 속수무책 바삐 돌아가는 우리는 뜻 모르고 헤매는 역사의 도구에 불과하다. 사람의 몸은 풍화처럼 이미 사위어간다. 모든 인간이 그렇다. 사람들이 살아가는 방식은 사람의 수만큼이나 다양하겠지만, 모든 사람이 원하는 소망은 몸의 건강이 최우선이고 다음이 마음의 평안이다. 그런데 이것이 마음대로 안 되는 게 인간의 삶이다. 육체와 정신의 문제뿐 아니라 생계와 욕구가 총체적으로 서로 엉켜 어느 하나 소홀히 할 수 없는 대상이기 때문이다. 아무리 공력을 다해도 어디서부터 어떻게 풀어야 할지 난감하다.

이런 원초적 고뇌가 삶의 밑바닥까지 헤집고 들어오는데도 우리의 의식은 아직 그것을 헤쳐나갈 마땅한 처방을 마련하지 못하고 있다. 아무리 들여다봐도 기쁨과 행복은 집안에 살지 않는다. 인습과 타성에서 과감히 벗어나 더 잘 살기 위한 전쟁을 일으켜야 한다.

나는 연녹색 숲의 생활을 동반하라고 감히 권한다. 샘골과 같은 산간벽지를 자주 찾아 '나를 돌아보고 나를 비우는' 고랭지 캠핑 훈련을 우둔한 소처럼 한 발 한 발 온몸으로 강도 높게 밀고 나갈 일이다. 가끔은 자연에서 행하는 절제된 생활이 삶을 북돋아 원초적 고뇌를 잊게 해준다. 비로소 소박한 풍요를 꿈꾸게 된다.

소멸을 앞둔 절정

산속에 또 산이 눕고 계곡 속에 계곡이 요동치며

모든 굽이 휘돌아 어느 길이 제 길인가

춤추는 연두 그늘 제각기 팔랑이며

텐트 어서 펴자고 한다

가을을 기다리는 야생화

폭양에 맞서 햇볕 냄새 풍긴다

나는 이미 가을이 찾아오면

들국화, 억새 물결 언덕에

뒹굴 벅찬 꿈을 나직이 품었다

여름은 신록으로 오지만

산새 소리로도 오는가 보다

새벽 공기 가르는 산새 소리

어떤 설교보다 더 평화롭다

이런 아침이 있기에 캠핑을 고집한다

여름의 샘골은 가득하다

무성한 연둣잎 엊그제 같은데 이제 폭양을 넘긴다

곧 추석이다, 몇 번의 추석이 지나면 생은 끝장이다

삶은 애상哀傷……

노인은 다만 소멸을 앞둔 절정을 향한다

가족에게
자연을 선물하라

나는 늘 야전에 있었다. 이러기를 60년. 새파랗게 젊은 나이로 6·25 전쟁 때 육군 야전공병단의 중장비 중대장을 지냈다. 늘 이동해야 하는 중대장 지휘 본부는 민첩한 기동력을 갖춘 미군용 야전 CP용 텐트를 사용했다. 이 텐트를 접할 때면 어김없이 내 지난날과 만난다. 머나먼 과거, 꿈 많던 젊은 날의 야지 생활이 없었다면 지금의 내가 있을 수 있을까. 유목민과 다름없는 야전 생활을 10년이나 하면서 자연에서 잘 노는 방법을 익혔다. 청춘의 고민을 불사르며 굴레로부터 자유의 길로 도피해왔다.

지방 군부대에 근무할 때도 여름이 되면 개천가 미루나무에 원두막을 짓고 매미를 친구 삼았다. 그런 나를 따라 어린 자녀들도 자연스레 자연에 묻혔다. 나는 가장이 자연을 버리면 가족을 버리는 것과 같다고 생각한다. 자녀를 초원에 뒹구는 아이로 키우면 그 초원의 기억이 아이의 평생을 좌우한다.

자연을 생활화하는 습성은 군에서 제대한 뒤에도 이어졌다. 건설부에 근무하면서 가평에 주말레저농원을 마련한 것이다. 47년 전 일이다. 그 후 강원도 인제 진동리를 거쳐 북한강 발원지인 홍천 오대산 뒤 샘골 고랭지에 자리를 잡았다.

나는 주말과 휴일에는 어김없이 도시를 탈출한다. 산에 오르고 자연에 캠프를 펼치는 재미로 산다. 그렇다고 아예 귀농해 산촌 노인으로 살려는 것은 아니다. 도시와 농촌의 삶을 오가는 문화, IT를 넘어 엔트로피의 우주적 삶으로 달려가는 재미를 버릴 수 없는 까닭이다.

가족에게 자연이라는 행복을 선물하라

가족에게 자연을 선물하는 주말레저농원, 어디가 좋을까. 가능한 한 수도권에서 멀리 떨어진 산촌에 캠프를 잡으라고 권하고 싶다. 서울에서 자동차로 세 시간 거리에 위치하면 수도권보다 땅값이 훨씬 싸고, 먼 장래를 위해 여러 이

점을 겸할 수 있다. 수도권에서 100평의 땅을 살 수 있는 돈이면 산촌에서는 500~1,000평 정도 구입할 수 있다. 주말농장 임대료도 싸다. 서울 근교 5평의 연 임대료를 15만 원으로 친다면 산촌에서는 70~100평의 주말농장을 임대할 수 있다.

이렇게 먼 거리 농장을 권하는 까닭은 큰 데서 놀아야 시야가 넓어지기 때문이다. 도시 주변 3~5평의 손바닥만 한 주말농장에서 소꿉장난 같은 농사에 길들이면 자녀들은 어려서부터 작은 것에 연연해하며 넓게 보지 못하고 가족들도 보다 큰 꿈을 저버릴 개연성이 높다. 오지 산골 자연의 수려함을 어찌 돈과 비교할 수 있겠는가. 깊고 한적한 산촌이라야 치유는 물론이고 자연 친화적인 레저를 즐길 수 있다.

둘째, 입지 조건을 따질 땐 평면 개념에 갇히지 말고 해발고도가 높은 곳을 선정하자. 기후 환경과 생태계 그리고 사람이 살아가는 최적의 토후 환경은 해발 500~800미터의 고랭지다. 고랭지는 서울에 비해 평균 섭씨 5~8도 정도 낮아 여름에는 피서지가 되고 겨울에는 알프스 같은 풍경을 감상하며 노르딕 스키를 즐길 수 있다. 여름 내내 온도가 낮아 모기와 날파리가 없는 청결한 환경을 선사한다.

오대산 북쪽 샘골에서 운영하는 주말레저농원 캠프 나비.

왕복에 소요되는 거리와 시간은 또 다른 여행이다. 농원을 갖게 되면 차량 통행이 드문 새벽길을 이용하기 위해 새벽 서너 시도 마다하지 않고 벌떡 일어날 것이다. 삶을 넓히는 방법은 집구석이 아니라 먼 거리를 마다하지 않고 드나드는 부지런함과 오지 산골의 자연을 갈구하는 상위 구조 문화 사고에 있다. 출근은 자연으로, 여행은 지구로!

주말레저농원을 소유한 사람은 동호인끼리 필요할 때 서로 바꿔가며 이용하면 색다른 분위기의 캠핑을 경험할 수도 있다. 노인이나 요양을 필요로 하는 재활휴양자 등은 주말레저농원을 베이스캠프 삼아 치유 여행을 떠날 수도 있다. 여백과 감성이 어린 느린 여행을 원하는 사람들에겐 여행 경비를 줄여주는 쉼터 역할도 할 것이다.

주말레저농원으로 생활 혁명을 시작하라

주말레저농원을 마련할 자금이 없거나 부족한 사람은 예비 후보지 답사를 계속하며 자금을 마련하는 한편, 경험자에게 현장 체험의 교훈을 배워나가자. 후보지를 정하기 위해 돌아다니는 일 자체를 레저 여행의 목적으로 삼아 걷고 산행하며 농촌을 살펴나가면 좋을 것이다.

이렇듯 기본 설계를 구상하고 마스터플랜을 완성해나

가는 과정에 아웃도어 레저가 녹아든다. 필요한 장비와 자료들을 형편 닿는 대로 사 모으게 되고, 안 가던 생활용품 시장을 자주 찾게 되며, 농산물을 살피며 마음에 드는 식재료를 골라 손수 보란 듯이 요리해 가족을 즐겁게 한다. 이 얼마나 가슴 벅찬 일인가!

주말레저농원을 준비하는 사람이나 마련한 사람은 생활 패턴이 전과는 판이하게 달라질 것이다. 서점이나 도서관에 들러 《농업성전》을 펼쳐 들고 유기농을 배우며, 전원마을 관련 잡지를 살피고 가족의 주말 전원생활을 레저 문화로 연관지어 구상하게 된다. 이어 《결혼과 가족》, 《교육은 치료다》, 《결혼 경제학》, 《자녀 교육》 등의 책을 챙기며 가족에 대한 연구를 심화하게 된다. 아내에게는 '사랑의 의미'를 담은 책을 건네게 된다. 틈만 나면 부유浮遊하던 여가생활이 일정한 목적의 구심점을 갖게 되면서 이렇게 바뀐다. 새로운 베이스캠프의 꿈이 잠을 설치게 한다. 이것만으로도 새로운 세계의 판타지가 활짝 열린 것!

도시에 직장과 활동 영역이 있는 사람은 늘 그곳에 묶여 산다. 그러나 주말레저농원 운영 3~5개년 계획이 확정되면 사정은 달라진다. 바로 집 탈출! 필요한 것을 조사하기 위해 레저 장비를 살피고 안 가던 농기구 상회도 들리며, 고물상을 찾아가 필요한 자재를 골라보고 꽃과 농산물 종자 상회에 들러 쉽게 돌아설 수 없는 흥미진진한 한때를 보내는 자신에게 놀랄 것이다. 시장기가 돌면 가지 않던 시장 한 모퉁이 노천 좌판에 앉아 3,000원짜리 국수를 먹으며, 사람들로 뒤덮인 시장 바닥에 끼어 혼자서도 행복하다.

이렇듯 주말레저농원을 운영하면 놀라운 생활 혁명이 일어난다. 외식이 줄어들고 도시형 취미가 자연형 취미로 바뀌며 신변잡기가 의미 있는 문화로 변한다. 길들여졌던 상업 문화를 혐오하게 되고 텔레비전을 멀리하며 가족을 떼어놓고 혼자만 재미 보던 것을 부끄럽게 여긴다. 술 문화가 바로잡히고 중요하지 않은 약속을 잡지 않으며 일신상의 쾌락을 기피한다. 국내외 여행을 오토캠핑으로 해내고 손에는 늘 지도와 나침반이 들리게 된다. 민박이나 펜션은 쳐다보지도 않고 집안 살림을 온 가족이 도우며 가족 구성원이 독립적 생산자로 자립해나가며 남을 도와주는 등, 여간해선 바뀌지 않던 습관이 놀랍게 변해간다.

더 놀라운 변화는 책을 가까이하게 되고 생각을 글로 남기며, 자연의 변화를 살피는 취미에 심취해 야생화를 사진에 담아가며 풀벌레 소리에 귀를 기울이게 된다는 것이다. 이것이 잔소리 없는 자연의 힘으로 이루어지는 치유다.

자신도 모르게 발길이 산으로 들로 향한다. 손에는 전에 없던 시집이 들린다. 숲이 깊어 그곳을 걷는 것만으로도 초록이 된다. 마냥 정겹다. 계곡 물소리에 마음을 주면 오솔길이 돌아서지 말라고 한다. 산촌의 낯선 집을 찾아가 노인들과 담소를 나눈다.

이런 가운데 생생한 농사일을 배우면서 세월을 낚는다. 작은 선물을 마음 담아 챙겨 간다. 풍경과 노인들을 사진에 담아 농촌 젊은이를 통해 메일을 띄운다. 틈나는 대로 농촌 일을 돕고 길 막히지 않는 밤 시간에 돌아온다. 농촌을 알면 훌쩍 자란다.

일에 매몰되어 쫓기다 보면 자신을 바로 보지 못하고 되는대로 살게 마련이다. 지각없는 유흥 문화에 휩싸이면 무엇이 잘못돼 가는지도 모른 채 점점 헤어날 수 없게 된다. 도인道人이 되자는 게 아니다. 인생의 하부 구조를 벗어나 의연하고 넓으며 합리적인 인성을 몸에 지녀 자연에서 마음껏 놀자는 뜻이다. 이제 작심하고 자연과 생태계와 아웃도어 문화와 작은 농사일에 주력하며 꿈의 지도를 그려보자. 땀 흘리는 노동으로 자신을 낮춰 세상을 허허롭게 지내보자.

나는 오대산 샘골의 주말레저농원에 '캠프나비Camp

Nabe'라는 이름을 붙였다. 'Nabe'는 'Natural'과 'Being'의 합성어다. 즉 '자연에서의 존재'를 뜻한다. 자연이 제 스스로 그러하듯 일상에 얽매이지 않는 자연스러운 삶을 살아가자는 의지를 담았다. 구체적으로는 다음과 같은 운영안을 따른다.

하나. 레저와 영농을 통한 몸의 건강과 조화로운 삶을 위한 패러다임을 선도한다.

둘. 상부 구조 문화를 실천적 과제로 삼고 글로벌화를 위한 총체적 체험 활동을 한다.

셋. 소박한 삶의 풍요로움을 위해 행동 습관을 바꾸는 행위문화 워크숍을 연다.

넷. 현장 체험, 토론, 의견 교환 등의 다양한 워크숍을 상설 운영한다.

다섯. 찾아가는 '이동 워크숍'으로 현지에 오지 못하는 사람과 과제를 공유한다.

여섯. 주말과 휴일에 산행·캠핑·여행을 하며 땀 흘려 밭을 가꾸는 강도 높은 체험 훈련을 한다.

일곱. 산행은 필수, 자연과 연관된 다양한 레저 활동과 레포츠를 즐긴다.

주말레저농원을 운영하면 놀라운 생활 혁명이 일어
난다. 온 가족이 집안 살림을 도우면서 구성원 각자
가 독립적 생산자로 자립해나간다.

여덟. 오토캠핑과 텐트 생활을 원칙으로 하여 유목민
    같은 자연생활을 지향한다.

아홉. 사정에 따라 비닐하우스, 작은 농막, 농원 풍 주
    택을 지어 이용한다.

열. 농약은 일절 사용하지 않고 유기농으로 생태계 환
    경을 지킨다.

고립된 섬에 들다

봄기운에 밀려, 긴 겨울 내내 풀리지 않던 숙제를 핑계 삼아, 만사를 접고 서해의 섬 신도를 찾는다. 나는 늘 혼자지만 가끔은 더 완벽하게 고립된 빈 시간이 좋다. 오늘 하루는 없는 날……

나를 벗어나 둥지를 튼다. 캠프는 집이 아니라 '텐트'다. 시詩 같은 바닷가의 소꿉 놀이터. 산속도 좋지만 외딴 섬에 들어 하룻밤 휘 돌아본다.

깊은 곳에 숨겨진 조각난 나, 다 만들지 못한 나를 뒤집어본다. 어느 누구에게도 속하지 않는 황혼을 갈무리한다. 이 황혼의 갈무리는 결코 은둔이나 소극적인 삶을 향한 것이 아니다. 맨몸으로 부딪히는 치열하고 신명 나는 삶을 향해 있다. 더 넓은 세상을 향해 몇 번이고 기지개를 켜며 짓눌린 삶의 무게를 쓰러뜨린다.

넘어지는 노을 밟고 온 바람이 텐트를 세차게 후려친다. 어둠이 다가온다. 얼룩진 생애가 내게 말한다. 혼자일 때 들리는 소리, 더욱 진하게 스며든다. 미처 떨치지 못한 꿈을 마구 버리는 시간. 노을의 먼 그림자 따라 짙은 안개가 뭉게뭉게 춤추며, 캠프를 가만가만 에워싸며 말한다. 묵고 가라, 묵고 가라고……. 분명한 건 하나도 없다. 나는 아무도 없는 갯벌 언저리 해변에 버려졌다. 이 해변 또한 버릴 곳 없으니 이른 아침에 도망쳐야겠다.

당신은 무엇이 문제인가. 이제 더는 묻지 마라. 나는 산과 바다와 바람이 시키는 대로 간다. 슬프도록 아름다운 고요한 밤, 하룻밤으로는 부족한 하얀 밤, 넋을 잃고 지새운다. 아픔과 슬픔과 기쁨이 교차하는 허허로움. 한시도 긴장의 끈을 놓지 못하고 애환에 얽매이는 나. 그러나 세상을 탐험하며 내 꿈을 찾아가는 이 전쟁 같은 삶을 사랑한다. 돌아보면 파도처럼 출렁이며 살아온 길, 살기 위해 얼마나 처절하게 몸부림쳤던가.

세상의 무수한 길, 그중 오고 싶어 걸어온 길, 되돌아본다. 잡초 뿌리처럼 질긴 외고집 말고는 도무지 생각나지 않는다. 그래도 가끔은 잊고 싶은 것들이 다시 나타나 나를 노린다.

흔들리는 버스에서 주름진 세월을 펴보다

길이 4킬로미터의 신도, 3킬로미터의 시도, 1.5킬로미터의 모도, 세 섬이 연륙교로 연결되어 옹기종기 서쪽에 떠 있다. 섬에는 작은 버스 한 대가 한 시간 간격으로 세 섬을 두루 돌아다닌다. 섬을 지키는 버스가 마을 사람들과 친구 되어 바다를 끼고 느리게 굴러왔다 굴러간다. 한가롭다, 평화롭다.

섬을 한 바퀴 돌아보는 동안 그간의 막연한 불안이 가시는 듯 묘연해진다. 늘 걷다 보니 세월이 어떻게 가는지 모르겠다. 그냥 숨을 쉰다는 것 자체가 고맙다. 한갓 인간의 우울쯤이야…… 문득 '숨과의 헤어짐'을 풀이할 언어를 찾지 못한다. 깨어 있던 것들이 저물듯 숨이 멈추면 모든 흔적마저 지울 터.

알맞게 흔들리는 버스 창가에서 주름진 세월을 펴본다. 내가 죽인 시간들을 알량한 자존심이 덮어준다. 버스에는 단 세 사람, 눈길 주는 이 없다. 한가로운 외딴 섬, 봄볕에 졸고 있다. 여행은 이런 맛으로 하는가 보다.

짐을 잠시 포구에 맡기고 구봉산(178미터)에 오른다. 높지는 않으나 등산로가 4킬로미터라서 한 바퀴 종주하기에 안성맞춤이다. 빈 가슴 열어놓은 길, 군락을 이룬 진달래가 혼자인 나를 본다. 나에게 왜 힘이 솟는지, 새싹들에게 귀 대고 묻고 싶다. 늘 팽팽한 긴장 속에 열불만 펼쳐온 길, 이제는 삭으려나. 어림없는 소리인가. 바람 부는 대로 흔들리고 싶다.

부풀려진 세상이기에, 끌어안아야 할 사연보다 버려야 할 사연이 더 많아, 생애를 소박한 삶으로 압축한다. 생활의 어려움보다 더 심오한 다큐의 정신으로, 늙은 승부사의 집념 하나로 생을 가벼운 놀이로 바꾼다.

나무는 제 스스로의 자연성만으로도 위대하다. 인간도 일상 속에서 살아 피어나는 자연이었으면!

국토 순례는
수계 탐험부터

한강의 시원을 찾아 오대산을 오르다

인간은 재화에는 비상한 관심을 집중하지만 국토의 생명
줄이자 생존의 원천인 수계에는 그다지 관심을 기울이지
않는다. 우주적 생명력이 샘솟는 원천은 깊은 산속 계곡이
다. 국토 수맥의 발원지부터 바다에 이르기까지 꿰뚫고 알
아야 한다. 진정 깊은 것들은 관심 밖의 후미진 곳에 숨겨
져 있다.

국토 순례는 길을 따라 이루어진다. 순례자들은 호연지
기로 백두대간 종주를 자랑한다. 그러나 나는 작심하고 말한
다. 우리나라 강산을 굽이굽이 휘돌아 광막한 바다로 흘러드
는 큰 수맥을 낱낱이 답사하는 일이 어떤 이벤트보다 우리 강
산을 사랑하는 값진 체험이며 삶을 향한 투명한 의무임을…….

이는 삶의 기본을 다지는 필수 훈련이자 언제나 자신의 위치부터 확인하는 '실전 독도법'의 길이다. 또한 '객관적 사유 체험'의 시발점이자 '과학적 지리 탐험'을 통한 새로운 발상의 국토 순례다. 몸을 던져 국토를 사랑하는 자각이다.

나는 낙동강, 금강, 영산강, 섬진강의 수계는 5분의 1가량 답사했고 북한강과 남한강의 수계는 90퍼센트 가까이 직접 답사했다. 산을 알려면 산에서 흘러내리는 물줄기를 먼저 알아야 한다. 나를 알려면 나를 둘러싸고 있는 자연과 사람과 환경을 먼저 알아야 하듯이 말이다.

46억 년 전에 생성된 지구는 최초의 수억 년 동안 85퍼센트의 해수를 뿜어내오다 현재의 해수량이 된 것은 약 1억 년 전이라고 한다. 그 해수가 수증기로 증발해 구름이 되어 비와 눈을 내리고 강과 호수, 빙하를 거쳐 다시 바다로 되돌아가 생태계에 생명을 베푸는 순환을 이룬다. 인체도 수분이 70퍼센트나 차지하고 있으니 물과 생명은 한 몸이다.

이런 연유로 나는 봄이 되면 제일 먼저 오지의 계곡을 찾는다. 어떤 소망도 기대도 없이 좋고 싫음을 가르지 않으며 마냥 걷는다. 어디까지 내 땅인가? 이성과 결합한 치유의 영역은 끝이 없다. 물소리는 생각을 지우고 나를 혼자이게 한다. 흐르는 풍경이 고독을, 인간을 만든다.

　봄 산은 모든 것이 잠시도 머물지 않는다. 숲은 나날이 자라는 게 분명한데 그 모습을 다 보여주지 않는다. 똑같은 순간이 단 한 번도 없다. 계곡에 들면 고아가 된다. 혼자서만 느끼는 충족감은 고독의 절정이다.

강과 한 몸 되어 흐르는 낙조의 길

강과 산은 서로 만나서도 모르는 체한다. 산이 강에게 나아갈 길을 양보해준 것인지, 물줄기가 산을 뚫고 나간 것인지 알 수 없다. 다만 물줄기는 낮은 땅의 유순한 곳을 골라서 간다. 물줄기는 내륙 산악 지대의 산들이 맞닿은 계곡의 집수지에서 흘러내린다. 물은 산골 사이를 끼고 험한 낭떠러지를 휘돌아 소용돌이치며 흐른다. 물줄기는 신운神韻하고 강력하다. 물의 발원은 산골이다. 산골 물은 가파른 바위 사이를 굽이치며 수렁에 빠지고 쏜살같이 곤두박질치며 흘러간다. 사방에서 흘러드는 지류의 시원을 모두 거느리고 도망친다. 계곡은 바쁘다.

　가랑비 소식이 들리면 세상만사 다 잊고 깊은 계곡에 들 일이다. 적어도 하루 이틀쯤은 계곡의 몸이 되어 인간과 세상 사이를 훔쳐볼 일이다. 텐트를 조근조근 적시는 빗소리가 랩소디로 가슴을 치면 세상이 보일 듯 되살아나고 새잎이 불가능에 대한 희망을 준다. 세상을 떠도는 사람과 자연의 경계가 모호해진다. 그때 사람은 너무나 기뻐서 운다. 자연이 그에게 주는 응답이다, 인간의 빈곤한 언어로는 결코 표현할 수 없는……

한강 하류의 자유로를 따라 임진강 변에 이르는 길은 낙조의 길이다. 바삭거리는 갈대 군락을 넘어 석양과 갯벌 너머의 먼바다를 바라본다. 스스로 소리를 낼 수 없는 갈대는 바람에 스치면서 소리를 낸다. 제 소리가 아닌 대신 내주는 소리는 결핍이라서 쓸쓸하다.

물길은 이런 희망 없는 대역을 모르는 채 흘러만 간다. 설악산과 오대산에서 흘러내린 물줄기는 한강 하류의 임진강과 한 몸이 돼 갈매기의 마중을 받으며 서해로 흘러든다.

한강 수계 탐험의 대장정은 이렇게 끝난다. 이 강산의 뿌리는 변함이 없다. 사람들이 얼마나 깊은 애정으로 보아주고 보듬어주고 가꿔주는지만 남았다. 사람도 한강의 수맥처럼 자유롭다면 얼마나 좋겠는가?

바삭거리는 갈대 군락을 넘어
석양과 갯벌 너머의 먼바다를 바라본다
스스로 소리를 낼 수 없는 갈대는
바람에 스치면서 소리를 낸다
제 소리가 아닌 대신 내주는 소리는
결핍이라서 쓸쓸하다

길 위의 집

나에게 가을은 여행이며 직업이다. 가을이면 임진강 들녘 풀숲에 선다. 기러기는 추수가 끝날 무렵에 4,000킬로미터나 떨어진 먼 러시아에서 날아오는데 성미 급한 놈은 벌써 날아와 석양의 외로움을 한껏 더한다. 기러기는 고향과 타향, 두 곳에서 산다. 한국이 고향인지 북국이 타향인지 나는 모른다. 다만 가을의 기러기가 내 마음의 고향이다.

기러기는 낮에는 보기 드문데 아침저녁에는 영락없이 물을 먹기 위해 강가로 날아들었다 떠난다. 아침 햇살을 받으며 날아드는 기러기 떼와 저녁 석양에 날아가는 기러기 떼의 질감은 완연히 다르다. 아침의 기러기는 힘차고, 저녁 무렵 수평선 너머 어디론가 떠나는 기러기는 애잔한 비애를 남기며 아득히 멀어져간다.

밤은 흘러간다. 떠난 후에 쫓아온 가을 빗소리. 투둑투둑 텐트를 적시는 소리, 가슴 시리다. 가을과 도시는 기어코 나에게 텐트를 메게 한다. 어둠이 자욱하게 내린 억새풀 숲에 비가 내린다. 혼자의 밤이 더없이 작은 우주를 품게 해준다.

다음 날에는 산을 찾는다. 청정한 시원의 숲에 잠긴다. 심산의 질감이 은연히 스민다. 심오한 풍광들이 어슴푸레 저미어온다. '이 산속에 이런 곳도 있었네?' 서서히 날이 저물며 산자락 들풀에 머금은 이슬이 랜턴 빛에 어른거리고, 간간이 끊겼다 이어지는 구슬픈 풀벌레 소리가 시름겹다.

달밤에 '자연의 사치 페스티벌'이 펼쳐진다. 관객은 나 혼자다. 달리는 구름 사이로 스러져가는 달빛, 밤은 마냥 서늘하니 깊어간다. 더없이 흡족하고 고마운 밤이다. 일교차가 10도나 난다. 하룻밤 사이 사계절을 겪으니 족하지 않은가. 사람들은 학습된 억지웃음으로 복이 오고 건강해진다고 한다. 하지만 나는 자연에 부대끼며 자연과 소통할 때 마음이 편해지고 건강해진다고 여긴다. 기쁨의 여신이 허락한 이 밤, 평생을 살아낸 모든 밤이 이 하룻밤을 위한 축제다. 숲의 힘은 무섭다.

단 한 번만이라도 해보라. 만물이 쇠락해가는 이 가을

밤에 홀로 나앉아, 밤을 지새워 우는 풀벌레와 친구 되어 새벽 먼동이 틀 때까지 밤이슬 맞으며 골똘히 고뇌해보라. 큰마음 먹고 한번쯤 외로운 밤하늘에 누워볼 일이다. 행운은 도전하는 자에게 걸려든다. 아마도 그대는 쓸쓸한 달빛 아래, 복받쳐 흐느끼는 자신을 발견하게 될지도 모른다.

집에만 집착하지 말고 전원과 모든 야지를 집의 연장 선상으로 여기며 살아보자. '즐거운 나의 집'을 짊어지고 다니거나 차에 싣고 다니는 걸 낙으로 삼아보자. 산업 사회와 지식 사회의 산물인 아파트는 삶의 편의성이라는 이유로 삶을 망쳐놓았다. 감성 없는 삶은 무의미하다.

자연이라는 일터에서
벤처 인생을 가꿔라

마지막 나뭇잎 하나가 텐트 위로 떨어질 때

조붓한 산길을 뚜벅뚜벅 걷는다. 외로운 산모퉁이를 지나 꾸불꾸불 심심하고 무료한 길을 걷는다. 과거와 나 사이를 낙서질하며 장난친다. 누군가 '왜 이런 길을 좋아하느냐'고 물으면 몹시 불편하다. '왜'라는 물음에는 나의 속내를 알아차렸을 개연성이 높다. 길은 연민에 순응하는 싸움터다. 노추老醜의 몸을 채찍질해가며 더 천연한 곳을 찾는다.

가을 산속에 들어 나를 본다. 산에 비친 나는 보이지 않는다. 내가 나를 보지 못하는 이유는 무엇인가. 우리는 꽃을 인식할 때 대체로 이름과 모양을 통해 꽃을 연상한다. 마찬가지로 세상만사를 학습된 지식, 언어, 가치, 신념 체계를 통해 해석한다. 그러다 보니 선입견을 갖고 판단하거나 주관적 오류에 빠지거나 이성을 넘어선 신비의 영역으로 치부하기 쉽다. 심리학의 분석 틀을 빌려 마음의 과학을 생각한다. '사유의 멈춤', 즉 '자아 침묵'을 통한 시공의 실존 인식이다. 안으로 성근誠勤한 '고요'의 눈으로 세상을 본다.

다시 적는다. 생각하면 '환상' 즉 '감성의 왜곡'이고, 그냥 바라보면 '자유'다. 즉 '기능'이 아니라 '의미'를 알게 된다. 무위자연無爲自然을 근원으로 바라본다. 자연으로 돌아가자고 루소는 갈파했다.

가던 길 멈춰 서서 물들기 시작한 단풍잎을 만지작거리며 먼 능선을 쳐다본다. 파란 가을 하늘을 바라보는 것만으로도 짓눌렸던 무게가 풀린다. 이제 꿈 많던 어린 날로 돌아간다.

'도시여 안녕!' 배낭 하나에 담아 온 여행, 아무렇지도 않게 캠퍼가 됐다. 《캠핑폐인》이라는 책도 있듯이 폐인이 되어야 안다. 긴장 벗어던지고 '제로 스트레스 캠프'를 펼친다. 나뭇잎 하나가 동그마니 텐트에 내려앉는다. 저 무수한 나뭇잎 가운데 마지막까지 버틸 하나의 잎사귀가 궁금하다. 마지막 행상行喪 길로 떠나는 '바삭' 소리를 마음에 담을 것이다.

영혼을 정화하고 인생의 무상함을 깨닫게 하는 맑고 정갈한 야지는 우리나라 산촌에 널려 있다. 들국화, 억새풀, 구절초, 갈대의 계절인 가을이 오면 들꽃은 외로운 여인네가 슬픔을 띠고 스산하게 어른거리는 가을 살결 같다. 곧 단풍이 온 산에 물들어 만추를 아쉬워할 날이 머지않았다. 단풍잎 뚝뚝 떨어지며 가을이 떠나는 날, 나의 외로운 그림자는 가을의 뒤꽁무니를 잡고 서성일 것이다.

내 나이 아흔이 되어도 할 일이 있다. 자연이 있는 한 그곳이 일터이고 오락장이다. 아흔이 돼도 세상 살기에 늦은 나이가 아니다. 나에게 세상이란 길 위에 있고, 걷기에 있고, 씨 뿌리고 밭 가꾸며 야생화 보듬고 생명 수업 하는 데 있다. 이런 현요眩耀한 이완이 또 어디에 있겠는가?

모든 것을 남의 손 빌리지 않고 스스로 해낸다. 흐르는 강물처럼 한순간도 쉬지 않고 자연과 공생하는 존재 방식을 개발하며 개선하는 일을 유일한 낙으로 삼는다. 상식을 깨부수고 다양한 자유를 엮어내는 모던한 문화 구현을 꿈꾼다.

늙어가는 데는 별난 기술이 필요하다. 노인은 박물관이 아니다. 세상은 노인에게 덕담을 구하지만 늘 갇힌 말만 쏟아내는 진부한 덕담은 공해다. 후학들은 번뜩이는 지성과 파워풀한 행동으로 길이 되어주는 멘토를 바란다. 그러니 깨져야 한다. 옛날만 답습하면 고인 물이 된다. 미래를 향해 활짝 열린 새로운 생활 공간을 만들어내는 '벤처 인생'을 경영해야 한다. '즐거운 우리 집Home Sweet Home'은 즐기는 기분으로 마음의 짐을 내려놓을 때 가능하다.

외로운 들녘은
노숙을 허락한다

몇 밤의 노숙을 허락한 최북단 들녘

부산한 명절을 뒤로하고 추석 전날 4박 5일 여정으로 최북
단 휴전선 인근의 외로운 땅 철원평야를 찾았다. 오토캠핑
장비와 송편, 포도, 감자, 고구마를 준비했다. 들어간 비용
은 유류비 4만 원.

일제 강점기 때 중학생이었던 나는 경성역(서울역)에
서 경원선 기차를 타고 철원—평강—상방—해금강—동해
안을 끼고 양양으로 향했던 기차 여행을 잊지 못한다. 철원
에서 평강고원으로 이어지는 드넓은 들녘 풍경이 오랜 세
월 가슴에 각인돼 있다. 그 후 사람들의 관심에서 멀어진
북녘땅을 바라보던 자의 옛 정취를 잊지 못해 허허롭게 자
주 찾는다.

45년 전 어느 가을날, 한탄강 변 들녘에서 B형은 드높은 파란 하늘의 뭉게구름을 바라보며 말했다. "상설아! 저 풀벌레 소리, 일렁이는 억새 물결, 가을은 내게 형벌이로구나!" 이 세상을 향한 허무와 더없이 좋은 가을날을 그저 흘려보내야만 하는 아쉬움이 열병이 되었으리라. 그때 내 손에는 한 줌의 억새풀이 쥐어져 있었다.

이곳은 가을이 제일 먼저 찾아드는 최북단 DMZ, 외로운 적막의 땅이다. 들녘의 무성한 풀잎은 하루가 다르게 볕에 바래간다. 나부끼는 억새는 슬픔으로, 삭아가는 풀잎은 아픔으로 다가온다. 찡한 가슴, 이제야 내가 왜 혼자여야 하는지를 알겠다. 여행을 하면 세상도 비켜 가나 보다.

자연, 우주는 더할 나위 없이 완벽한데 인간은 옳음과 다름의 조각 맞추기 퍼즐 게임에 여념이 없다. 나뭇잎이 서서히 진다. 그 잎 하나하나 바람결에 날릴 때 나도 늙어 시들어가는 노심老心을 그저 바라본다. 남들에겐 목표가 있겠지만 나는 숨 쉴 수 있는 것만으로도 족하다. 혼자의 여정이 쉼 없이 그런 비유로 알려준다.

하얀 밤 풀벌레들의 페스티벌

사람들은 풀벌레를 그냥 지나친다. 지나친 것조차 모른다.

인간의 문화와 경제의 눈으로는 보이지 않는다. 사람들은 자연을 향해 '좋다!'는 말을 자유롭게 한다. 나는 어두워지는 풀밭에 벌렁 눕는다. 아무리 들어도 그들의 노랫말을 알 수 없으나 그냥 좋다. 놀랍게도 밤을 지새워 속삭인다. 새벽녘엔 그 소리 가냘프게 어딘가로 멀어져간다.

쓸쓸한 휴전선은 하얀 밤의 카네기홀이다. 작은 페스티벌의 입장료는 무료지만 꼭 텐트를 갖고 올 것. 책 한 권과 침낭도 잊지 마라. 마음껏 뒹굴고, 꿈꾸고, 희망하라! 만물이 삭아가는 계절, 애잔한 풀벌레 소리는 밤과 함께 깊어간다. 어둠 속 어디선가 찌르르찌르르, 베짱베짱, 귀뚤귀뚤, 찌륵찌륵 하며 파고든다.

귀뚜라미에 대해 쓴 노천명의 시가 떠오른다. "밤이면 나와 함께 우는 이도 있어 / 달이 밝으면 더 깊이 숨겨둡니다 / 오늘도 저 섬돌 뒤 / 내 슬픈 밤을 지켜야 합니다".

나비가 봄의 전령이라면 귀뚜라미는 가을의 친숙한 친구다. 구슬픈 그 소리……. 그래서일까? 옛 시에는 외롭게 지내는 여인의 마음이나 고향을 떠난 나그네가 귀뚜라미 소리에 잠 못 이루며 초야에 묻혀 사는 이야기가 자주 등장한다. 깊어가는 가을밤, 그 애잔함이 오랫동안 가슴을 조인다.

자연, 우주는 더할 나위 없이 완벽한데

인간은 옳음과 다름의

조각 맞추기 퍼즐 게임에 여념이 없다

나뭇잎이 서서히 진다

남들에겐 목표가 있겠지만

나는 숨 쉴 수 있는 것만으로도 족하다

나만의 설국을 찾아서

눈숲에 '나'라는 주어를 버리다

오지 산속으로 접어들었다. 온 세상이 눈꽃으로 장원莊園하
다. 아이젠의 뽀드득 소리와 새들의 재깔대는 소리만 간간
이 들려온다. 눈송이가 소담스레 내려앉는다. 눈에 파묻혀
온통 휘황찬란한 상고대가 새하얗다. 구석진 산골에 터진
홈런……. 눈 세상, 대박이 터졌다!

설국雪國이 한 살을 보태주었다. 짐짓 숨겨진 몽한夢閒
한 세상에 있다. 저 아름다움은 무엇일까. 태어난 자리에서
인간 문명보다 더 찬란하게 사는 숲의 방식을 그대로 두기
로 했다. 자연의 일을 뭐라고 조잘대봐야 천지 운행은 그대
로일 것이다.

숲에 들어 독백한다. 자연은 불필요한 것을 완전히 제

거한 비선형 스펙이다. 눈 페스티벌! 여기저기 왔다 사라지는 순백 단청에 탄복하며 '나'라는 주어를 버리기로 했다.

봄 햇빛이 들면 저 아름다운 설국은 스러져 계곡으로, 강으로, 바다로, 안개로 알 수 없는 먼 곳을 향해 종적을 감출 것이다. 하지만 죽지 않고 떠다니며 만물에 생명을 주는 H_2O! 그들은 양성자·분자를 온 누리에 뿜어대는데 우리의 눈에는 하잘것없는 흰색으로만 보인다. 물은 꿈과 도원경桃源境의 조상인 눈, 안개, 구름, 비인데 이를 몰라보는 인간을 향해 통곡할 것이다. 날 풀리고 여름이 되면 온 하늘을 향해 잎을 나풀대며 태양아 바람아 하면서, 비 내리는 날에는 '싸이 춤' 흔들어대는 녹음 밑에서 묵는 조촐한 노숙이 그립다.

도시는 이제 위태로워 보인다. 저편에서 오가는 여백의 바람을 타고 시린 가슴 온데간데없다. 조화무궁造化無窮한 숲에 팔려, 돌아오지 못할 영원한 여행이 기다리고 있다는 것도 잊은 채, 번개처럼 폭풍우처럼 잘도 살아왔다. 늘 무엇인가에 팔리다 보니 그저 맥없이 닥쳐올 마지막 그날도 피해 갈 수 있는 양 그렇다는 얘기다.

이 산골은 영하 20도의 한천寒天이다. 칼바람에 맞서 하늘을 몰아쉬어 하얀 입김으로 가슴을 턴다. 여위어가는 움막 캠프 난로에 장작을 지피고, 살아 있음을 고맙게 여기며, 뜨거운 방 아랫목에 누워 눈 속에 뒹구는 호사를 상상한다.

이해가 끝나는 혹한의 모색暮色 속에 홀연히 나와 마주한 석양…… 장려한 서쪽 연봉의 낙조를 휘감고 아무 말도 하지 않는다. 겨울은 이제 그냥 쓸쓸한 퇴적으로 사라지지 않는다.

한 사나흘 동안 흐벅지게 눈이 내려 움막 캠프 추녀까지 깊이 묻혔다. 이제야 겨울과의 고요한 만남이 시작되었다. 겨울은 이제부터 시작되는 것이다.

겨울은 매양 소멸과 끝의 시간만은 아니다. 눈 덮인 산속의 모든 생명이 휴식과 절제의 시련을 통해 생성의 시간을 기다린다. 이런 자연성은 인간과는 전혀 다른 생존 패러다임이다.

눈에 갇힌 나는 샹젤리제 왕국의 성주다. 밋밋한 삶을 못 견디는 나는 부족한 호기를 채우기 위해 엉뚱하게도 한평생 산속을 쏘다니며 나만의 자유와 홀로서기 왕국을 만들어왔다. 내가 일궈온 47년 동안의 주말레저농원을 한마디로 정의한다면 오지 산속에 숨은 나만의 소국小國이라고 할 수 있다. 나의 낙원이자 피난처이기도 하다.

나는 광야에 버려진 낮은 자로 살고 있지만, 이렇게 사는 것이 세계를 향한 '도전과 모험의 격格'이라 여긴다. 나는 나의 생애와 감성과 문화의 높은 밀도에 가닿는 모든 것을 걸고, 사유와 행위를 묶어 생을 이끈다.

신비의 눈 속에 서서

1월 16일 새벽 2시.

꿈속까지 실어가고 싶은 상고대 눈길을 걸었다.

신비의 눈 속에서 영원히 지지 않을 고향에 섰다.

다시 한번 아름다움의 마력과 늙음의 매력에 고개 숙인다.

내 목적지는 집이 아니다.

이별을 고하며 바보처럼 집으로 왔다.

바람이여, 상고대여! 그대 품속에서 이슬로 얼고 푼다.

순백의 꽃 핀 가지, 나를 아는지 모르는지?

너도 나도 방랑의 길은 끝을 보리라.

나의 발길은 추워 떠는 앙상한 숲으로 다시 향할 것이다.

추위와 바람을 비웃으며 소복이 쌓인 눈에 있는 것으로 족하다.

고생에 몸 바쳐야 하는 삶을 내가 알기에 그렇게 간다.

내가 겪어온 삶보다 더 위협받는 삶은 마지막 산화의 꽃이다.

겨울은 매양 소멸과 끝의 시간만은 아니다

눈 덮인 산속의 모든 생명이

휴식과 절제의 시련을 통해

생성의 시간을 기다린다

이런 자연성은 인간과는 전혀 다른

생존 패러다임이다

길 없는 들판에 서면
모든 게 길이 되고

겨울 바다? 겨울 강!

홍천강이 끝나는 곳에서 바라보면 홍천은 강 건너 저편의
산마을과 오목조목 분지로 둘러싸인 땅이다. 편히 빨리 갈
수 있는 국도를 버리고 한강과 홍천강이 합류하는 마곡이
라는 강마을부터 강변의 모래와 자갈밭 그리고 얼어붙은
강 위를 종일 걷기로 한다.

　　길은 걸어야 안다. 허위허위 길에 맡겨 그림자 뒤로하
고 간다. 겨울바람에 삭아버린 강역江域은 춥고 적막하다.
두 물줄기가 한 군데서 합치면 산은 꼴까닥 죽어 없어진다.
마곡은 물이 산을 먹어 치운 한촌이다. 홍천강 끄트머리에
서 강물이 찰랑찰랑 조용히 놀며 천파만파의 생각을 불러
일으키는 곳이다.

아, 반갑다! 얼어붙은 강 위로 약하게 눈발이 날린다. 사람들은 겨울 바다로 가자 하지만 나는 겨울 강을 쏘다닌다. 강가 자갈밭 여울에 들어서자 물오리 몇 마리가 날개를 가볍게 치며 푸드덕 날아오른다. 강바람은 더 세차게 몰아친다.

강바닥을 헤매며 울던 바람은 빈 하늘로 흩어져 잎 다 떨구고 헐벗은 미루나무 가지를 흔들고 운다. 아무렇게나 나자빠진 허연 들풀과 강가의 비릿한 내음이 야생의 정취를 더한다.

홍천의 여로는 이렇게 시작한다.

노르딕 워킹으로 사유의 하이킹을

강변을 아틀리에 삼아 풍경을 마음에 담아본다. 풍경이 붓이고, 붓이 나에게 흔적을 준다. 모든 것을 벗어버려야 풍경이 스밀 것이다. 상상 속에 먹그림 긋고 지우는 대로 풍경은 달라진다. 경관을 꼬고 놓아주며 유유히 걷는다. 작품은 자연이 된다. 전위前衛 예술은 전위轉位인가? 발 옮기는 대로 풍경이 따라온다.

길과 여행은 지금 걷고 있는 강바닥의 발자취다. 이 한 발짝 한 발짝을 버리는 것이 걷기다. 그게 여행이다. 여행은 잊는 것이다. 모든 것을 지우는 것이다. 첩첩 사연 미련을 뭉뚱그려 버린다. '빼앗긴 세월'도 아니고 '준 세월'도 아닌 한천寒川에서 강은 나를, 나는 강을 서로 쇼핑하며 버린다.

휘돌아 마을에 닿는다. 할 일 없는 마을은 인기척 없이 숨결마저 끊겨 있다. 그 동한凍寒의 한촌閑村 마을은 작은 가난으로 잠들어 있다.

실로 춥고 혹독한 겨울이다. 그럴수록 천연天然한 물길이 더 좋다. 어디 한번 혼쭐 나보라는 듯……. 문제는 손이다. 두꺼운 장갑을 끼고 양손에 스틱을 잡고 노르딕 워킹으로 재촉하지만 손끝이 아려 견딜 수 없다.

지금으로부터 77년 전 내 나이 열 살 때, 큰댁으로 설쇠러 20여 리 길을 갈 때도 꼭 이랬다. 그때 손을 바지춤에 넣고 배꼽을 문지르며, 빨리 큰댁에 가서 따뜻한 아랫목의 화로를 끼고 시원한 식혜를 마셔가며 찰떡에 조청을 꾹 찍어 한 입 먹을 조바심에 총총걸음 쳤다.

그런 짓 하던 꼬마가 이렇게 늙어버렸다. 해를 넘길수록 전보다 한참 느려진 걸음이 강자갈의 탄력을 제대로 느끼게 한다. 정말 이상한 일이다. 방 안에 있을 때의 세계는 오리무중이지만 열 살배기로 돌아온 노르딕은 마냥 신나는 하루다.

노르딕 워커가 되어 걷다 보면 오르막과 내리막은
하나의 같은 언덕임을 깨닫게 된다.

오르막과 내리막은 하나의 같은 언덕이라는 것을 새
삼 느끼게 해주는 긴 느림의 마라톤이 솔로의 '노르딕 워
커Nordic walker'다. 정상을 정복하겠다는 일념의 등산과 달리
노르딕은 사방을 두리번거리며 발을 빌려 머리로 걷는 사
유의 하이킹이다.

헝클어진 강의 길은 아무렇게나 흩어졌다 모이고 모
아질 듯 멀어지는 오만 가지 잡풀과 자갈이 누워 자는 벌판

이다. 길 없는 들판에 서면 모든 게 길이 되고 멀리 아득하다. 몸으로 밀어붙인 생이 강에 허랑_{虛浪}인다. 아스라한 들판이 일도 없이 허전한 즐거움을 안겨준다.

변화에 대하여

죽기 전에 죽음의 경지를 넘어라

캠핑을 즐겨 하는 내게 사람들은 묻는다.

"왜 일부러 고생하며 텐트에서 사십니까?"

"죽기 전에 죽음의 경지를 만들어 이겨내는 사람만이 진정한 자유를 얻기 때문이지요."

이것이 내가 해줄 수 있는 대답이다. 잡다한 주변을 정리하고, 나태해지기 쉬운 집을 버리고, 몹시 불편하고 작은 공간에서 사유와 고독을 즐기며 일부러 고생을 사서 하는 것, 나는 이것이 진정 죽음을 받아들이는 길이라 생각한다. 살아 있되 안락만을 찾는 노년의 삶은 이미 죽은 것이나 다름없다.

내게는 억척스러운 몇 가지 원칙이 있다. 어떤 경우라

도 매주 등산, 캠핑, 여행을 한다. 남의 손을 빌리지 않고 직접 살림을 한다. 전철, 버스를 타도 좀처럼 앉지 않는다. 나에게 정년은 없다. 나는 주말 영농 생활을 할 뿐만 아니라 자연 중심의 레저 활동을 통해 '행동하는 열린 인성' 계몽에 힘쓴다. 한 가지 일만이 아니라 몇 가지 일을 동시에 만들어 해낸다. 하루도 거르지 않고 책을 손에서 놓지 않는다. 이것이 내가 살아 있는 이유이며 기쁨이다.

나는 목을 조르는 넥타이, 반짝이는 구두와 정장을 싫어하며 자연스러운 캐주얼 차림을 선호한다. 머리는 매일 면도날로 빡빡 밀어낸다. 자연에 뒹구는 자에게 무슨 꾸밈이 필요한가? 나의 조상은 사회가 먼저라는 사고를 갖고 가족이기주의를 배척한다. 교양, 매너를 위시하여 높은 단계의 문화생활을 실천하며 행동하는 열린 세계인을 지향한다. 감성을 중히 여기는 유연한 사고의 실천자이고자 한다.

자유의 기본은 자립과 건강에 있으므로 가족이나 타인의 힘을 빌리지 않고 모든 일을 내가 직접 해낸다. 특히 노인들은 자녀나 젊은이에게 잔소리나 설교를 삼가고 스스로 행동으로 보여주어야 한다.

이제 일이냐 가족이냐 식의 이분법적 사고를 버리고
일과 가정이 공존하는 지혜로운 삶을 택해야 한다.

아버지가 변해야 사회가 변한다

캠핑 레저와 생활을 절묘하게 접목하여 몸과 마음을 건강
하게 하는 한편, 지금까지의 그릇된 습성을 바로잡아 삶의
질을 높여야 한다. 이제 일이냐 가족이냐 식의 이분법적 사
고를 버리고 일과 가정이 공존하는 지혜로운 삶을 택해야
한다. 인생의 3분의 1은 여가 시간이다. 인생을 길게 볼 때
여가 시간을 어떻게 쓰는지가 삶의 보람을 결정한다. 가족
간에 감성의 교감이 원활해야 가족 공동체가 행복해진다.

나는 여러 가정이 캠핑 활동을 통해 가정 내 양성평등

을 이루고 삶의 질을 개선하며 잘못된 습성을 고쳐나가는 것을 보아왔다. 흔히들 '삶'은 '생활'이라고 생각하기 쉬우나 '삶'은 생활을 초월하여 '감성+문화'라고 생각한다. '생활=40퍼센트, 감성+문화=60퍼센트' 정도는 되어야 균형 잡힌 문화생활이 될 것이다. 물론 공인된 기록은 없지만 문화생활의 비중이 생활보다 높아져야 삶의 질이 좋아질 것이다.

근간에 법적으로 양성평등은 점차 이루어지고 있으나 개개인의 가정 내부를 들여다보면 가부장적 인습이 여전히 자리하고 있다. 가정 내에서 가부장적 인습이 지속되는 한 제도권에서 주장하는 양성평등은 사실상 구호에 불과하다.

사회(공적 영역) 안에서 남녀가 서로 존중하며 공평하게 공생하려면 가정(사적 영역) 안에서 가사 노동을 포함한 일상의 삶에 실제적인 평등 문화가 정착되어야 한다. 나는 자연주의 레저 오토캠핑이 그 문화를 이끌 수 있다고 본다.

텐트를 비롯하여 야외용 생활 도구를 야영지로 들고 나가 온 가족이 새 살림을 차려보라. 집 안에서는 빗자루도 들지 않던 가장이 앞장서서 텐트를 치고 주방을 꾸미고 주변을 정리하면 자녀들은 부모 따라 스스로 할 일을 찾는다.

이렇게 자연스럽게 서로 돕는 이유는 집이라는 틀을 벗어나 새로운 환경을 만남으로써 지금까지의 속성이 새로운 환경에 동화되고, 또한 대자연이 인간에게 베푸는 무언의 치유 능력 덕분이다.

정부나 시민·사회단체 등에서 주도하는 양성평등이나 가정행복운동 등은 사회적인 이슈는 되겠지만 사적 영역인 가정 안까지 파고들어 본질적으로 의식을 개선하고 삶의 질을 향상시키지는 못한다. 거시적인 부르짖음을 앞세우기보다 가정 안에서 가사 노동을 포함한 실질적인 문제들, 즉 집안일 같이하기, 정의롭고 공평한 인간애, 문화와 정보의 공유, 가정 내 인권 확립 등을 개선하여 하루속히 삶의 질을 높여야 한다.

아직도 많은 사람이 가정 문화를 소홀히 하고, 특히 남성들이 가족 구성원들에게 감성지수를 높여주는 노력이 부족하다. 결국 열쇠를 쥐고 있는 사람은 우리 사회에서 아직은 가장인 남자들이다.

자연에는 경계가 없다

자연에는 경계가 없다. 자연의 리듬은 알 수 없다. 그 리듬을 조정할 수 없고 기호화할 수 없다. 사람은 그 시공에 개입하지 못한다. 자연의 모든 현상과 일기 변화는 제 스스로의 일이다. 그들 스스로 그러할 뿐이다.

시선이 닿지 않는 그 너머의 시공이 사람들에게는 궁금한 일이지만 보이는 것은 현상이고 본질은 보이지 않는다. 허용된 시계視界는 가장자리에 불과하고 그 너머의 권역은 인간에게 허락되지 않는다. 끝없는 진기한 불가사의만이 인간에게 호기심을 불러일으킨다. 알 수 없는 영역이 무한하여 인간은 기진하다.

강과 산은 서로 만나서도 모르는 체한다. 산이 강에게 나아갈 길을 양보해준 것인지 물줄기가 산을 뚫고 나간 것인지 알 수 없다. 다만 물줄기는 낮은 땅의 유순한 곳만 골라서 간다. 물줄기는 내륙 산악 지대의 산들이 맞닿은 계곡의 집수지에서 흘러내린다. 물은 산골 사이를 끼고 험한 낭떠러지를 휘돌아 소용돌이치며 흐른다. 그 물줄기는 신운하고 강력하다. 물의 발원은 산골이다. 산골 물은 가파른 바위 사이를 굽이치며 수렁에 빠져 쏜살같이 곤두박질쳐 흘러간다. 사방에서 흘러드는 지류의 시원을 모두 거느리고 도망친다. 계곡은 바쁘다.

말을 걸 수 없는 자연을 바라보는 인간은 난감하다. 세상은 자연과 사람 사이의 첨예한 대국을 모르는 체한다. 인간은 자연을 좌지우지 못 하는 미미한 존재란 것을 늘 잊고 산다. 사람들은 자연의 횡포니 이변이니 하며 날벼락이 쏟아진 것처럼 여긴다.

프랑스 사상가 장 자크 루소는《인간 불평등 기원론》에서 '인간은 평등하게 태어났으나 도처에서 불평등에 시달리고 있다'라고 말했다. 그러나 나는 '인간은 불평등하게 태어났으며 도처에서 평등하고자 시달리고 있다'라고 정정하고 싶다. 자연은 평등이니 불평등이니 할 대상이 아니다. 자연에 대한 불가항력을 숭엄한 마음을 갖고 금과옥조로 삼아야 할 일이다.

자연에는 경계가 없다

자연의 리듬은 알 수 없다

그 리듬을 조정할 수 없고 기호화할 수 없다

사람은 그 시공에 개입하지 못한다

자연의 모든 현상과 일기 변화는

제 스스로의 일이다

오토캠핑에 대한
한 생각

오토캠핑은 철학이다

우리나라는 지금 오토캠핑으로 몸살을 앓고 있다. 현재 오
토캠핑을 즐기는 인구는 약 300만 명에 이른다. 캠핑장은
국립공원관리공단에 33개, 산림청의 자연휴양림에 38개
가 있다. 지방자치단체와 사설 캠핑장을 합치면 약 1,500
개소로 추정된다. 5년 전만 해도 전국에 캠핑장이 200개,
캠퍼가 50만 명 정도였는데 놀랍게도 오토캠핑 인구가 갑
작스레 늘어났다.

이제 캠핑장은 한두 달 전에 예약하지 않으면 이용하
기가 어렵다. 사정이 이러하니 전국 캠핑장은 피난민 수용
소를 방불케 한다. 자연을 찾아 여유롭게 여백을 즐기는 야
외 생활은 아예 기대할 수 없다. 어디 그뿐인가? 세계적인

명품 브랜드인 고가의 캠핑 장비 경연장으로 둔갑했다. 고성방가로 지새우며 먹자판을 벌이는 일이 당연시되었다. 책을 읽는 사람은 거의 본 적이 없다.

그래서 나는 늘 권한다. 농민을 찾아가 비닐하우스를 빌리든 캠핑 사이트를 빌리든 조용한 캠핑을 즐기라고. 이렇게 해야 자녀 교육에도 큰 도움이 되고 때로는 텃밭을 임대해 씨를 뿌릴 수도 있으니, 이것이 곧 훌륭한 주말레저농원이라 할 것이다.

미국이나 유럽에는 캠핑카나 카라반이 보편화돼 있고 캠핑카를 이용한 여행에 인생의 목표를 두고 있다고 해도 과언이 아니다. 물론 가족 구성원 모두가 자연스럽게 어울리며 체험을 통해 삶의 질을 높인다. 야외 생활을 통해 삶의 질을 높여가는 서구인들의 문화를 접하면서 나는 얼마나 부러웠던가.

오토캠핑에는 자체의 즐거움뿐 아니라 생활 패턴을 바꾸고 인성 교육을 통해 삶의 질을 높인다는 막중한 철학적 뜻이 있다. 오토캠핑은 단순한 레저가 아니고 삶의 궁극적인 목표라고 할 수 있다. IT 시대를 맞아 점차 규격화되어가는 사람들에게 정신적 양식으로서 오토캠핑을 생활화하기를 권유한다.

오토캠핑은 게임이다

캠핑지로 출발하기 전에 별것 아닌 일로 가족과 신경전을 벌인 날이 있다. 캠핑지에 도착해 텐트를 치면서 행여 눈치 챌까 봐, 가장의 권위에 상처라도 날까 봐 일부러 얼굴을 굳혔지만 내심 '역시 오길 잘했구나' 하면서 가족들의 눈치를 살폈다. 알량했던 자존심은 숲속에 들자 사람이 아닌 자연의 힘에 의해 물엿처럼 힘없이 녹아내렸고, 마음이 마냥 편안하고 즐거웠다. 벌써 40년 전의 일이다.

나는 젊어서부터 캠핑 생활을 즐기는 가운데 사람의 마음은 자연에서 순화된다는 것을 깨달았다. 또한 사람들 간에 잔소리와 설교로 악화된 감정의 치유는 가정이나 직장 내에서는 불가능하다는 것을 절실하게 느꼈다. 이런 갈등은 날이 갈수록 개선되는 게 아니라 더 꼬이면서 서로를 비난하고 급기야 본마음을 감춘 채 겉으로만 위선을 떨게 된다. 자연은 사람이 가르치지 못하는 것을 가르친다. 그것은 인간의 지식을 뛰어넘는 영역이다.

캠핑은 자체로 이미 여행이지만 여행 중에 캠핑을 하고 캠핑 중에 여행과 레포츠를 함께 즐기는 오묘한 짜릿함을 안겨준다. 캠핑의 이런 매력은 다른 어느 것과도 비교할 수 없다. 그래서 캠핑은 단순 스포츠나 레저가 아닌 실생활

나는 젊어서부터 캠핑 생활을 즐기는 가운데 사람의
마음은 자연에서 순화된다는 것을 깨달았다.

을 축소한 또 다른 영역의 이미지 문화 게임이다.

터놓고 말하면 거의 모든 가정에서 주부 혼자 가사를
도맡아왔다. 예전보다 많이 나아졌다고는 해도 온 식구가
가사를 함께 나누는 가정은 매우 드물다. 가정은 단순 생활
이 아닌 경영이요, 문화 창작이요, 행복의 보금자리여야 한
다. 그러나 여전히 주부들은 고된 가사에서 벗어나지 못하
고 있으니 문화생활은커녕 오히려 지겨운 일상생활의 연

속이라 할 것이다.

이렇게 불합리한 생활 구조 역시 같은 집에서 같은 생활 방식으로는 고쳐질 수 없다. 자연 속에서 뒹굴며 집을 짓고 다시 해체하는 게임(스스로 일을 만들어 즐기는)을 통해 가족들은 자연스럽게 감정을 교류하고 대화를 나누게 된다. 아이는 부모를 더 깊이 이해하게 되고 부모는 자연 속에서 아이들의 새로운 면모를 발견하게 된다. 이렇게 되면 소유가 아닌 존재로 서로를 소중히 여긴다.

오토캠핑의 매력은 기동성에 있다. 집에서 숲으로, 숲에서 바다로, 계곡으로, 산속 구릉지로 삶의 장소를 바꿀 수 있다. 이 얼마나 놀라운 신천지인가! 우리는 가능하면 집을 버리고 자연에 살아야 한다. 그래야 엔트로피적 무질서한 에너지를 응축 에너지로 질서 있게 전환할 수 있다.

오토캠핑은 인생이다

금속학에 '퀜칭quenching'이라는 용어가 있다. 쇠의 담금질을 말한다. 1,000~1,400℃의 불에 철을 녹이면 분자 간의 거리가 팽창되며 소용돌이친다. 이때 해머로 반복해 두들겨 불순물slash이 제거되는 과정에서 양질의 철 분자들이 질서를 이루며 거리를 좁혀간다. 그 순간 냉각수에 쇠를 담가 열을 식히면 분자 간의 거리가 좁혀진 상태로 고정된다. 이런 과정을 반복해 얻어진 쇠가 가장 강하다. 이것을 바로 담금질quenching이라 한다.

우리 인생에는 이런 담금질이 필요하다. 그래야 삶이 더욱 견고해지고 진정한 행복을 느낄 수 있다. 자연으로 달려가 자연 속에서 호흡하는 캠핑은 우리를 강인하게 만든다. 손수 먹을거리를 마련하고 야지에 잠자리를 마련하면서 일종의 서바이벌 게임을 벌이는 것이다. 이런 경험이 많아지면 사치에 빠지고 형식에 얽매이던 사람이 소박한 자연과 어울리는 순수한 사람으로 변모해간다. 자연에 뒹구는 무질서가 결국에는 질서로 융합하여 엔트로피를 극복하는 시대를 우리에게 안겨준다.

누구나 어린 시절 소꿉놀이를 해본 경험이 있을 것이다. 누가 시킨 것도 아닌데 해 지는 줄도 모르며 놀이에 빠져든 경험 말이다. 오토캠핑은 생활에 매몰되어 자연을 외면하고 살아가는 현대인들에게 어린 시절 소꿉놀이를 즐기던 순수한 감정을 회복시켜준다.

이제 우리는 자연 중심의 삶을 지향해야 한다. 자신 있게 말하건대, 오토캠핑을 능가하는 삶의 방식은 없다. 오토캠핑은 현대판 신선놀음이나 소꿉놀이로 보일 수도 있지만 숙련되기까지는 많은 체험이 필요하다. 캠핑은 과정을 즐기는 체험적 게임이다. 이것이 바로 오토캠핑의 실천적 철학이다.

어떤 일을 할 때 기본 원칙과 매뉴얼 그리고 정신적 지주가 필요하듯이 오토캠핑도 수준급의 캠퍼가 될 때까지는 기능과 기술, 정신 교육이 필요하다. 캠핑에서 노동은 필수적이기 때문이다. 노동의 기회를 갖지 못한 도시인들은 스스로 즐기는 캠핑을 통해 땀방울을 쏟으며 노동의 신성함을 몸에 익혀 겸허한 심성을 길러야 한다.

오토캠핑은 교육이다

캠핑에서 먹는 즐거움을 빼놓을 수 없다. 야외에서는 어떤 요리라도 맛있다. 남자들이 직접 만들고 설거지하고 뒷마무리하면서 품격을 높이는 게임이다. 집안에서는 불가능했던 일이 캠핑에서는 가능하다. 이 경험이 쌓이면 남자들이 변한다. 덩달아 집안 분위기가 변한다.

모닥불도 캠핑에서 중요한 이벤트다. 모닥불을 둘러싼 담소는 누구나 한번쯤 경험해봤을 것이다. 보이스카우트나 걸스카우트에서의 아득한 옛 기억뿐이라면 이번 주말에는 흰 파도와 백사장을 끼고 도는 솔밭 해안으로 떠나

보자. 밤을 지새워 파도 소리 들으며 회포를 나눠보자.

오토캠핑은 놀이가 아니라 새로운 해법의 인성 교육이자 감수성 훈련의 놀이마당이다. 유목민 기질이 없는 우리는 떠나면 그저 불편할 따름이지만, 박제된 삶을 버리고 숲속 텐트에 머물 때 진정한 깨달음을 얻는다. 삶의 방황이 치유된다. '교육education'의 뜻은 본래 라틴어로 '밖으로 나가다'라는 뜻이 아니던가.

상품화된 콘도나 호텔은 캠핑이 아니다. 아파트에서 또 다른 방에 갇혀 스트레스에서 잠시 피난 간 꼴이 된다. 용감하고 도전적으로 극기를 자청해야 한다. 한겨울 눈보라에도 캠핑을 해보라. 온 식구가 각자 자생력을 갖고 감동 어린 삶을 살게 된다. 오토캠핑은 생활을 즐기는 게임이자 잘못된 습관을 고치는 훈련 현장이다. 여행이나 출장 중 숙박은 오토캠핑으로 하자. 이때 비로소 소박한 '심플라이프'의 신봉자가 된다.

세컨드 하우스인 전원주택은 나를 구속하는 애물단지가 될 공산이 크다. 전 국토가 나의 정원이요, 지구 위가 바로 나의 침실이다. 캠핑은 더 넓은 세상으로 나아가는 행동의 씨앗이며 자신의 정체성을 찾는 고독의 사색장이다. 나는 해외여행 시에도 오토캠핑을 하거나 유스호스텔을 이용한다. 캠핑, 여행, 등산 등 인생 마라톤으로 나의 삶을 이어가고 그 비중을 높여갈 때 나의 작은 자아ego가 사라진다. 자연 중심의 생활이 우리 삶의 질을 높인다.

오토캠핑은 문화다

인간 사회가 발전함에 따라 우리는 겹겹이 제한받으며 살고 있다. 원래 인간의 본성은 자유를 갈망한다. 그렇기에 사람들은 푸른 바다와 들판으로, 산과 계곡으로 자유를 찾아 나선다.

캠핑은 자연과 내가 한 몸이 되는 시간이다. 캠핑은 철저히 자연의 속살로 파고든다. 누구나 황토집을 선호하지만 텐트는 황토집에 비교할 수 없을 만큼 흙과 숲과 열린 하늘에 놓여 있다. 자연의 대기를 그대로 마실 수 있는 공간이다. 여기서 무엇을 하든 개개인의 열린 마음의 몫이다. 하늘의 별을 바라보며 풀벌레 소리와 함께 밤을 지새운다.

캠프에서는 가정에서 미처 몰랐던 나의 자녀와 아내와 남편을 새롭게 발견하게 된다. 20년을 살아도 몰랐던 동반자의 투정도 이해하고 수용할 수 있다. 이리하여 서로 너와 나로 존재하게 된다. 자녀에게는 평생의 추억으로 각인되고 그 각인이 자녀의 노후를 보장한다. 우리는 자녀에게 물질적 유산을 남길 게 아니라 자연에 사는 심성을 심어 주어야 한다. 캠핑에서 아무것도 하지 않을 자유와 누구에게도 간섭받지 않는 해방감, 자기 자신마저 잊은 공백, 이런 것이 캠핑의 진정한 가치다.

서구의 캠핑 문화는 이렇게 흘러가고 있으며, 자유를 지향하는 이런 흐름은 궁극적인 삶의 목표라고 할 수 있다. 과거에는 에너지를 재충전하고 생산성을 높이는 데 목적을 두었으나 지금은 개인의 행복에 가치를 두고 있다. 급속한 사회 성장 과정에서 빠트렸던 여가 문화에 대한 철학과 프로그램이 각별해진 시점이다.

캠핑의 라이프 사이클을 한번 생각해보자. 유스캠프, 가족캠프, 동호인캠프, 실버캠프 등 어린 시절부터 노년에 이르기까지 캠핑하는 즐거움을 계속할 수 있다. 오토캠핑의 실제는 한 가지 해답만 있는 게 아니지만 자연에서 벌이는 서바이벌 활동이기 때문에 기본 지식과 교육 훈련이 그 결과를 성공적으로 이끈다. 우선 장비를 갖춰야 하며 텐트, 타프, 침구, 취사도구, 기타 레저용 부속 용구들이 간편하고 기능적이어야 한다. 자연과 어울리는 품위 있는 리빙키친 공간은 각자의 아이디어와 안목으로 결정될 것이다.

오토캠핑은 잠자리와 식사만을 해결하기 위한 노숙의

서구의 캠핑 문화는 자유를 지향한다. 이런 흐름은
궁극적인 삶의 목표다.

수단이 아니다. 인생을 풍요롭게 만드는 생활양식, 라이프
스타일을 창조하는 데 의의가 있다. 캠핑은 우리에게 부지
런함과 참신한 아이디어와 사람 간의 협동심 그리고 대화
의 장을 마련해준다. 또한 절약과 검소 등 실용적인 가치와
자연을 아끼는 때 묻지 않은 마음을 갖게 한다.

　　한 가지 주의할 것은 캠핑엔 자연환경을 해칠 수 있는
요소가 제법 있다는 점이다. 텐트 사이트 설치를 위해 흙을
파고 고르고, 취사를 위해 이것저것 동원하며 모닥불을 피
우는 일 등이 그렇다. 요즘은 다양한 환경 상품이 나와 있

어 적절히 이용한다면 환경을 파괴하거나 손상을 입히지 않고도 캠핑을 제대로 즐길 수 있다. 캠퍼는 자연을 사랑하는 사람이다. 자연환경 보존에 앞장서 야외 활동을 하는 사람들에게 모범이 되어야 하며 자진해서 환경 정화 봉사활동을 해야 한다. 자라나는 아이와 사회를 위해 단 하나뿐인 지구를 보호하는 일은 가장 소중한 의무다.

러시아의 힘,
주말농장 다차

러시아의 대문호들이 사랑한 주말농장 다차

주말이 되면 교외로 나가는 차량들로 교통 체증이 극심하다. 도대체 어디로 가는 행렬일까? 외식을 하거나 놀러 가는 차들이 태반일 것이다.

러시아는 주말이 되면 대부분의 차량이 주말농장 다차Dacha로 향한다. 러시아의 인구는 1억 3,700만 명이고 다차는 약 3,200만 곳이 있으니 4.5명당 1개씩 다차를 갖는다(2004년 3월에는 농업 인구를 제외하면 3.7명당 1곳). 거의 모든 국민이 다차를 갖고 있는 셈이다. 러시아 정부가 국민들로 하여금 다른 생각을 못 하도록 만든 통치 수단이었을까? 여하튼 러시아인들의 고향이자 향수인 다차는 국민 경제에 미치는 영향이 대단히 크다.

러시아 국민 정서가 담겨 있는 다차를 알려면 근대 러시아의 문예 진흥 역사를 간략하게나마 이해해야 한다. 1860년부터 1917년 붉은 혁명까지 제정 러시아는 한마디로 낭만주의와 사실주의 물결로 가득한 찬란한 예술의 시기였다.

러시아 대문호 도스토예프스키의 《가난한 사람들》과 《카라마조프 가의 형제들》, 톨스토이의 《전쟁과 평화》와 《부활》 등은 러시아인들에게 예술가와 문인들이 만들어주는 꿈을 안겨주었다. 이런 풍조는 러시아인들에게 철학을 바탕으로 하는 문예 부흥의 계몽운동으로 번져 삶의 문화적 바탕을 넓혀줬다. 인생을 자연과 아울러 넓게 관조하는 사조가 퍼져나갔다.

볼쇼이 예술단(발레)도 이때 조직됐다. 이런 배경으로 러시아의 귀족과 지식층은 품위 있는 향수를 잊지 못해 풍광이 수려한 농촌 지역에 여러 형태의 별장을 짓고 소설을 쓰거나 시를 논하거나 그림을 그리는 한편 사냥과 낚시를 하며 문화생활을 즐겼다.

이런 풍토가 일반 러시아인들에게도 차차 번져나가면서 소규모 다차가 생겨나기 시작했다. 다차에서 장작불을 지펴 사우나를 하면서 건강을 다지는 일을 모두들 부러워

했다. 이런 상류 계급 문화가 확산되면서 문화적 삶을 중심으로 하는 건전한 주말농장 다차가 발전해왔다.

1958년에는 흐루쇼프가 수상으로 취임하면서 인민들에게 주말농장 다차 1동당 토지 150평과 주택 면적 9평 정도를 무상으로 나눠 주었다(그전에도 일부 시행한 정책). 이런 정책의 목적은 인민들이 신선한 채소와 농산물을 직접 생산해 자급자족하고 근로정신을 길러 자립을 지키는 데 있었다.

집회와 시위를 막으려는 정치적인 의도도 있었지만, 실제로 다차를 가진 러시아인들은 대부분 금요일 퇴근해 부지런히 다차로 향했다. 다차의 생활에 도취된 사람들은 집회나 데모에 참가하라고 노동자조합이 충동질을 해도 넘어가지 않는다. 그만큼 다차는 사회 안정과 가족 정서에 커다란 영향을 미쳤다. 다차는 국민 한 사람 한 사람에게 상류 문화를 자연스럽게 심어주는 촉매 역할을 단단히 하는 대단히 중요한 캠프다.

러시아를 안정시킨 주말농장의 힘

모스크바를 위시해 대도시는 금요일 저녁부터 일요일 밤까지 유흥업소와 오락장이 문을 닫아 밤거리가 어둡다. 현

직에서 은퇴한 노인들은 다차에 가서 농사일도 하고 가축을 기르며 건강을 위한 취미 생활을 하고 주말에는 가족과 만나 어울린다.

다차에서 생산하는 과채류 생산량은 같은 면적의 경우 일반 농가에 비해 보통 3~8배나 높다. 러시아 전체 농산물의 총 생산량 중 다차에서 생산되는 비중이 감자 83퍼센트, 양파 71퍼센트, 양배추 62퍼센트, 오이 58퍼센트, 당근 49퍼센트다. 이들 농산물은 직접 소비하거나 이웃에게 나눠 주기도 하지만 대부분 길거리나 시장에 내다 판다. 이 생산 비율은 가족 단위로 정성을 다해 정밀 농업을 한 결과로, 러시아 농작물의 광역 생산성과는 관계없는 수치다. 말하자면 다차 가족의 근면성과 다차 영농의 우수성을 입증하는 사례인 것이다.

다차가 러시아인들에게 경제적으로 미치는 영향은 10퍼센트 미만이지만 경제 외적으로 미치는 영향은 더욱 크다.

첫째, 주말에 다차를 다녀온 월요일에는 범죄가 전혀 없다. 이것은 자연 친화적 생활과 근로정신, 검소한 생활의 효과다.

둘째, 다차에서 생산되는 농산물을 친지나 이웃과 정

의 표시로 나눈다.

셋째, 다차 생활의 정신이 사회 전반에 긍정적 영향을 끼쳐 러시아인들의 삶 자체가 평화롭고 친환경적이다.

넷째, 어른들이 집을 비울 때면 홀로 남은 자녀들을 이웃집에서 다차에 적극 데려가기 때문에 이웃 간 화합이 특별하다.

이렇듯 다차 생활에 의한 러시아인들의 심성 순화는 러시아 전체 발전에도 큰 영향을 준다.

러시아의 많은 가정이 다차에서 신선한 야채를 유기농으로 생산하고 있는데, 그 배경에는 러시아 사회의 문화예술과 견고한 사회 연대가 있음을 깊이 깨달아야 한다. 한국도 다차를 벤치마킹하여 주말레저농원 생활을 진지하게 고민할 때가 왔다. 전 국민 운동이 벌어지기를 기대한다.

홋카이도를 즐기는
몇 가지 방법

홋카이도는 일본 본토에서 최북단에 떨어져 있는 섬이다. 원주민은 지금의 일본인과는 다른 북방의 아이누족인데 에스키모와 몽골족을 닮아 얼굴이 넓적하고 몸집이 왜소하다. 미국의 인디언들이 거의 사라졌듯이 아이누도 일본 본토인과 혈통이 섞이고 문화가 동화되면서 이제는 거의 보기 어렵다. 다만 그들만의 원시 종교를 지켜온 탓에 언어와 생활에 그 흔적이 남아 있다.

일본 본토는 섬나라여서 예부터 그네들만의 고유한 언어와 생활 습성 등을 지키는 문화 특질이 완고하다. 외국의 문화 물결을 배척하고 쇄국 정책을 철저하게 지켜오다 지금으로부터 200년 전후에 포르투갈, 네덜란드 등의 선

박에 의한 외침으로 규슈의 서쪽 끝에 있는 나가사키에 인공 섬을 만들어 그곳에서만 무역 거래를 했다. 일종의 보호 무역 특구인 셈이다.

　　반면에 홋카이도는 일본 본토에서 접근하기 어려운 북쪽의 추운 섬이라서 오히려 외국에 용이하게 개방되어 일찍이 유럽, 미국 등의 상인들이 섬 남단의 하코다테 항구로 이주해왔다. 그런 연유로 유럽 중세의 고풍스런 건물들이 시가지 곳곳에 세워져 고즈넉하고 안정된 도시 분위기를 풍긴다.

온천, 호수, 화산이 많은 낙농 천국

목장을 겸한 홋카이도의 시골길을 걷다 보면 농민들이 과일, 채소, 우유 등을 좌판에 내놓고 무인 판매를 하는 모습을 볼 수 있다. 팩에 든 우유는 얼마나 고소하고 맛있는지 좌판에 대고 절하고 싶을 지경이다. 어느 곳에서 먹었던 우유보다 진하고 고소하다. 물품에 가격이 매겨져 있어 돈을 주전자에 넣고 물건만 골라 가면 되는데, 우리의 개념으로는 상상하기 어려운 일이다.

　　일본 사람들은 신혼여행을 해외로 많이 나가지만 자연을 사랑하고 생태 환경을 아끼는 일부 젊은이들은 홋카이도 목장을 신혼여행지로 삼아 절제하는 풍습이 있다. 서툴지만 농사일을 돕고 젖소 우유를 짜면서 분뇨를 청소하는 궂은 봉사를 결혼 출발의 희망과 꿈의 다짐으로 삼는다. 이런 풍습을 보면서 인간이 땀 흘려 일하는 원형의 삶이 얼마나 소중한 것인지를 새삼 자각하게 된다.

홋카이도는 사계절에 걸쳐 서로 다른 아름다움이 있는데 가을 단풍과 고산의 야생화 물결은 가히 한 편의 시다. 홋카이도의 단풍은 일교차가 크고 가을이 짧아서 가을빛 쏘인 붉은 잎의 아름다움은 한국이나 캐나다 것보다 훨씬 예쁘다.

온천도 많아 각기 독특한 분위기로 손님을 유혹한다. 호숫가 모래밭에서 자연스럽게 솟아오르는 노천 온천은 또 다른 풍미를 자랑한다. 옛날에는 남녀 혼탕 온천장이 있었다는데 지금은 사라졌다.

홋카이도에는 호수도 많다. 활화산을 끼고 있는 호수도 있다. 도야, 아칸, 굿샤로, 마슈 호수 등을 드라이브로 둘러보며 허락된 캠핑 사이트에서 하룻밤 여백의 시간을 가져보는 것도 홋카이도를 즐기는 한 방법이다.

이오산硫黃山은 해발 336미터 활화산으로 밤낮없이 유황 연기를 뿜어낸다. 근처에만 가도 유황 냄새가 진동한다.

광활한 자작나무숲과 세월에 못 견뎌 삭아가는 외로운 고목들이 황량한 들판에 서서 인간에게 끝없이 말을 걸어온다. 노을에 물들어가는 황야에서 모닥불을 피우고, 밤이슬에 젖으며 마지막 불씨를 응시하는 진한 커피 한 잔의 회상…… 쿠시로 국립공원의 갈대와 억새 물결의 무한감도 빼놓을 수 없는 경관이다.

마음 가는 대로 여행

홋카이도는 자전거 여행의 천국이기도 하다. 요소마다 뷰 포인트와 휴식을 취할 수 있는 벤치가 마련돼 있고 코스가 아기자기하게 잘 꾸며져 있다. 오르내리는 기복이 심하다 싶다가도 달리다 보면 마냥 심심한 루트가 이어지고, 어느새 쭉쭉 뻗은 자작나무숲을 달리다가 곧 호수를 만나 지친 자전거를 졸게 내버려둔다.

숙박비와 음식값이 비싸다는 게 흠이다. 그래서 나는 렌터카를 빌려 오토캠핑으로 여행 경비를 절약하는 쪽을 권한다. 길 위의 생활은 고생스럽겠지만 모험과 낭만의 재미로 그 이상의 문화 체험을 얻게 될 것이다. 자전거는 차량을 렌트할 때 같이 임대해 차에 싣고 다닌다. 목적지에서 렌트하는 방법도 있으나 비용이 더 든다. 최소한 자동차를 렌트해 마음 가는 대로 자유롭게 여행해야 한다.

그러나 내가 권유하는 것은 이렇게 편하고 나약하게 경치만 스치는 드라이브 여행이 아니다. 오토캠핑으로 움직이는 집을 끌고 다니면서 목적지의 야지에서 숙식을 해결하는 것이다. 이렇게 하면 여행 중에 또 여행을 하는 형세가 된다. 텐트 여행이 호텔보다 한 수 위라는 것을 알게 된다. 호텔에 맞춰 여행의 동선을 짜는 것이 아니라 여행의 동선 안으로 숙소를 끌고 다니는 것이다.

우리는 편리한 문명과 문화에 길들여져 마음의 내적 생활과 영혼은 잘 돌보지 않는다. 유목민 같은 야생의 여행을 한 뒤 체중이 5킬로그램 정도는 빠져야 고난을 겪은 증표가 될 것이다. 이것이 바로 길 위의 노숙자를 자청하고 극한 상황에서 마주치는 무상의 가치를 얻을 수 있는 서바이벌 캠핑 여행이다.

캠핑하면 여행 중에 또 여행을 할 수 있다
호텔에 맞춰 여행의 동선을 짜는 것이 아니라
여행의 동선 안으로 숙소를 끌고 다니는 것이다

어떻게 살아갈 것인가

지식을 얻으려면 책을 읽고
지혜를 얻으려면 사람을 만나야 합니다
삶의 폭을 넓히려면 세상 속으로 들어가야 하고
더 큰 자유를 얻으려면 자연을 찾아야 합니다

메마른 방에
찾아온 봄

그리운 쑥향

외딴 두메마을의 옥수숫대 김치 움집을 지나쳤다. 얼마간
침묵이 흘렀다. 언제 적 움집이던가. 다 삭아 흔적만 남았다.

마음 가는 곳이 있어 집 뒤 언덕을 향했다. 산행 때 내
게 달래를 한 줌 건네주던 헐빈한 할망구. 그녀가 쑥 뿌리
를 당기면 젖먹이의 살결 같은 밑줄기에서 알싸한 봄내, 부
드럽고 새하얀 향취가 풍겼다.

언젠가 라면을 건네줬더니 "건 머유? 집에 할머니는
있쑤?" 하고 묻는다. "왜요?" 하고 되물었더니 "글쎄 늘 혼
자이길래" 한다. 그이는 지금도 궁금해할까?

혼자 살던 그녀는 수년 전 집 뒤에 누웠다. 터앞에서
시름하다 그렇게 떠났다. 달래를 건네주던 그 쭈그렁 손목

을 꽉 잡고 주저앉고 싶다. 음산한 봄옷 입은 산 할아비, 그냥 구슬퍼 글썽인다. 쑥 뿌리를 꽉 싸잡고 온몸을 조아린다. 할멈의 쑥 향이 온종일 같이한다.

산자락 저편으로 봄날이 떠 있다. 산속의 긴 겨울도 금이 가니, 틈새로 물이 졸졸 흐른다. 눈이 녹아 없어지듯 이 정경도 이내 슬어 없어질 것들…….

그니들의 목소리

이게 웬일인가. 커피를 내리는데 서재에서 왁자지껄 여자들 소리가 난다. 황급히 발을 옮기니 라디오에서 흘러나오는 소리다. 바랐던 착각인가.

'너'라고 하기엔 거북한 '그대', 아니 '그니'들 소리다. 옛날 자주 듣던 귀에 익은 그들의 '산山 소리'. 아득한 회상이 생각을 낳고 생각은 또 회상을 한다. 하고많은 밤을 지새워 무언가 지껄이며 우의를 다지던 그니들, 이 봄에 무엇을 하고 있을까?

나는 그니들과 함께 깊은 산중에 마주 앉아 쏟아지는 별을 멍하니 바라보곤 했다. 자정 능선 넘으며 비수 어린 초승달에 눈물을 글썽이기도 했다. 길 없는 험악한 산을 헤매며 우리가 제일 멋지다고 기염을 토했다. 우리는 명절 때도 집을 버리고 자유와 해방의 히피가 되어 깔깔댔다. 그때 그들은 이십대였으니 지금은 오십 안팎 됐을 거다. 한창 멋스러운 시절을 살고 있을 그들의 자화상이 궁금하다. 혹시 병원에 누워 있으려나? 남편과 서로 노려보고 있지나 않나? 부모 자식 걱정하느라 주름이 늘었겠지?

며칠 전 K로부터 전화가 걸려왔다. "선생님 건강하시죠? 요즘 봄이 되니 그 옛날이 너무너무 생각나요. 깐돌이 선생님! 뵙고 싶은데 미안해요. 선생님만은 돌아가시면 안 돼요. 너무 아까워요."

나는 죽지 않는다! 죽어서도 살 것이다. 그니들을 다시 볼 것이다. "사십구 년 동안 깨닫지 못한 천명을 오십에 이르러 깨달았다五十而知 四十九年之非"라는 옛글이 있다. 그들의 예전이 또 다른 나였다는 사실을 잠시 잊고 있었다.

노인정에나 가시죠? 나는 산행 중이오!

초인종이 울린다. 젊은 여자다. 국가보훈처에서 나왔다고 한다. 집에 전화를 몇 번이나 해도 받지 않아 찾아왔다고 한다. 그게 나와 무슨 상관이냐고 물으니 "건강하신가요? 어디 불편한 데 없으세요?" 하며 어색해한다.

아하! '저승사자 하수인'이로구나. 이제 나도 이 지경에 왔구나. '운구차는 갖고 왔쑤?' 하고 농을 걸려다 실수를 했다.

"산에 갔다 오느라 전화를 못 받았네요."

"어머나! 큰일 나시려고, 꽃샘추위에 감기 드시려고. 노인정에나 나가시지요" 한다.

그리고 '사인'을 하란다. 죽고 사는 게 '사인'에 달린 것임을 이제야 알았다. 나는 이럴 때 어찌해야 하나? 저승사자 알바가 또 올까 겁난다. 알바 몰래 내일 산에나 가야겠다. 119구급차 올까 무섭다.

글 쓰고 난 뒤의 미진한 여백. 서성이다 행주치마 걸치고 부엌에 든다. 이렇게 남은 날을 살 일이다. 날이 저물고 비가 내린다. 지금쯤 개구리 합창 막 시작할 때인데…….

고택에 부는
여백의 바람

담 넘어 나무는 내 집의 그늘이 되고

향기 그윽한 고택 마을 아스라한 봄, 저만치 솔밭이 손짓한다. 지도에 없는 고고의 마을, 봄바람 저편에 떠 있다. 민들레 노랗게 수놓은 봄길, 돌담에 둘러싸인 고옥, 봄빛에 졸고 있다. 거창 웅양면의 동호 고택 마을이다.

　　고택 마을을 잊고 산 지 오래다. 아니 아예 잃고 살아왔다. 불과 30분 돌아보았을 뿐인데 순간순간 샘솟는 흥분에 휩싸인다. 삶과 느림과 자연이 어울려 옛 정취의 풍류를 자아낸다. 이렇게 아스라이 스미는 감동은 딴 곳에서는 어림도 없으리라. 이것이 바로 살아 있는 인문학 기행이다. 내 평생에 이렇게 평온하고 고요한 찰나의 여정이 또 있을까?

고택 순례를 하며 100~200년을 단번에 거슬러 올라가 전에는 보이지 않던 벅찬 장르에 오싹해진다. 고택의 뜰은 옆집 마당으로 이어지는 또 하나의 꽃밭 길이고, 돌담은 하늘과 산과 나무를 아우르는 비선형 정물이다. 담 넘어 나무는 내 집의 그늘이 되고, 내 집의 꽃밭은 길손의 것이다. 흙 돌담은 너와 나와의 벽이 아니라 이웃과 정을 나누며 영산홍 사이로 애환의 조각을 엮는 나지막한 정겨운 예술품이다. 수십 년 묵은 매화나무가 동시에 꽃을 피우는 황홀한 모습은 고택 마을의 축제다. 어떤 공원에서도 볼 수 없고 선진국 어느 빌리지에서도 볼 수 없는 자연의 사치, 바로 우리의 이야기다.

겉핥기로 해온 내 세계 여행의 시각이 부끄럽다. 노마드족의 보헤미안 생활을 미치도록 고집해온 연유로 우리 고유의 '선의 집'과 '넉넉한 정원'에 눈길을 보내지 못했다. 산에 그토록 많이 다녔건만 조국 강산의 마음을 정겹고 유연한 눈길로 우리 마을 곁에 옮겨놓을 생각은 미처 못 했다. 자연의 사랑을 받지 못한다는 것은 불행한 일이다. 병든 도시에서 불안한 그림자에 늘 시달려왔다. 산을 오르면서도 힘겨운 도전만이 전부인 줄 알았다. 고색 찬란한 집한 채, 뜰에 우뚝 선 고목나무, 초승달에 걸려 쉬어가는 구름을 못 보는 아쉬움은 나만의 한인가?

고택의 여백이 쓸쓸히 웃다

고택 길을 걷는 동안 나는 치유된다. 소풍 가는 아이처럼 고목나무와 막 피어오르는 꽃나무 숲에서 숨바꼭질하며 생의 불꽃을 피우듯 사진을 찍어댄다. 이 아름다움을 놓고 육체는 먼 옛날에 소멸되고 영혼만이 집 어딘가에서 한 맺힌 넋으로 서성이는 것 같다.

양반의 세도가 불길처럼 드셌지만 이제는 모두 소용 없는 일, 바뀌고 또 바뀌는 인간의 생애는 이런 것인가? 전설의 고택에서 쉴 새 없이 묻는다. 옛 주인 떠난 고옥을 지키는 느티나무, 잠든 영혼을 깨우는 여린 갈바람, 이름 모를 들꽃만 흔들린다.

눈물의 사연들은 오래된 빛에 바래 흔적조차 없고, 우두커니 서 있는 고목은 마구 잎을 피워내고 있다. 귀향의 노래 부르며 새 한 마리가 가지에 앉아 시린 가슴의 노래를 전해준다. 한의 노래, 봄의 노래, 고택의 노래, 이 땅의 노래……. 나른하고 감동 없는 딱딱한 도시의 그림자를 씻어내며 이름 모를 새 한 마리의 자유정신이 천 년의 빗장을 열어준다.

걷는 내내 너는 '늙은 농부만 못하다'며 고택이 알려주는 것 같다. 아픈 생을 임기응변으로 약삭빠르게 산 삶을 이제서 알 만하다. 물 맑고 산 좋은 이 아름다운 고장은 문명의 소용돌이 속에 잊히고 있지만, 심심하고 한가로움 외엔 아무것도 없는 공백의 풍경은 아무리 뛰어난 문필가라도 필설로 묘사하기는 어려울 것이다. 중국 장가계나 명승고적의 절경은 그림이나 사진 등 기행문으로 묘사라도 가능하겠지만 무형의 여백을 무슨 재주로 나타낼 수 있단 말인가?

맑고 쓸쓸히 절제된 여백의 바람이 근심걱정을 놓게 한다. 심호흡하며 먼 하늘 쳐다본다. 청정한 솔바람이 몸을 훑고 지나며 '버려라, 버려라' 속삭인다. 고택의 여백이 쓸쓸히 웃는다.

산을 오르면서도 힘겨운 도전만이

전부인 줄 알았다

고색 찬란한 집 한 채, 뜰에 우뚝 선 고목나무

초승달에 걸려 쉬어가는 구름을 못 보는

아쉬움은 나만의 한인가

가을엔 들판으로 나가
별을 세자

가을비가 산속을 지나가며 옛일을 소곤거린다. 나를 지탱할 수 없게 괴롭혔던 어디엔가 있을 고뇌의 잔해들이 낙엽을 흩날리며 향연을 벌인다. 이제는 그 사연을 듣고 싶다. 나는 가을에는 오지 산골에서 혼자가 된다. 책과 들국화, 구절초, 지천에 널려 있는 야생화가 나를 홀로이게 한다. 그리운 것들에게 다가서는 무기는 기약 없이 떠도는 것뿐이다.

　혼자라야 멍하니 가을빛 쐬며 자유인이 된다. 그림자 길게 그을리는 노을 속 발길 닿는 대로 숲도 품고 들판에 뒹굴며 억새 비탈 들풀에게 하룻밤 노숙을 허락받는다. 그들의 길 위 표정에서 나를 본다. 요즘 산엔 나뭇잎이 끊임없이 진다. 잎이 지는 이때가 이유 없이 좋다. 곧 단풍이 들고 모든 들풀과 나뭇잎은 사라져갈 것이다.

　　나목은 제 몸에서 떨어져 나간 낙엽을 내려다보며 울고 있을까, 시원해할까? 낙엽은 죽음으로 가득 찬 이별로 운다. 가는 가을은 왜 다시 오지 않는지 아무도 모른다. 아무도 그것을 알려고 하지 않는다. 다만 나부끼는 갈대와 이름 모를 들풀 그리고 저 달빛은 알고 있을 것이다.

　　이제 밤의 길이가 길어질 것이다. 갑자기 차가워진 긴긴밤을 견디다 못해 한 잎 두 잎 흔들며 떨어지는 낙엽을 보며 욕망의 꿈을 접는다. 물들어가는 단풍과 꽃은 여전히 아름다운데 사람들은 이리 뛰고 저리 뛰며 삶이라는 힘든 사업을 끌고 간다. 곧 남쪽으로 떠날 철새들의 여행길을 사람들은 근심하지 않는다. 생각과 사고는 인간만의 것이고, 동식물의 마음은 아무도 모른다. 인간은 생각하는 동물이고 동물은 생존을 위한 행동뿐이다. 사람과 동물은 생각과 행동이 서로 단절된 적과의 공생인가? 루소는 일찍이 불평등한 자연을 갈파하며《인간 불평등 기원론》을 서술했다.

　　때로는 집을 버리고 야생의 자연에 눕자. 현대그룹 정주영 전 회장은 늘 물었다. "해봤어?" 생각이 아니라 행동이다! 인간을 슬프게 하는 것은 밥벌이의 지겨움이 아니라 그것을 핑계 삼은 생활형 인간의 세속화, 그 천박함이다.

　　인생은 짧고 가을은 가고 무덤은 다가온다. 삶은 가치

들과의 투쟁이다. 가을엔 '심플라이프 성전聖典'을 끼고 들판으로 나가 밤을 지새워 별을 세자. 들국화는 긴긴 가을밤 풀벌레 소리 사연을 들으며 사그라진다. 들판의 황금 물결이 인간의 촉촉한 시선으로 자기네들을 보아주길 흔들고 있다. 나만의 착각인가? 착각은 휴식이고 이완이다.

가는 가을은 왜 다시 오지 않는지 아무도 모른다

아무도 그것을 알려고 하지 않는다

다만 나부끼는 갈대와 이름 모를 들풀

그리고 저 달빛은 알고 있을 것이다

맑고 가난한 길 따라

나는 늘 맑고 가난한 길 따라 떠나는 사람이지만 오늘만은 특별한 날이다. 그리운 사람을 찾아 먼 길을 떠난다. 지금 쯤 독거 청년은 무엇을 하고 있을까?

산길을 휘돌아 굽이굽이 흐르는 맑은 개천을 끼고 달렸다. 그는 정선 오지 산골 농막에서 홀로 산다. 그는 나를 본 척도 하지 않는데 애달아간다. 찾아간다고 전화하니 외지에 나가 막노동 중이라 20여 일 후에나 돌아온단다. 그래도 갔다. 문득 그가 없는 농막 터를 베이스캠프로 삼아야겠다는 생각이 든다. 이 얼마나 신나는 일인가! 별 다섯 개 호텔은 안중에 없다.

아, 저 푸른 숲이여, 들꽃이여! 산새 소리, 깊은 산중의 적막한 석양, 밤하늘의 별들, 초승달, 밤이슬, 으스스 스며 드는 밤안개, 고독이여! 그의 신상에 대해서는 잘 모르지만 농사일하다 돈 떨어지면 노동 품팔이로 연명하는 그의 삶 이 나를 움직인다.

돈 모으는 데 목적을 두지 않고 무심한 자연에 들어 자 유롭고 마음 편하게 사는 데 뜻을 둔 청년. 그리하여 최소 한의 생활을 견뎌내며 가능한 한 자기를 위한 일에 시간을 쓴다. 일신의 쾌락이나 들뜬 상업주의 거품은 아예 쳐다보 지도 않는다. 자연 중심의 절제된 생활과 내면세계의 자유 확보를 위한 소박한 삶에 가치를 두고, 때때로 좋아하는 음 악과 독서를 즐긴다. 라디오로 뉴스만 듣고 텔레비전은 없 다. 이런 비움의 단순한 삶, 자연을 사색하는 조용한 생활 을 으뜸으로 한다.

틈나면 가끔 정선읍에 나가 도서실이나 문화 공간에 서 정보를 얻고 번잡한 고뇌의 근원을 멀리하며 여백을 즐 긴다. 최소한의 생활비만 있으면 됐지 그 이상의 돈벌이에 열중하면 진짜 원하는 삶은 없어지고 모든 것을 망친다는 믿음을 그대로 지켜나간다.

약간의 돈이 생기면 여행하다 돌아오고 의미를 잃으 면 또 떠날 채비를 한다. 사람보다 자연을 찾아서 외국의 높은 산도 등반하고 아프리카 오지를 찾는 빈한한 탐험 대열에 끼기도 한다. 이런 해외 원정은 경비가 만만치 않아 몇 년을 절약해 모은 돈으로 초라한 거지가 되어 근근이 다녀온다.

일상의 생활도 영세한 농사로 자급자족하며, 돈이 필요한 생활을 최대한 절약하여 한 달에 십만 원 안팎으로 견뎌낸다. 적은 돈으로도 어떤 고액 연봉자보다 마음만은 평화롭고 자유로운 삶에 늘 고마움을 간직하고 산다. 어느 누구도 부러울 것 없고 아무에게도 간섭받지 않는 지금의 삶은 바로 '자연스러운 삶'의 은혜이리라.

이런 이야기는 그의 실생활을 직접 접하며 간간이 흘러나오는 말들을 엮어 어렵고도 귀하게 추려낸 것이다. 내 마음을 비춰주는 잠언. 그는 자신을 내세우지 않는, 말수가 적은 젊은이다.

정선 시내에서 그의 농막까지는 자동차로 30분 거리의 산골길인데 그는 돈도 없거니와 자동차 갖기를 원하지 않기 때문에 편도 2시간 반 길을 터벅터벅 걸어서 다닌다. 이 길은 사색의 길이며 그를 지탱하는 사유의 근원이다. 그를 만나고 오면 나는 그에게 갇힌다. 떠나온 그곳을 비우지도 채우지도 못한 채 그 산촌에 매인다.

그는 서울에서 출판업을 하다 단돈 3만 8,000원을 들고 8년 전 어느 늦가을 해 질 무렵에 정선에 들어와 지금까지 살고 있다. 소란하고 번잡한 도시 생활에 적응하기 힘든 자연의 삶을 중히 여기는 청년이어서 단단한 결심을 하고 산촌에 든 것 같다. 그 후 노동으로 약간의 돈을 마련하여 국유지의 다 쓰러져가는 지금의 농막을 100만 원에 사들여 수년 동안 조금씩 수리해가며 산다.

그 집의 방은 흔치 않은, 희한하게 만들어진 방이다. 북쪽 벽을 허물고 통유리를 통째로 끼운 쇼룸 같은 방이다. 방 안에 앉아 있어도 마치 산속의 야지에 나와 있는 것 같은 착각에 푹 빠져든다. 그 방에서 독거 청년과 찻잔을 마주하고 하염없이 내리는 창밖의 눈을 바라본 적이 있다. 그 엄청난 광경에 어찌할 줄 몰라 했다. 이런 감흥은 나의 언어로는 설명되지 않는다.

휘황찬란한 풍경을 뛰어넘는, 설명할 수 없는 공간 정서에 압도당할 뿐이다. 나의 삶은 바로 이런 설명될 수 없는 것들에 숨어 있는 슬픔, 오묘함, 놀라움, 환희와 열정을 흠모하는 환영의 점철이다. 설명되지 못하는 것들의 행간을 헤매는 일상성을 포기하지 않을 것이다.

주인 없는 휑한 빈집 마당이 더없는 하룻밤의 보금자리가
됐다. 얼마 만에 다시 찾은 하잔한 여정인가? 캠핑 준비를
한창 하고 있는데 앞마당 나무숲에서 산새 한 마리가 낮게
재깔인다. '주인 없는 집에 와서 왜 소란을 피우는가'라는
경고 메시지인가? 그래도 소리는 청청하다. 산새가 외로운
오두막의 숨결을 나에게 들려주는 것만 같다.

　　마음에 간직했던 곳, 주인 없는 농막의 뜰 한 귀퉁이를
점령하고 감당하기 벅찬 끽고喫苦의 파노라마를 펼친다. 자
리에 없는 타자들과 시공을 넘어 떠돈다. '제 스스로 그러
하다'라는 자연으로서의 자아……. 자유, 생명, 무위, 허무
등 인간의 근원적인 존재성을 사유한다. 나 자신과의 불
화를 감내하며, 나를 초월치 못한 천방지축의 자신을 자
괴한다.

　　겹겹이 산에 둘러싸인 늦봄의 잔광殘光 속에서 짙어가
는 녹음을 오래오래 바라본다. 갓 태어난 연두는 이 세상의
것이 아닌 대안對岸의 낯선 풍경이다. 이런 축복된 장면을
만나지 못했다면 이미 오래전에 나는 쓰러졌을 것이다. 해
는 저 멀리 일찌감치 져가고 노추老醜는 다만 사무친다. 내
가 홀로 바람처럼 떠도는 객인客人이 아니었다면 산과 들녘,

강과 저 하늘의 달과 별을, 그리고 들풀과 꽃을 자연의 친구들로 마음 다해 만나지 못했을 것이다. 물어도 대답하는 사람이 없을 때 화두는 더욱 화두 답다. 홀로 사색하니 흔적이 보이지 않는다. 사색의 주인이 바뀌지 않으니 그게 그거다. 무아無我라야 사색이 되는가 보다.

상념이 사라지면 여백이 생기고 평화롭다. 늘 겪는 일이지만 땀 흘려 노동하고 육신의 고통이 생겨야 상념이 없어진다. 몸이 편해지면 대체로 마음이 혼잡하고 고통스럽다. 반대로 몸을 혹사하면 마음이 이완된다. 하룻밤을 지내려고 캠핑 준비를 하는데도 이만저만한 일거리가 생기는 게 아니다. 그러나 좋아서 하는 일이라 지쳐도 즐겁다.

청년은 오래전부터 산에 가고 밭을 일구다 보니 이미 산이 되었을 것이다. 그의 마음공부에 대해 묻지 못하고 물어서도 안 되는 나는 그저 그의 행적만을 좇을 뿐이다. 그는 생각에 멈추지 않고 바로 행동한다. 아무리 훌륭한 생각이라도 아주 작은 실천보다 못하다. 청년은 한눈팔지 않고 노동에 몰입하는 순진무구한 참된 사람이다. '노동선勞動善'에 대해 생각하게 한다.

노동은 굳이 농사나 공사판의 힘든 일로만 여길 것이 아니다. 일상에서 하는 일이 모두 노동이다. 야외 활동과 주말 영농은 적지 않은 체력 소모와 정신적 노동이 필요한 일이다. 자기 안의 고뇌가 생길 때 이런 취향 노동을 하면 번뇌 망상이 흔적 없이 사라지고 자기를 다스리는 길이 보인다. 이것이 '노동선'이다. 주말에 힘들게 농사일하고 산에 가고 야외 레저 생활을 하는 이유다.

물론 상념도 하나의 노동이다. 자연주의의 삶은 노동을 최우선으로 삼고, 간소하고 소박하게 사는 것을 최고의 가치로 여긴다. 독일 정치경제학자 에른스트 슈마허가 《작은 것이 아름답다》를 발표한 이래 성장지상주의를 반성하며 인간답게 사는 방식을 성찰하기 시작했고, 헬레나 노르베리 호지가 《오래된 미래》를 쓴 후에 척박한 환경에서 최소한의 것으로 자급자족하는 공동체 '라다크'에 관심이 쏠렸다.

인간이 어느 한 분야에서 스스로 땀 흘려 깊어지면 그의 인생도 점점 원숙해진다. 인간의 모태인 자연과 농사일, 그리고 야외 생활을 꾸준히 이어간다면 자신의 내면이 자연과 유랑하는 거주去住의 자유를 만난다. 버몬트 숲에서 백살이 되도록 산 헬렌과 스콧 니어링 부부의 《조화로운 삶》도 이런 이야기를 담고 있다. '사물은 어떠해야 한다'라는 인위적 생각에 매달리기보다 있는 그대로를 수용하는 자

맑고 소박한 가난의 삶을 사는 정선의 독거 청년과
눈 내리는 날 함께하다.

연관이 평온한 삶으로 이끌어준다.

정말 그렇다. 진짜 그렇다. 우리는 소박하게 살아야 하
고 그렇게 살아야 할 필요가 있다. 우선 자신의 행복을 위
해서, 나아가 이웃과 사회와 지구를 위해서다. 새 옷, 새 차,
몸치장, 명품, 수다 모임들……, 물질적인 부를 위한 경쟁에
서 의식적으로 빠져나와 스스로 만족하는 삶의 의미를 깨
달아야 한다. 검소한 생활과 생태계에 대한 사랑이 안정된

내면의 삶으로 이끌어줄 것이다.

독거 청년은 바로 이 진리를 철저하게 실천해 맑은 가난을 만들어 사는 나의 멘토다. 그는 나보다 40년이나 젊지만 나는 그를 마음의 선생님으로 여기고 섬긴다. 그와 내가 사는 방식은 많이 다르나 잠재의식으로 통하는 구석이 있어 문득문득 그를 못 잊는 이유이기도 하다. 내가 틀에 박힌 행렬에서 일탈하는 즐거움이 바로 여기에 있다.

인간이 어느 한 분야에서
스스로 땀 흘려 깊어지면
그의 인생도 점점 원숙해진다
자신의 내면이 자연과 유랑하는
거주居住의 자유를 만난다

서울대 때려치우라던
한 자유인의 외침

내 인생에 큰 영향을 준 사람을 대라면 주저 없이 말할 수 있는 이가 있다. 바로 백학태 선배. 2011년 6월 20일 95세로 세상을 떠난 그는 가족뿐 아니라 가까운 지인에게도 당부하길 자신을 화장해서 산에 뿌려달라고 유언했다. 그 유언에 따라 우리는 땅거미 질 무렵 태백산 정상 언저리 수백 년 된 주목나무 군락지에 그를 뿌렸다.

내가 대학 2학년이었을 때 백 선배가 우리 집에 난데 없이 나타났다. 가끔 이야기로만 듣던 그였다. 대뜸 나를 보더니 "야 이놈아, 네가 상설이냐? 네가 한두 살 때 너를 업어준 형이다. 너, 나를 알아보겠느냐? 알 리가 없겠지, 하하하! 너의 똥오줌을 받아준 형도 몰라보느냐, 이 고얀 놈. 세월 참 빠르구나."

나는 웬일인지 그의 억센 평양 사투리와 어투에서 애정을 느꼈다.

"너 지금 몇 살이냐?"

"열아홉 살입니다."

"학교는 다니느냐?"

"네."

"어느 학교 몇 학년이냐?"

"서울대학교 공과대학 2학년입니다."

"야, 이놈아! 당장 집어치워, 그걸 학교라고 다니느냐! 그곳은 인간 공장이야, 규격인간 만드는 공장! 사내놈이 호탕한 꿈을 가져야지!"

학교를 그만두라는 그의 말에 경악하면서, 한편으로는 내가 숨겨놓은 울분을 대신 터뜨려주는 듯 야릇한 쾌감이 번개처럼 스쳤다. 그는 첫눈에 역마살이 낀 이태백, 강태공, 김삿갓이었고, 알베르 카뮈의 이방인이었다. 그의 첫인상은 삭막했다. 말에 주어와 술어만 있을 뿐 형용사나 부사 따위는 없었다. 단도직입으로 요점만 말할 뿐이었다. 그가 내게 던진 몇 마디에 나는 꼼짝없이 감전됐다.

내가 지금까지 겪어온 사람들의 말은 한결같이 듣기 좋은 생명 없는 말들뿐이었다. 그런데 천둥 벼락 치듯 '학교를 그만두라! 그 학교는 규격 인간을 만드는 공장'이라고 단정하는 외침에 나는 겁부터 났다. 그러면서도 왠지 오래 묵은 체증이 확 뚫리는 듯 통쾌해지면서 내가 만난 모든 어른과 선생들이 가짜로 보이기 시작했다. 심지어 부모님까지도 맥 빠진 겁쟁이로 여겨졌다. 난생처음으로 열불을 확확 토해내는 진짜 사람을 만나게 된 것이다.

백 선배는 늘 이 사회에 시비를 거는 재미로 살았다. 그리하여 자신을 뒤집어 늘 우리 주변을 새로운 눈으로 보게 했다. 세상을 따뜻하고 긍정적인 시각으로만 바라보는 사람들 때문에 이 세상이 점점 더 망가져간다고 개탄했다. 가정이나 사회에서 벌어지고 있는 모순들에 눈을 감으려는 기득권자와 부모들의 방관이 한심하다고 했다. 그들은 삶의 현실을 방기하는 비겁자라고 꾸짖었다.

내가 중학교에 다니던 시절은 일본 강점기였다. 부모님은 가끔 '학태가 전쟁 중에 죽었나, 살았나? 지금쯤 어디서 무엇을 하고 지내나?' 하며 무척 보고 싶어 하셨다. 그러나 나는 그가 누구인지 기억에 없었다. 백 선배의 고향은 평양이었고 우리 집은 춘천이었는데, 나의 아버지와 백 선배 아버지와의 친분 관계로 백 선배는 춘천고등학교(당시에는 춘천고보)로 유학 와서 우리 집에 유숙하며 학교를 다

뇌졸중 때문에 세계 오지를 걷게 되었지만 이런 내
게서 어린 시절에 호연지기를 심어주었던 백학태 선
배의 자취를 느낀다.

넜다고 한다.

백 선배는 어린 시절 평양 집에서 외국 선교사와의 친분으로 자연스럽게 서구 문화와 영어를 익히게 되었다. 학생 시절에는 기질이 활달해 테니스, 스키, 수영, 스케이트 등 스포츠에 특출했고 전국 학생 스케이트 대회에서 일등을 차지하기도 했다. 일본 학생을 포함한 조선 전체 학생 스케이트 대회에서 금상을 받았다고 하니 대단한 기록이 아닐 수 없다.

당시는 일본이 중국을 침공한 지나사변, 중일전쟁이 한창일 때였다. 백 선배는 일본 군대 징집을 피하려고 학교를 졸업하자마자 중국으로 갔다. 일본 점령지는 일본 군정 하에 있었기 때문에 백 선배는 요령껏 중국 관리로 취업해 2차 세계대전이 종전할 때까지 중국에서 파란만장한 생을 겪었다. 남자로 태어나 젊은 날 정처 없이 다닌 방랑 생활이 그를 자유롭게 했으리라.

그는 술독에 빠져 있으면서도 세계문학전집을 늘 가까이했다. 붓글씨의 대가로 한시를 창작하는 한편 세월을 넓게 관조하며 낚시를 즐기는 프로였다. 90세 가까이 테니스를 쳤고, 인사 차 찾아가면 늘 역사책과 영어책이 머리맡에 놓여 있었다.

젊은 날에 막무가내로 살아가는 선배를 보며 나의 넋은 자유로웠다. 선배가 거나하게 취하면 곧잘 휘청대며 서로 엉켜 어깨동무 친구가 돼 알 수 없는 콧노래를 중얼거렸다. 이럴 땐 세상이 우리 둘만의 것이었다. 통 큰 선배를 지탱한 졸부는 행복에 겨워 그 품에서 훈훈하고 아늑한 느낌에 남몰래 눈물짓곤 했다.

어느 봄날 초저녁, 해장국을 먹고 개구리 울음소리를 듣기 위해 당시 변두리 농촌이었던 화곡동 논둑을 찾았다. 그날 우리는 밤늦도록 이슬에 젖어가며 눅눅한 적막에 취했다. 개구리는 사람 발자국 소리가 멀리서 들려도 용하게 알아차리고 일제히 소리를 멈춘다. 그래 백 선배는 발을 쿵쿵 울리며 "상설아, 내가 진시황이다. 엎드려라!" 하며 깔깔댔다.

어느 가을날엔 영종도 억새밭에 텐트를 치고 바람에 흔들리는 풀과 나무 사이의 달빛을 보았다. 우리의 귀를 너무 믿지 말자, 풀벌레 소리에 호들갑을 떨었다.

그때로부터 50년이나 흘렀다. 백 선배는 가고 없지만, 그는 여전히 살아 있는 나의 멘토다.

피아니스트,
자연에 살다

아만다는 어린 눈망울들과 함께 살아왔다. 상처도 열정도 사랑도 생각도 피아노 자리의 흔적이 되었다. 아이들과 같이하는 작은 교실의 하모니, 그의 그지없는 시간이다. 그는 아이들의 눈높이로, 살갗으로, 파란 꿈으로 함께 산다. 젊음 떠난 건반 앞에서 마음 빈 곳 채워줄 여운 그리워 유려했던 추억을 홀로 삼킨다.

앙증맞은 원생들과 눈으로, 귀로, 감각으로 부대끼며 음악을 넘어 웃음소리 꽃피우는 작은 소망을 이루어나가는 그녀. 음악과 아이들에 파묻혀 어느덧 인생은 가고 세월은 흘러 '이 즐거움 언제까지일까' 묻는다.

떠나려 해도 쉽지 않은 수많은 고뇌의 시간, 잊을 수 없는 정든 아이들, 기나긴 세월 같이했던 사연들. 아픔, 슬품, 그리움이 뼛속까지 스민다. 차라리 눈을 감자. 하지만 소용없는 일. 그는 소녀 시절의 천진한 꿈을 아직도 못 버리는 고집쟁이다. 그런 그녀에게 운명처럼 다가온 산! 온실 같은 음악에 갇혀 살던 그에게 그도 모르게 자라나 무엇인가 재촉하는 운명은 자연이었나?

그는 첫 등산에서 평생을 살아낸 하루 같은 신선한 충격과 큰 고통을 겪었다. 산이라곤 남산도 올라가본 적 없는 식물원 꽃처럼 자라온 그가 길 없는 험준한 산에 죽기 살기로 마구 끌려 다녔다. 그래서인지 그는 바로 '산에 가는 사람'에 빠져들었다. 산 없이는 못 살게 된 지 10년째, 생각나면 산에 가는 게 아니라 아예 매주 산에 가는 맹렬분자다. 1년에 50회는 산이나 들, 숲, 바다, 농원에 있다.

물론 아웃도어의 횟수가 중요한 것은 아니다. 삶은 인간의 문제지만 궁극적으로 인간은 자연의 존재다. 그는 자신과 다른 삶의 모습을 빨리 이해하고 바로 변신했다. 초월을 꿈꾸는 그는 고통과 맞서 유쾌한 깨달음을 야생에서 배웠다. 그는 자연에 살아야 하는 목표가 분명하고, 스펙이 뛰어난 용기 넘치는 자유인이다. 스스로 빛을 내지 않으면서, 어둠과 다를 바 없는 세파를 안으로 잠재우며 견뎌낸다.

아만다처럼 삶에 대한 진정성을 자연에 맡기고 맑게 처신하는 자각된 자유인을 만날 때, 나는 신선한 위안을 받는다. 그는 생계만 해결된다면 혼자서 자유롭게 지구를 떠다니는 보헤미안이 유일한 꿈이라고 힘주어 말한다. 인생의 주름살이 아름답게 빛나는 곳이 야성의 자연이란 것을 알게 된 그는 그리하여 모양새, 꾸밈, 스타일리스트를 자연에 맡겨 당당하다.

한겨울에 드니 북극곰 캠핑의 진수가 알알이 떠오른다. 영하 18도의 눈 덮인 진부령 용대리, 강풍이 부는 영하 15도의 대관령 양떼 목장, 폭풍이 몰아쳐 텐트가 날아가는 영하 12도의 소백산, 가을 단풍 한창인 덕유산 오토캠핑장, 청포대 해변, 이외에도 수많은 오토캠핑장을 매월 한 번 이상 전전하며 야지에 몸을 던진다.

고생하며 머물렀던 자리는 흔적이 남기 마련인가? 모닥불가에 둘러앉아 이런저런 이야기를 나누며 매캐한 연기 속에서 커피 한 잔과 시상詩想에 잠겼던 그때 그 사람들이 스쳐 간다. 모닥불 가물가물 마지막 한 점의 숨을 거두면 칠야 같은 어둠 위로 총총히 박힌 별들이 쏟아졌다. 밤 깊은 산의 계곡이 산을 부르는 소리, 우리의 생각을 빛나게 뽑아 올리는 내적 울림의 소리! 긴 밤 지새워 끊어질 듯 이어질 듯 가슴을 뛰게 하고 피를 끓게 하던 알 수 없는 그 무엇, 삶이란 결국 실험이다.

일본 홋카이도에서 규슈까지 장장 2,500킬로미터를 오토캠핑으로 횡단했을 때도 아만다가 함께 있었다. 우리는 시드는 꽃의 운명을 알기에 소박한 삶을 모토로 길 위에서 라면으로 끼니를 때우는, 빈곤하다 못해 처량한 처지를 감내하는 끼 많은 작당을 자처했다. 우동 한 그릇 제대로 안 사 먹은 우리들. 그 기억이 꼬리에 꼬리를 물고 이어져 가슴을 요동치는 자존감, 그것이 우리를 키운다.

의사, 마라토너,
자유인에 대한 한 단상

백조를 가리켜 군계일학群鷄一鶴이라고들 한다. 닭 무리 가운데 한 마리의 고고한 황새처럼 평범한 사람들 속에 뛰어난 한 인물이 섞여 있다는 뜻이다.

　내 지인들 가운데 청아한 고니가 있으니, 바로 김태형 교수다. 그는 의사지만 새벽에 무작정 무념으로 달리는 포레스트 검프, 심장병 어린이를 위한 목표 의식을 갖고 뛰는 근성의 사나이, 산과 여행을 사랑하며 인류의 평화를 염원하는 자유인이다.

　견일지십見一知十(하나를 보면 열을 안다는 뜻)으로 그의 인성과 그와 함께 머물렀던 자리를 떠올려본다. 그는 본성이 과묵하다. 말하기보다는 듣는 쪽에 무게를 둔다. 속이 깊어 함부로 말하지 않는다. 그가 이 글을 읽는다면 무척이

나 수줍어하며 거북해할 것이다. 고니는 냉정한 기운이 흐르면서도 모든 것을 감싸는 울림이 있다. 그의 굳건한 고집이 말수를 거른다. 그의 말은 맑은 계곡물 같기도 하고 호수 같기도 하다. 듣는 사람에게 잔잔한 파도로 다가온다.

고니를 처음 만난 것은 2003년 여름이었다. 인연 있는 교수 부부들과 청평의 아파트(등산 베이스캠프)에서 처음 만났다. 그날 베이스캠프에 모인 이들은 나를 포함해 총 여덟 사람이었다. 당시 내 나이는 일흔여섯이었고, 고니는 환갑을 넘긴 나이에 아산병원의 소아과 진료실장으로 무척 중요한 직책을 맡고 있었다.

일행은 우리 외에 산에 오르는 사람이 거의 없는 호젓한 가평의 가덕산을 올랐다. 사람의 키를 훌쩍 넘는, 이슬에 젖은 풋풋한 풀밭을 스릴 있게 헤쳐나갔다. 꿈속 같은 풍경이 우리의 걸음을 간간이 멈추게 했고, 향기 물씬 풍기며 하느작거리는 들꽃을 허리 굽혀 들여다보면서 좋아 어찌할 줄 몰랐다. 마음을 끌어들이는 야생 풀밭 능선은 들꽃의 쉼터였다.

상아탑에 파묻혀 학문과 연구에 시달리던 그들은 그 싱그러운 산행 길에서 어떤 생각을 했을까? 신록에 싸인 조붓한 산길, 문명의 발길이 닿지 않는 곳에서 우리는 느릿한 걸음을 이어갔다. 오르내리는 길은 모두 같은 길로 이어져 있지만 모두 혼자에 잠긴 걸음이었다. 너무도 범속한 일상에서 너와 나 사이의 경계가 모호했던 우리는 이제 서로 다른 나로서 홀로였다. 숲은 우리에게 '따로 또 같이, 같이 또 따로'의 은유를 넌지시 알려주었다.

매일 아침마다 뛰는 고니에겐 빨리 달릴 때의 시간과는 전혀 다른 느림의 시간이 주어졌을 터. 그리하여 천천히 걷는 여유로움의 타임머신을 타고 30년 전으로 돌아가 자신이 지내온 추억에 잠겼으리라. 고니는 말한다, 삶이 마라톤이며 마라톤이 삶이라고. 그는 세상의 허무와 무상을 보아버린 우리네 삶의 뜻을 마라톤 레이스에 묻어 연민의 자국을 남겨왔다. 그의 뜀박질은 이렇다 할 약속은 없지만 그 속내는 자연과 같이하는 삶의 길이다. 그는 시류에 편승하지 않고 자신과 산과 마라톤과 일과 삶에 어긋남이 없는 총체적 삶의 요람을 향해 오늘도 꾸준히 달려간다.

고니는 의연하고 잘생겼다. 그의 외양은 날카로우면서 부드럽고 꽉 찬 듯 여유롭다. 여기서 의연은 '依然'이 아니라 '毅然'이다. '毅然'이란 의지가 굳고 끄떡없다는 뜻이다. 얼핏 보기에는 냉정한 눈빛이지만 시간을 두고 보면 은연중에 사람을 끌어당긴다. 그의 말은 언제나 정곡을 찌른다. 가끔 신명이 나면 사안의 본질을 꿰뚫는 달변으로 그의 과묵을 무색하게 한다. 그는 본시 내성적이지만 때를 골라 다혈질이 된다. 마음은 사슴이고 행동은 고니다. 쉽게 나서지 않고 본질을 움직인다. 생각에 멈추는 것이 아니라 아예 행동으로 일을 해치운다.

그는 엉뚱한 데가 있다. 일을 저지를 때는 앞뒤 돌아보지 않고 해치운다. 일이 잘못되면 그것으로 끝이다. 잘못된 오류마저 자기 것으로 소화한다. 그의 철통같은 자존심이 오류를 수용하고 자신을 방어한다. 따라서 그의 오류를 누군가가 지적하면 걷잡을 수 없는 파경이 일어난다. 그 오류는 이미 자기 선에서 자각폐기自覺廢棄된 고물딱지이기 때문이다. 그토록 자존심이 강하고 뒷책임을 감당해낸다.

그는 지극히 선량하고 자연스러운 원초적인 인간 욕구와 자기 자존을 조화시켜 자신의 아성牙城을 지켜나간다. 그의 내면세계에는 어린 마음이 자리한다. 칠십을 넘긴 나이에도 여린 순진함이 엿보인다. 그를 대하면 마음이 편해지면서 그의 그늘 속에 있게 된다. 만사에 신중한 고니는 대충대충 넘기는 법이 없다. 어찌나 마음 씀씀이가 섬세한지 놀라지 않을 수 없다. 그렇다고 쩨쩨하게 따지고 신경의 날을 세워 사람을 피곤하게 하는 게 아니다. 따질 것은 자신을 조아려 미리 계산해놓고 시원스런 청사진을 펼친다. 예리한 지각으로 상대방을 꿰뚫는다. 그의 깊고 너그러운 도량과 냉철함에 사람들은 압도당한다.

그는 자신이 모르는 분야에 대해 항상 배우려 애쓰며 오늘도 그 길에 몰입한다. 필요한 것과 불필요한 것을 번개 같은 육감으로 가려내고, 자신에게서 우러나오는 영감에 귀를 기울인다. 늘 생각에 잠기지만 홀로 뛸 때면 생각마저 소진한다. 그리하여 무아지경의 자신마저 버린다. 삶의 순간들을 철저하게 혼자의 고독으로 승화한다. 인생은 혼자 가는 것이라는 듯.

범상치 않은 그의 면모를 가늠해보노라면 자연의 섭리와 운명에 자신을 맡기는 지혜로움을 다시 한번 발견하게 된다. 그 같은 지성인이 우리 사회에 넘쳐난다면 얼마나 좋을까?

구순 앞둔 할아버지와
서른 살 손자의 필담

외할아버지께

이렇게 메일로 글을 주고받으면서 제 자신이 배울 수 있고 생각할 수 있는 기회에 감사드립니다. 아무나 이런 기회를 가질 수 없기에 더욱 감사드립니다.

그리고 이렇게 배우고 느낀 것을 다른 사람들에게도 베풀 수 있도록 성장하겠습니다. 아직은 제 자신의 깊이가 너무 얕고 지식도 얕아서 금세 증발해버릴지도 모를 정도입니다. 그저 겉으로만 흉내 내는 수준이죠. 제 자신의 깊이를 알고 나니 너무나 부끄럽고, 또한 지금의 제 자신을 알게 된 것이 또 다른 시작이라고 생각하게 됐습니다.

예전에 할아버지가 종로서점에서 만나자고 하셨을 때, 만나는 장소 또한 신선한 충격이자 놀라운 일이었지만,

그날 심약하고 나약한 제 자신을 들여다볼 수 있는 말을 해주셨습니다. 그날 저는 쥐구멍이라도 숨어 들어가고 싶었죠. 언제나 칭찬만 받으면서 속없이 포장만 해온 제 자신, 너무나도 부끄럽고 한없이 잘못되었음을 알았습니다. 저도 모르고 있던 사실을, 아니 알고 있었지만 남에게 숨기면서 아닌 척하고 그렇게 덮어만 두고 살아온 것을 할아버지께서 단번에 일침을 놓으셨지요. 그날 이후 많은 생각을 해왔습니다.

그러나 몇 년이 흐른 지금도 제 자신은 나약하네요. 그렇지만 계속 변해가려고 합니다. 방법은 여러 가지가 있을 것 같습니다. 할아버지가 추천해주셨듯이 책을 많이 읽고, 또 읽고 생각하고 고민하고, 자연에 뒹굴면서 느끼면서 또 생각해보는……, 제 자신을 혹독히 단련시키면서 '공부'를 해야겠습니다.

이전에 공부란 점수를 따기 위한 공부였습니다. 경쟁해서 좀 더 높은 점수를 따서 이기는 것만이 공부의 목표였습니다. 기술을 익혀 취직을 하는 것이 공부였습니다. 하지만 인생에서 공부란 한 가지가 아니었습니다. 공부를 게을리하지 말고 계속해야 한다는 것의 의미는 인생을 좀 더 고민하고 다양한 경험을 축적하면서 삶의 지식을 늘려 나가는 것이 더 큰 공부라는 것을요.

이 또한 지금까지 하루도 헛되게 보내지 않으신 할아버지의 모습을 보면서, 지금까지도 공부를 계속하시는 모습을 보면서, 공부하는 인생의 모범을 배우게 된 것 같습니다. 그래서 지금은 너무 얕고 부끄러운 제 인생의 깊이와 지식을 더 넓고 깊게 만들어가야겠다는 생각이 듭니다.

또한 많은 사람들을 이해하고 받아줄 수 있도록 해야겠습니다. 사람들은 지금의 저를 손가락질하면서 놀립니다. 사람들과 어울려 술 마시고 춤추며 인생을 즐기지 못하고 심각하게만 살려 하는 재미없는 인간이라고요. 하지만 윗사람에게 조금이라도 잘 보이려고 사는 게 아니라 인생을 좀 더 깊고 의미 있게 제 자신을 잃지 않고 살아가고 싶습니다. 저의 지식과 지혜를 키우기 위해, 그 시간에 뜀박질하고 운동하고 체력을 키우며, 책을 읽으면서 세상을 알려고 합니다.

이제 서른, 새롭게 시작하는 것 같습니다. 이제야 진짜 어른의 삶을 시작하게 된 것 같습니다. 늦었지만 지금부터 글을 쓰고 생각하면서, 할아버지와 많은 이야기를 나누었으면 좋겠습니다. 추천해주신 책은 곧 읽어보겠습니다.

손주에게

Bravo! Bravo!

진솔한 글, 참으로 멋졌다. 장문의 글을 쓰기가 힘들었겠지만 그만큼 훨씬 변신했을 거야. 한 인간의 내면은 하나의 우주라고 할 만큼 다양하고 광대하고 복잡하기 때문에 일상의 대화만으로는 부족하고 구심점을 잡을 수 없다.

반드시 글로 남기고, 그 글을 또 수십 번 다시 읽고 되씹어보며 또다시 생각해야 창조적인 문화가 자기 것이 된다. 한 예로 나에게 보낸 글을 또다시 수십 번 읽고 며칠 후 또 읽어보아라. 무엇인가 새로운 것이 보일 것이다. 이렇게 거듭하며 사색하는 가운데 라이프 플랜Life plan이 구축되어나간다.

책 읽는 것도 한 번 읽는 것으로는 아무 효용이 없고, 같은 책을 최소한 다섯 번 이상 읽어야 하며, 더 좋은 책은 열 번, 스무 번쯤은 읽어야 한다. 그리고 고전을 많이 읽으렴. 루소의 《에밀》, 《사회 계약론》, 《인간 불평등 기원론》 등 잠깐 생각해도 이런 책들을 줄줄이 토해낼 수 있어야 해.

그리고 나에게 자주 글을 보내렴. 이번 글을 보니 마음을 진솔하게 풀어놓는 점이 돋보이니, 내친 김에 꾸준히 글을 보내라. 그러면 차차 논리적이며 확고한 자신의 생각이 정리되면서 철학으로 내면화된다. 이게 바로 인간의 상부 구조를 견고하게 하는 기초다. 그리고 책만 읽으면 아무 소용이 없다. 실천만이 답이다.

텔레비전 보고, 술 마시고, 노래방 가고, 외식 즐기고, 사우나 가고, 잡담하는 등의 하부 구조, 즉 살덩어리를 키우고 말초신경을 자극하는 쾌락에 빠져드는 인간들과의 확연한 구분 말이다.

외할아버지께

제가 가질 수 있는 하나의 작은 기쁨이라고나 할까요? 할아버지는 다른 사람들과 마찬가지로 인생의 선배이자 조언자이자 스승이며 멘토입니다. 많은 시간을 가까이서 함께하지는 못하지만, 지금 이 순간을 함께 살고 있으며, 존재감만으로도 저에게 많은 가르침을 주십니다.

할아버지는 언제나 몸소 모든 것을 실천하며 보여주십니다. 저는 그래서 어머니와 이모, 외할아버지를 보면서 자라온 환경에 감사하고 있습니다. 할아버지라고 부를 수 있는 기쁨이 크며 자랑스럽습니다. 언제나 저의 대화에서 할아버지가 빠지지 않아요. 제가 본받고 살아가고 싶은 하나의 지표이며, 아직 깨닫지 못한 많은 것을 알고 배우고 싶습니다.

매달 보내주시는 나침반 글, 잘 읽고 있습니다. 핑계거리도 되지 않을 속세의 삶이 바쁘다는 이유로 이메일 답장도 못 하며 살고 있습니다. 할아버지의 글을 보면서 이런 제 자신이 얼마나 부끄러운지 모릅니다. 하지만 항상 마음속에 할아버지가 큰소리로 외쳐주고 있어서, 말씀해주신 것과 보여주신 것들을 잊지 않고 살려고 발버둥 쳐봅니다.

제가 글솜씨가 좀 없죠? 외국의 명문대에서는 글쓰기가 지성인이자 생각하는 사람으로서 가장 중요한 덕목으로 꼽히고 있더군요. 하버드에서는 글쓰기 강좌가 필수 과정이라고 합니다. 그리고 다양한 과목의 담당 교수들이 돌아가면서 글쓰기에 대한 다양한 관점과 방법을 가르쳐준다고 해요.

훌륭한 사람들은 언제나 글을 쓰고 자신의 생각을 정리하여 다른 사람과 공유합니다. 할아버지도 그 점을 알고 글을 써주고 있었다고 생각하니 너무 큰 감동을 받았습니다. 아직은 제가 너무 부족하고 서투르지만 하나씩 변해가려 노력하고 있습니다.

사람은 변하고 발전해야 살아남을 수 있다고 생각해요. 저는 아직 산을 모릅니다. 단지 몇 번의 캠핑을 따라다

넀고, 샘골에서 주말농장을 경험한 것이 전부입니다. 그리고 할아버지가 추천해주셨던 그린 톨토이즈Green Tortoise는 제 인생 최고의 경험이었죠.

자연, 정말 많은 이야깃거리를 품고 있어요. 누구는 자연을 종교로 바라보고, 누구는 자연을 과학으로 보지요. 또 누군가는 자연을 돈으로만 봅니다. 저는 할아버지를 통해서 자연을 바라보는 또 다른 관점이 있음을 알아가고 있습니다. 솔직히 아직은 잘 모르지만 자연에 대한 느낌만 받고 있어요.

이제 서른 살이 되었습니다. 그동안 철없는, 몸만 어른인 아이였죠. 육체적·경제적·정신적 독립 없이 어린아이로만 자라나는 요즘 사람들과 별반 다를 것 없이 살아온 것 같습니다. 대학생이었을 때만 해도 '인생의 철학이 뭐길래 그토록 찾으려고 할까?' '뭐가 중요하기에 그렇게 중요하다고 하실까?' 하고 이해를 못 했습니다. 그때 저는 인생이란 대학에 가고 취직을 준비하고 친구들을 만나는 것이라 생각하고 살던 아주 작은 소인배였죠.

사회생활을 시작하고도 처음 1~2년 동안은 정신을 못 차렸습니다. 그냥 바쁘기만 했죠. 윗사람 눈치 보고 일 배우며 책도 많이 안 읽고 살았습니다. 단지 경쟁해서 살아남아야 한다는 것만 학교에서 배우며 살았습니다. 학교 선생님들은 그게 전부인 것처럼 가르쳤고, 한국의 시스템에서 벗어난 사람들은 잉여인간이라고 했습니다.

그런데 그것들이 다 잘못되었다는 것을 알았죠. 불과 1년 전입니다. 어느 날이었습니다. '왜 이렇게 살아야 할까? 앞으로도 계속?' 이런 생각을 하다, 정말 한순간이었어요, 할아버지가 말씀 없이 행동으로 보여주는 모든 것들을 깨달았지요. '아, 이거구나. 이래서 자신을 찾고 철학을 가지고 살라고 하신 거구나.' 글로 표현하기에도 벅찬 감동의 순간이자 대발견이었습니다. 제 인생의 전환점이었으며, 30년 동안 모르던 것을 뒤늦게 깨달은 부끄러움이 교차했습니다.

미국에 계신 이모가 왜 그렇게 나를 보고 답답해했는지, 왜 한국 사람들의 문제점을 그렇게 비판적으로 바라보았는지, 왜 젊은이들이 이렇게 살고 있는지……. 가까운 사람들만 봐도 술에 연명하며 왜 사는지 모르고 삽니다. 제가 이런 이야기를 꺼내도 대부분의 사람들은 이해하지 못합니다. 이상주의자라고만 치부하죠.

무엇을 느꼈냐고요? 글쎄요, 알긴 아는데 아직 그걸 글로 표현할 만큼 성숙하진 않았나 봅니다. 디자인에선 이런 걸 '콘셉트Concept'라고 하죠. 디자인 아포리즘, 나 자신을 잃지 않는 것. 내 자신의 확고한 철학과 이야기Story가 있어야 인생을 의미 있게 바라볼 수 있다는 것.

돈이면 뭐든 된다는 자본주의 우선이 아니라 왜 사는지, 어떻게 죽을 것인지가 우선이며, 죽음을 두려워하는 자세보다 두려움 없이 멋지게 달려가는 인생이라면 뭐든 못할 것이 없고, 시간이란 단지 고정관념이라는 것을요. 인생에 있어 늦는 것도 없고 영원한 것도 없다는 것. 어쩌면 인생에는 속세의 시간이라는 개념을 빼도 문제가 없을 것 같아요. 아직은 이 정도로 변화를 느끼고 생각하고 살고 있습니다.

계속 공부해나갈 겁니다. 요즘은 책을 손에서 놓지 않고 삽니다. 머리 위에 책을 두고 잠을 잘 정도죠. 점심시간과 퇴근 후에는 거의 매일 회사의 정보자료실(도서관)에서 책을 봅니다. 주말에는 책을 읽을 시간이 많아 기쁩니다. 그래서 지금 살고 있는 집에는 텔레비전을 들이지 않았습니다. 원래 텔레비전을 보지 않던 습관 탓에 관심도 없습니다. 대신 책을 읽을 수 있는 공간을 거실에 만들었습니다. 아내와 함께 음악을 들으며 책을 읽고 서로의 생각을 이야기하고 토론합니다. 책을 읽는 것이 지금 저에겐 큰 도움이 되고 즐거운 취미가 됐습니다.

우리 부부에게는 인생을 어떻게 살 것인지가 가장 즐

거운 대화거리 중 하나입니다. 그리고 무엇보다도 중요한 것은 자연으로 가는 것. 자주 가보지는 못하지만 샘골은 저에게 정신적인 장소가 되어가고 있어요. 지금부터라도 저도 땀 흘려 일 좀 해야겠어요.

　이런, 짧게 답장을 쓰려던 것이 너무 길어졌네요. 또 연락드리겠습니다.

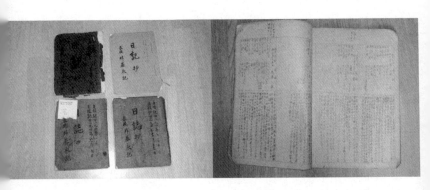

아버지의 일기장을 보며 내가 자랐듯 나의 아이들도 나의 일기장을 보며 생각을 키우고 인생을 성장시킬 것이다.

자연을 좋아하는 아이는
자연이 크게 키운다

동물 키우고 산을 좋아하며 저절로 크는 아이

캠프나비 사람들은 주말이면 오대산 샘골에 모인다. 캠핑
도 하고 농사일도 하며 흙에서 뒹군다. 돌밭을 고르고 콩,
찰옥수수, 상추, 쑥갓 등을 파종하고 고추, 브로콜리, 오이
모종을 심는다. 더덕은 2년 전에 심어놓았지만 이번에는
시험 삼아 더덕 씨를 그늘진 산속에 파종한다. 곤드레 밭과
야생화 밭을 오가며 잡초를 뽑는다. 주말 이틀 동안에 일을
끝내야 하기 때문에 모두 비지땀을 연신 흘리며 잠시도 쉬
지 못한다. 모두 초죽음이 된다. 이런 고된 레저 생활을 우
리는 왜 자처하는 것일까?

언젠가 샘골에 고3 수험생이 찾아왔다. 이름은 기선.
나는 일부러 이틀 동안 기선을 가까이하며 이야기를 나눴다.

"기선, 취미는?"

"동물을 길러요."

아버지와 사이가 좋지 않아 이모 집에서 사는 기선이
는 토종닭을 기른다. 병아리를 플라스틱 통에 넣어 전구로
난방을 하며 키운다. 집에서 기르는 토종닭 계란을 받아 부
화시키는 일도 한다. 나는 그 토종닭 계란을 세 번이나 얻
어먹었다. 초란이어서 알이 작고 담백했다.

언젠가는 기선이와 폭산을 걸으며 이야기를 나눴다.

"등산은?"

"아버지 따라 한두 번 해봤어요."

"재미는?"

"그저 그랬습니다."

"아버지 직업은?"

"고등학교 선생님이세요."

"어느 학교에서 무엇을 가르치시는 선생님인가?"

"제가 다니는 학교의 국어 선생님입니다."

"아버지는 등산을 자주 하시는가?"

"가끔 하시는데, 건강 때문에 하신다고 합니다."

"오늘 아버지 따라 등산하지 왜 폭산에 왔나?"

"산악회 등산인데 한번 따라 가보니 너무들 빨리 걷고,

아버지가 무서워서 가기 싫습니다."

위에 나열한 것처럼 기선이가 이렇게 시원스레 대답한 것은 물론 아니다. 내가 한 조목 한 조목 편하게 물어가며 얻어들은 이야기다.

기선이를 처음 만난 것은 그의 이모네 집에서다. 기선의 부모는 기선이 문제로 허구한 날 싸우다 이제는 거의 남남으로 지내고, 기선이는 이모네서 산다고 한다.

그날 기선이는 뒷마당 잔디정원에서 불고기 바비큐를 담당했다. 기선이는 처음부터 끝까지 프로 요리사다운 모습을 보였다. 많이 해본 솜씨였다. 요즘 세상에도 집안일을 저렇게 열심히 돕는 학생이 있다는 게 참으로 신기했다. 더구나 고3인데! 다른 집 같으면 집에 손님을 얼씬도 못하도록 난리를 피우며 사는 이 나라가 아닌가?

"기선아, 학교 공부는 어때?"

"힘듭니다."

"그럼 어쩌지?"

난감해하는 모습, 유도 심문을 해댔다.

자기 반 학생 수는 서른여섯 명인데 선생님의 수업을 제대로 이해하고 따라가는 학생은 네댓 명 정도이고 나머지 학생은 그냥 앉아 있거나 졸며 스무 명가량은 아예 허수

아비라고 한다.

"그럼 기선이는?"

내가 묻자 픽 웃으며, 중하위라고 하며 그냥 앉아서 조는 허수아비라고 한다.

"샘골에 오니까 어때?"

"너무나 좋습니다."

"이런 산골에 와본 적 있나?"

"이모님 따라 몇 번 여행을 했습니다."

"그럼 이번처럼 농사일도 해봤나?"

농촌에 가서는 안 해봤고 집에서는 제가 좋아서 작은 밭일을 해보았다고 한다.

"산골에 와보니 왜 좋아?"

"그냥 좋습니다."

왜 좋은지 그 이유는 안 묻기로 했다. 그 지긋지긋한 공부 안 해도 되고, 잔소리 듣지 않아 좋고, 마음대로 뒹굴며 새소리, 물소리 들을 수 있어 좋겠지…….

"대학 진학과 장래 직업은?"

축산을 전문 직업으로 정했기 때문에 축산학과가 있는 대학에 지원할 것이라고 단숨에 대답한다.

"그럼 그 대학은?"

"수원에 있는 연암대학교 축산학과입니다."

"그런 대학이 있다는 정보는 어디서?"

"어머니와 이모님이 속해 있는 야생화 동호인 모임이 있는데, 그 모임에 나오시는 할머니를 통해서입니다."

그 대학은 LG그룹 재단에서 운영하는데 등록금이 싸고 장학금 제도가 잘되어 있다고 한다.

"또 다른 정보는?"

"수원에 국립대학인 한국 농대가 있는데 그 대학은 연암대학보다 수준이 높습니다. 그 대학으로 진학하고 싶은데 연암대학보다 경쟁률이 높아서 망설이는 중입니다."

서울대 농대를 한국 농대로 잘못 알고 있지 않은가 했지만 그냥 두기로 했다. 그 말을 듣고 요즘 AI 조류 인플루엔자 소동으로 혹시 축산학과 지원자가 줄어들면 기선이가 원하는 한국 농대에 입학할 수 있기를 속으로 응원했다.

"기선이가 축산을 택하게 된 동기와 때는?"

"중학교 2학년 때부터이고, 그저 생명 있는 동물들이 귀엽고 신기하고 예쁘고 좋아서입니다. 그리고 공부가 재미없어요."

기선이는 본인이 좋아해서 다니는 태권도 학원 외에 다른 학원은 일체 다니지 않는단다. 초등학교 때부터 중학교까지 영어와 종합반 과외 학원에 3~4개월, 길게는 6개월만 다녔을 뿐이라고 한다. 한 달 용돈은 4만 원이며, 그 돈으로 토끼와 닭을 기르는 데 필요한 물품 등을 사고 간식비와 사소한 잡비로 쓴다고 했다.

아이를 크게 키우려면 자연에서 놀게 하라

나는 기선 학생을 보면서 깊은 상념에 잠겼다. 행복하게 산다는 것은 무엇인가? 한국의 가정은 무엇으로 설명해야 하는가?

교육은 변해야 한다고들 한다. 학부모, 교사, 사회 지도층 할 것 없이 온 나라 사람들이 야단법석이다. 그러나 오직 학교 성적, 명문 학교, 영어·수학 경쟁만이 전부다. 부모는 아이들에게 생각할 틈마저 빼앗는다. 가정 교육 탓은 하지 않고 학교 교육만 원망한다. 부모는 아이들을 식민지화하여 완전 점령해야 속이 시원해지는 모양인가? 그러면서 생계 타령만 늘어놓고 세상을 원망한다. 모두 소용없는 헛소리다. 지나친 등쌀 아니면 절대 무관심 속에서 저질 상업 문화가 판치는 사회에 아이들은 무방비로 내동댕이쳐졌다. 교단과 부모의 영향력은 옛날 같지 않다. 땅에 떨어졌다고 해도 과언이 아니다.

아이는 부모의 소유물이 아니다. 스스로 치열하게 살 아내려는 생명과 영혼을 갖고 있는, 원초적인 본능 그 자체다. 하나의 생명 씨앗인 도토리와 같다. 어른들은 '아직 어린애잖아', '네가 뭘 알아' 하며 자신만의 생각으로 지나치게 과보호하지만, 아이들은 한 톨의 도토리처럼 스스로 싹을 틔우고 자라나는 힘을 내재하고 있다.

생명과 영혼 속에 모든 것이 다 들어 있다. 유아기 때 어른들이 길을 잘못 들여놓아 자생력을 잃게 했을 뿐……. 사람은 다섯 살 이전의 교육이 평생을 간다. 다섯 살 이전에 절제된 사랑의 교육이 한 평생의 삶을 만든다. 세 살 버릇 여든 간다는 말이 있듯이, 사람의 성격은 다섯 살 이전에 만들어지고 형성된다. 여섯 살 이후에는 자녀의 자생력을 자세히 관찰하며 자존심을 존중하며 여유롭게 먼 장래를 목표로 도와줘야 한다.

그리고 될 수 있는 한 인공 시설이 없는 자연에서 뛰놀게 유도해야 한다. 공부는 스스로 할 수 있는 능력 한도에서 스스로 할 수 있도록 몰아세우지 말아야 한다. 당사자가 좋아하는 분야의 공부를 도와주면 된다. 그 이상은 자녀를 죽이는 공부다. 일등을 목표로 하지 말고 일품一品을 희망해야 한다. 공부만 잘한다고 행복한 게 아니라 행복해야 성공한 것이다.

　나는 진정으로 우리나라 부모들이 아동 발달심리학 책을 펴들고 진지하게 고민하기를 권한다. 프로이트를 위시해 융, 에릭슨, 스키너, 피아제, 로렌스의 아동 발달과 성숙의 의미를 살펴보라. 인간이 사회적 관계에서 맺게 되는 대인관계의 질과 정신 기능, 그리고 사물과 자연을 대하는 감성의 자율성도 역시 다섯 살 이전의 부모 교육에 달려 있음을 알게 될 것이다. 다만 성장하면서 습득하는 인식과 지식은 에고의 정체성과 당사자의 DNA 등에 좌우되고, 끊임없는 자각과 자기 수정의 과정이 절대적으로 필요하다.

　일찍이 자기 자신을 알고, 자연을 사랑하고, 어디로 가는 길인지를 내다본 기선이는 모두 혈안이 되어 탐내는 상업성의 늪에서 발길을 돌려 녹색 세상으로 나아가고 있다. 삶의 진리는 다수 사람에게 있는 게 아니라 자신 속에 있는 것임을 다시 한번 깨닫게 된다.

　사람의 기본은 무엇일까? 나는 부엌에 있다고 생각한다. 먹어야 생명이 유지된다. 그런데 대체로 많은 이들이 부엌데기를 천시한다. 샘골 캠핑에서 기선이는 농사일에 열중했다. 부엌 설거지도 다 해치웠다. 열 살이 넘도록 밥과 찌개는커녕 설거지도 못하는 아이들이 얼마나 많은가?

엄밀히 따지면 어른들이 못하게 막은 것이다. '내 아이만은 안 돼, 어떻게 키운 자식인데', '공부 시간을 빼앗기면 안 돼' '곱게 길러야 해' 등, 부모가 원죄다. 남의 자식은 신문을 배달해도 괜찮고, 내 자식만은 그런 일 해서는 안 된다는 가족이기주의로 꽉 차 있다.

이제는 행동으로 답해야 한다. 문화는 훈련과 행동 실천으로 얻어진다. 우리는 삶의 문화를 위해 어떤 훈련을 했고, 앞으로 어떤 행동을 계획하고 있는가? 부모와 교사는 직접 보여주는 것만이 가르침이다. 모든 잘못은 어른에게 있다. 어른의 거울을 넘어 자연이 거울이다.

루소는 말했다. 사람은 슬퍼서 우는 게 아니라 울어서 슬프다고……. 아기의 태를 자를 때 터뜨리는 첫울음의 자연 생태를 자연 교육의 성전聖典으로 삼아야 한다. 부모 하기에 달렸다. 다른 방법은 없다. 변화를 일으키는 동기부여의 원천이 되지 못하는 교육은 사람만 괴롭히는 허구다. 배움의 최종 목표는 변화이고 행동이다. 기선이는 스스로 용기 있게 큰 변화를 행동으로 보여주었다. 모든 답은 행동이다. 인생을 행동으로 이끌어 몸으로 때워야 한다.

기선이는 자기 나름대로 공부에 힘쓴다고 했다. 나는 몇 가지 권고와 자연에 대해 말해줬다. 공부를 못해도 좋으니 내키는 것을 하면 된다고……. 다만 외국어 공부는 중요하다고 말해줬다. 인간마다 능력 차이와 한계를 알아야 하는 것이 보다 중요하다는 생각도 곱씹었다. 국민 행복을 공유하는 독일의 교육제도와 사회문화가 진정으로 부러워지는 순간이었다.

기선이는 자신의 진로를 결정하기까지 부모와의 갈등이 컸다. 기선이는 고집을 꺾지 않았고 아버지는 포기했다. 그래서 정신적으로는 남남이 됐다. 마음에 상처가 남았다. 그런 기선이와 앞으로도 종종 만나서 화학산도 오르고 설악산도 종주하기로 했다.

인생은 한 번뿐이다. 사회가 만들어놓은 틀에 매이지 말고 자신의 길을 묵묵히 가야 한다. 그렇게 산다면 모든 가정의 갈등은 80퍼센트 이상 해결되고, 생활비도 30퍼센트 정도는 절약될 것이라 장담한다. 돈벌이에 몰두하지 말고 틀을 깨자. 가장이 5퍼센트 변하면 가족은 50퍼센트 바뀐다.

아이는 부모의 소유물이 아니다
스스로 치열하게 살아내려는 생명과
영혼을 갖고 있는,
원초적인 본능 그 자체다
하나의 생명 씨앗인 도토리와 같다

25년간
집 짓는 가족

여기 한 농부가 있다. 칠순을 앞둔 나이에도 평생 농사일
만 하는 조태진, 그는 강원도 횡성에서 오직 땅만 파며 생
의 불꽃을 지피며 산다. 독일인들의 근면절약 정신과 합리
적인 생활양식이 몸에 밴 그는 몸과 마음의 풍요가 자연을
섬기는 심오한 사유에서 온다는 것을 안다. 그는 어느 날
눈을 번쩍 떴고, 자유인으로 운명을 바꾸기 시작했다. 나는
그런 그를 '조 철인'이라고 부른다.

　　조 철인은 1970년대 초에 한양공고 건축과를 졸업하
고 몇 년 뒤 유도 강사가 되어 독일로 갔다. 부인 김향숙 씨
는 인천 박문여고를 졸업하고 유학차 독일로 갔다. 당시 두
사람은 서로 모르는 사이였다. 둘은 독일에서 아는 사람 소

개로 만났다가 한국에 돌아와 결혼했다.

조 철인은 유도 강사로 독일에 갔지만 운동을 전문으로 하는 독일인들의 사고방식과 사회 분위기가 한국과 사뭇 다르다는 것을 알게 되었다. 한국에서 운동하는 사람들은 거의 공부를 포기하지만, 독일의 프로 운동선수는 공부와 운동을 병행하거나 운동을 공부의 방편으로 삼는다. 그리고 직업적으로 운동하는 사람들은 철저히 과학적으로 체계화된 학습 훈련에 몰입한다. 공부 못하는 사람들이 아니라 유능한 엘리트들이 선호하는 전문 직종이 바로 운동인 것이다.

이에 자극받아 조 철인은 유도를 집어치우고 다른 길을 걸었다. 바로 과수와 농작물을 재배·연구하는 유전공학 연구소에서 작물을 키우는 현장 일용노동자로 일하게 된 것이다. 조 철인은 이곳에서 다른 사람이 됐다. 다른 사람이 되지 않을 수 없었다. 독일인들과 생활하며 그들의 소박한 생활과 인생에 대한 진지함을 느꼈고, 자연과 조화로운 삶을 보며 숲을 그리는 사람으로 바뀌어갔다. 생을 즐기는 여유와 공공질서 준수, 사회에 기여하는 평화로운 삶은 한국과 사뭇 달랐다. "아, 저렇게 살아야 하는데. 저렇게 사는 게 참다운 인생인데!" 하며 연민했다.

그는 독일 사람들이 시간을 금쪽같이 아끼며 두려움 없이 모험을 마다하지 않는 성실하고 정직한 모습에 깜짝 놀라곤 했다. 독일의 아이들은 네댓 살이 되면 자립 교육이 시작된다. 먹고 입고 자는 일을 스스로 해야 하고, 부모는 옆에서 지켜보며 말로만 거들어준다. 집안 정리를 깨끗이 하기로 이름난 독일인들인데도 아이가 주위를 어지럽히는 것을 인내하며 자존심을 길러준다.

그들은 자신이 좋아하는 취향을 제일로 삼아 자신의 능력 범위 안에서 일을 찾는다. 전 국민이 열 살 전후에 생의 진로를 미리 결정해 그 길로 간다. 열여덟 살이 되면 성인이므로 예외 없이 남녀 불문하고 부모 집을 떠나 사회시민, 세계인으로 혼자 일어선다. 한국처럼 자기 자식의 능력은 가늠하지 않은 채 덮어놓고 전 국민이 일류학교 진학에 목숨을 걸고 매달려 소모전을 벌이는 일은 없다.

조 철인은 노동자로 일하면서 유전공학 식물학자들의 연구 태도와 삶을 들여다보았다. 세계적인 학자들의 집요한 연구열과 인류 문명에 공헌하는 문명의 꽃을 본 것이다. 그는 비록 유전공학을 배우지 못해 흙에 뒹구는 한낱 일꾼에 지나지 않았지만, 보이지 않던 식물들이 싹을 틔우며 땅에서 솟아오르는 생명의 오묘함에 푹 빠져들었다. 식물 분자생물학, 유전자 조작 등을 통해 종자를 개량하고 병충해를 예방하며 생산성을 높이는 기초과학 분야의 연구를 조철인은 노동으로 도우며 그 기술을 몸에 익혔다.

그는 결심했다. 과수와 농작물에 필요한 사람이 되겠다고. 생각에 생각을 거듭하며 지금까지의 틀을 깨버렸다. 살아온 삶의 진로를 하루아침에 바꿨다. 결혼 뒤에 이뤄질 삶과 자녀를 키우는 먼 미래의 설계도를 미리 완성하고 반세기를 내다보았다.

사람들은 허구와 사실을 잘 구분하지 못하지만 그걸 걱정하지 않는다. 거기까지는 좋다. 그런데 사람들은 본질과 현상은 잘 구분하면서도 그걸 두려워하지 않는다. 조 철인은 적당하게 생각하는 방법을 아예 배우지 못했다. 슬로건 같은 것은 더더욱 만들지 못하며, 현실 모순에 눈을 감지 못한다. 땅에 씨를 뿌리면 싹이 난다는 것 외에는 믿지 않는다. 한다면 하는 고집과 자기 삶을 자기가 책임지는 것 외에는 모른다. 그는 자기에게 이렇게 시비를 건다. 아침에 깨보니 어제와 같다면 차라리 죽어버리겠다!

선진국이 200~300년에 이룩한 산업화와 경제 발전을 우리는 40~50년 만에 이뤘다. 하부 구조인 경제와 산업화에는 겨우 끼어들었지만, 인간을 행복하게 하는 인문학적 사조를 가정의 상부 구조로 일상화하기에는 아직도 요원하다. 문화는 흉내로 만들어지는 것이 아니라 우러나와야 하는 것이기 때문이다. 역사에는 월반이 없다. 자각된 문화생활이 우러나오게 하려면 남들보다 몇 배의 노력과 탁월한 안목으로 넓은 세상을 향해 도전해야 한다.

조 철인은 나중에 조국에 돌아와 유기농법으로 종자를 개량하는 생태적 농사를 벌였다. 국회의원이나 애국을 말하기를 좋아하는 무리보다도 노동하는 고난이 애국 공헌의 근본임은 지당하다. 그는 자신을 '일꾼'이라는 외마디로 증거하며 갈 수 없는 모든 길을 헤쳐나간다. 가장 빈곤한 맑은 가난을 마다하지 않는다. 한 줌의 흙을 움켜쥐고, '나무여! 곡식이여! 물이여! 자연이여! 모든 인류가 열망하는 드높은 미래의 식량 전쟁을 유전자공학으로!'라고 외친다.

25년째 스스로 벽돌집 짓다

조태진은 지독한 가난에 시달리면서도 3층짜리 집을 짓는 희대의 고집쟁이다. 그의 자녀들은 어릴 때부터 부모와 함께 집 짓는 현장에서 일을 도왔다. 시작한 지는 25년이나 되었고, 15년 전에 80퍼센트까지 완성해놓고도 자금이 부족해 언제 완공될지 아직도 막연하다.

농사를 지어 단돈 만 원을 손에 쥔다는 것은 무척 어려운 일이다. 농사 소득만으로 집을 지으려니 사반세기가 훌쩍 흘러가버린 것. 조 철인의 집은 90평에 이르는 3층 규모의 큰집이다. 호화 주택을 지으려는 것이 아니라 두 자녀의 미래를 대비해 첨단 유전자공학 연구의 세미나 건물을 만드는 데 목적이 있다.

조 철인은 당시 열한 살의 아들과 여덟 살의 딸을 장차 권위 있는 유전공학 교수로 길러내 세계적인 석학들을 초빙해 연구 워크숍을 벌일 것에 대비한다. 그리하여 25년 전 건물 기초공사를 착공하는 날, 초석에 무릎을 꿇고 토지신에게 손을 떨며 술잔을 올렸다. 그런 원대한 꿈을 안고 시작한 것이 이 농촌에 우뚝 선 독일식 3층 건물이다. 25년 후 두 아이가 교수가 될지는 까마득히 알 수 없는 일인데 세미나실부터 짓다니 어처구니없는 일이기도 하다.

이제 아들은 서른여섯, 딸은 서른셋의 꿈 많은 청춘이 되었다. 두 남매는 초등학교 때부터 장난감이나 인형과 놀기보다는 집 짓는 공사판에 투입되어 벽돌을 나르고 철근 결속 작업을 하며 험하고 고된 일을 해냈다. 조 철인은 자녀들에게 초등학교부터 대학교까지 집 짓는 공사판에서 혹독한 스파르타식 인성 교육을 벌인 셈이다. 인성 교육은 소비의 시대, 도시화의 시대, 소외의 시대, 자기 상실의 시대 등 문명의 소모품으로 치닫는 현대 상황에서 지식 교육의 한계를 넘어 인간다운 정체성을 갖게 하는 교육의 필요에서 나왔다.

조 철인은 자녀를 생계형 직업인으로 교육시키지 않는다. 철학의 옷을 벗은 제도권에서 눈치나 보는 비열한 인간의 벽을 넘어 허영과 욕망이 인간을 휘몰 수 없도록 하는 장치로 교육을 시켰다. 그는 '인생을 어떻게 살 것인가'를 넘어 '어떻게 죽을 것인가'를 삶과 가르침의 목표로 삼는다. 자신의 자녀들이 우리 사회, 우리나라를 넘어 인류를 사랑하는 진정한 석학이 될 수 있도록 치열하게 이끈다.

조 철인은 집 짓는 공사판 총감독을 맡아 목공, 벽돌공, 미장이 등 모든 것을 해낸다. 부인도 웬만한 건축 기술자가 되어 주야를 무릅쓰고 건축기사로 고생하며 살림을 꾸려나간다. 집을 짓는 동안 그들은 비닐하우스 움막에서 모진 고생을 견딘다.

희망의 노래, 땅의 노래

조 철인의 아들 조원경(당시 36세)은 유전자공학 박사가 되어 2012년에 서울대학교 교수로 임용되었다. 조 박사는 성

25년째 손수 제집을 짓는 칠인 조태진과 그를 마냥
좋아하는 나.

균관대 건축공학과에서 건축과 조경을 복수 전공한 후 독
일 뮌헨대학에서 유전자공학 석사를 마치고 2007년 분자
생물학 박사학위를 받아 귀국했다. 진주에 있는 경상대학
에서 '식물 분자생물학 및 유전자 조작 연구센터' 연구원으
로 일하다 젊은 나이에 서울대 교수로 발탁된 것이다.

조원경 박사는 다른 교수들과 판이한 길을 걸어왔다.
서재와 연구실에만 있는 선비형 학자가 아니라 농촌의 빈
한한 삶 속에서 농사일을 돕고 집 짓는 공사 현장을 누비며
피눈물 나는 노력으로 꿈을 이룬 기적의 전사다. 조 박사는

이 세상에 부러울 것 없고 두려울 것 없는, 미래가 촉망되는 용맹무쌍한 첨단 과학자다. 그는 흙의 현장에서 초목과 함께 자랐고 누구보다 현장을 소중히 여기며 사랑하는 길바닥 위의 행동하는 학자다.

조 박사는 아버지 조 철인이 농사 현장에서 얻어내는 농사 기술을 실용적이면서도 인류에 도움이 되는 미래 창조의 과학 농법 산업으로 이어주는 업적을 남길 것이다. 이제 이 한촌의 명물이 된 건물은 유전자 농업 연구가 활발히 이뤄지는 꽃의 전당으로, 치열했던 전투가 끝난 영광의 전적지로 기억되리라.

딸 조진경(당시 33세)은 어려서부터 운동에 소질이 있어 관동대학 체육교육학과를 졸업하고 독일로 유학을 떠났다. 뮌헨대학에서 식품공학 석사 과정을 마치고 지금은 수원 농수산대학 과수학과에서 공부하며 바쁜 나날을 보내고 있다. 초등학생 꼬마가 집 짓는 인부로 동원된 지 25년이 흘렀는데도 여전히 공부에 열중하며 생태학적 유전자공학의 농사 부문 발전에 마르지 않는 샘물을 퍼 올리고 있다.

부인 조향숙 씨는 그야말로 독일 병정이다. 잠시도 쉴 새 없이 밭과 과수원과 집 짓는 공사판을 누비며 억척같이 일을 해낸다. 농작물을 시장에 내다 팔아야 하는 이중·삼중고도 겪는다. 요즘은 다행히 독신의 여동생이 도와줘 큰 힘이 되고 있다. 동생이 횡성시장에 낸 작은 가게에 농산품을 내다 판다.

독일 병정은 항상 면학하는 지성이다. 컴퓨터에서 농사 기술 정보와 농작물 판매를 위한 다양한 정보를 얻어 활용한다. 자녀의 인성 교육과 자연 중심의 열린 삶을 위해 아침형 인간에 동참한다. 30여 년 전 독일에서 수입한 체리, 푸룬, 살구나무가 자라 매년 과실을 생산해 부인이 잼을 만들어 팔기도 하고 집에서 먹기도 한다. 그 맛은 시중의 상품과 비교도 되지 않는 명품이다. 그의 집을 방문할 때면 종류별로 안겨준다. 나는 보물 취급하듯 빵에 발라 먹고는 있지만 음식을 넘어 독일의 풍미를 느끼는 기쁨이 야릇하다. 미국이나 유럽 여행에서도 이런 자연 원형의 맛을 본 적이 없다. 조 철인 집에서는 독일에서 지낸 습관대로 아침 식사를 빵으로 한다.

부인에게 고생이 많았겠다고 말을 건네자 말도 말라며 손사래를 친다. 한다면 하고야 마는 남편의 고집 때문에 지독한 생활고를 이겨내며 집 짓는 공사판과 밭에 시달렸다고 털어놓는다. 왜 도망을 안 갔느냐고 농을 걸면, 조 철인이 가로막고 선수를 친다.

"제까짓 게 나만 한 게 또 이 세상에 어디 있다고 도망을 가? 가봤자 금방 돌아올걸!"

부인의 응수는 이렇다.

"독일에서 이분을 만나 끌려오지만 않았어도 제대로 공부해 이 고생 안 했을 텐데!"

조 철인의 불같은 정열에 압도당해 온 식구는 이제 활짝 핀 희망의 노래, 땅의 노래를 부르며 새 희망의 빛을 맞이하고 있다.

인습을 깨고 자연의 리듬에 맡겨라

그를 보며 '나는 무엇을 하고 살았나' 묻지 않을 수 없다. 내가 그에게 보여줄 것은 별로 없는데 그에게 배울 것은 너무나 많아 그를 만나고 오면 약효가 1년을 간다. 그와 나는 삶의 방식이 다르지만 속내는 같다. 그와 내가 어울리면 우리 둘은 완전히 다른 세상에 있게 된다. 종횡무진 의기투합해 기존 인습을 망치로 때려 부수고 송곳으로 쑤셔대는 통쾌한 파괴자가 된다. 나는 그에게 중독되고 반해버렸다.

삶은 이해의 대상이 아니라 행동이다. 사과의 맛을 아무리 말로 설명해봐야 직접 먹는 맛에 비할 수 없다. 한 인간의 진정한 삶을 알려면 여러 해를 두고 사귀어봐야 안다.

비록 미완이지만 덩치 큰 3층집을 바라보며 속속들이 고생했던 과거에서 앞날의 희망을 본다.

그의 집은 북유럽 게르만 풍의 고딕 양식으로 지어졌다. 독일 하이델베르크 강변 언덕이나 바이에른 지방에서 볼 수 있는 평화로운 그림 같은 집이다. 외관상 중후하고 육중한 느낌을 주는 안정감과 자연 풍의 여백이 조화롭게 설계돼 멋스럽다. 1~2층에서 곧바로 다이빙해 뛰어들 수 있는 큼직한 수영장도 파놓았다. 연구와 세미나에 몰두하다 마음 내키는 대로 풍덩 빠져 쉬게 하려는 배려다.

생활이 어려운데도 집만은 국제 수준으로 짓겠다는 높은 안목과 열정이 놀랍다. 모든 건축 자재는 견고하고 세련된 정품을 고집한다. 특히 창틀과 창문은 독일에서 수입하고 내부 마감재는 스웨덴 원목을 확보해놓았다. 방이나 거실에도 도배를 하지 않고 벽돌 무늬 그대로 노출시켜 단순·원색·자연미가 풍기는 소박한 공간으로 꾸몄다. 방문자가 그 집의 고풍스러운 페치카(러시아 풍 난로)를 보게 되면 은은하게 타오르는 장작불 앞에서 커피 한 잔 들며 톨스토이의 《인생론》을 펼치고 싶을 것이다.

왜 조 철인이 좋으냐고 나에게 묻는다면 그냥 좋아서라고 말할 수밖에 없다. 조 철인은 소탈하고 군더더기 없는 직설적인 말로 주위를 사로잡는다. 그냥 내뱉는 거친 말인데도 어긋남이 없는 진정성에 끌린다. 수식어를 쓰지 않고 주어와 동사만으로 정곡을 찌른다. 그는 늘 일에 파묻혀 말보다 행동이 앞선 소처럼 사는 사람이다. 잠시의 시간도 아까워 잡담이나 남의 이야기 따위에는 관심도 없다. 그저 맑고 꾸밈없는 자연 그대로 옛 농부 모습이다. 나는 나태해질 때마다 그를 떠올리는 버릇이 있다.

그가 세상을 뒤집어놓을 듯 황당한 말을 할 때는 참으로 통쾌하다. 그의 외양은 꼭 과거 박치기로 유명했던 레슬러 김일 장사를 닮았다. 강인하고 다부진 체격에 만사를 꿰뚫는 듯 날카로운 눈빛이 예사롭지 않다. 그의 풍모는 차돌같이 단단하고, 단호한 몸가짐으로 주위를 압도한다. 특히 내가 제일 좋아하는 그의 면모는 소신이 당당하고 무쇠 같은 고집쟁이라는 점이다.

그는 필요한 것과 불필요한 것을 그만의 육감으로 가려낸다. 뒤돌아보지 않고, 마음에 들면 그 인연과 의리를 철통같이 이어가고 마음에 안 들면 단번에 버린다. 그는 자기만의 믿음이 대단하다. 보편과 상식을 걷어치우고 소신에 매진한다. 그는 늘 일에 몰두한다. 농사일을 하며 작물과 독대하는 시간이 가장 행복하다.

그에게는 외롭다든가 지루한 시공이 머물지 않는다. 때로는 모진 고통을 참고 자신을 갈고닦으며 내면을 들여다본다. 일관된 자세로 일과 자녀의 사람다운 인성 교육에만 골몰한다. 기존에 주입된 모든 길들여진 틀을 깨고 자유인, 자연인의 길을 걷는다. 자신이 직접 하는 것들로부터 살아 있는 가치를 스스로 깨우쳐 배우고 생명의 자연 리듬에 맡겨 산다.

본래 인간은 자연의 질서와 합치되는 삶을 살아왔다. 우리의 몸과 마음을 자연의 리듬과 조화시킬 때 조작되지 않은 자연 풍의 삶이 이루어진다. 일상에서 길들여진 것들을 비판 없이 따른다면 그만큼 제약된 삶을 살 수밖에 없다. 그도 나도 자연과 조화를 이루는 길로 끈질기게 나아갈 것이다.

우리는 화전민이다,
장발장이다

주인 없는 뜰에도 계절은 머문다

일부러 길을 버리고 가파른 언덕을 기어오르다 느슨한 풀숲에 주저앉았다. 폭풍우가 지난 뒤 스치는 바람은 이미 가을이다. 흰 구름 머무는 저 아득한 산 너머를 그리며, 멀리 내려다보이는 침묵의 숲은 한 편의 시다. 일망무제一望無際의 허허로운 산빛을 쇼핑한다. 바야흐로 사추기思秋期의 계절이다.

　　높은 봉우리에서 바라보기만 해도 좋다. 아무 말 듣지 않아도 좋고 아무 말 묻지 않아도 좋다. 부질없는 생각과 움츠러든 마음은 온데간데없다. 보이는 기쁨, 보이지 않는 감동……. 어느새 운해가 뭉게뭉게 골짜기를 감싸고 싸리재를 덮어온다. 자연의 현묘한 세계와 숭고한 자태여, 우주교

宇宙敎는 어디에 있는가?

산을 잊고는 살 수 없다. 수려하고 넉넉한 저 능선에 무럭무럭 자라는 나무들, 모두 근심걱정 없이 자라는 숲의 기풍이고 싶다. 진퇴유곡의 심산을 두고 어디로 떠난단 말인가? 스스로 살아가는 개별화된 생명은 자신만의 향취를 풍기는 아름다움의 총화다. 나뭇잎 스치는 바람 소리, 계곡의 물소리는 산의 호흡인가.

도시 생활에 부대끼다 어느덧 아득한 원시에 있다. 청설모가 겁 없이 굴참나무를 타고 논다. 절묘한 재주를 부리며 노는 녀석에게 넋을 잃는다. 여름에는 몸을 담황갈색으로, 꼬리는 암갈색으로 치장하지만 겨울에는 회갈색으로 위장한다. 한참이나 바라보다 손을 흔들어 안녕을 고하고, 계곡 모퉁이를 돌아설 때 이끼 낀 바위를 헛디뎌 꽈당 넘어졌다. 청설모는 얼마나 고소해했을까.

주인 없는 들풀만 외로운 풀숲 사이로 돌무덤이 보일 듯 말 듯 흩어져 보인다. 아, 여기다. 이게 얼마 만인가. 엄청 헤매다 찾아낸 이곳은 아득한 40~50년 전, 생각나면 훌쩍 찾아들던 화전민 집터다. 이제 집은 흔적도 없고 돌멩이 몇 개만 이끼를 머금고 나뒹굴고 있다. 도통 믿어지지 않을 정도로 잡초만 우거져 옛 모습은 온데간데없다. 휑한 폐허를 한참이나 바라본다. 버려진 땅은 이렇구나. 가을을 만나면 나도 모르게 이곳에 있게 된다.

주인 없는 퇴락한 뜰에도 계절은 있었는지, 이름 모를 풀꽃들이 한창이다. 장독대가 있던 돌 틈 사이에 억새풀이 무심하게 나부낀다. 외롭고 쓸쓸한 환영이 가을빛에 표류한다. 낯선 풍경이 아닌 낯익은 풍경에 있다. 밤낮없이 들리던 여울 소리, 영혼을 맑게 해주던 그 소리, 예나 지금이나 변함이 없다. 화전민 혼백이 나를 붙잡고 '왜 이제 왔느냐, 왜, 왜⋯⋯' 한다. 적막하다.

북배산 등산길에 만난 화전민

1960년대 이전 우리나라 등산 환경은 상당히 열악했다. 설악산, 북한산 등 유명하다는 몇몇 산을 빼고 등산길이라고는 전혀 없었다. 모든 국민이 배를 굶주리는 판국에 산에 오른다는 것은 엄두도 못 낼 사치라서 상상조차 할 수 없는 일이었다. 그러니 이름 없는 오지의 산만 골라 타는 나 같은 사람은 지도와 축척자와 나침반을 갖고 다니며 새로운 길을 만들어야 했다.

1962년 9월 추석을 앞둔 어느 날, 가평과 춘천의 경계에 있는 북배산(해발 870미터)을 목표로 등산길에 올랐다.

주인 없는 퇴락한 뜰에도 계절은 있었는지, 이름 모
를 풀꽃들이 한창이다.

춘천 태생인 나는 어릴 때부터 겨울이 되면 제일 먼저 눈을
뒤집어쓰는 그 높은 산을 신비롭게 여겼다. 어른이 되면 언
젠가 꼭 올라가서 내 고장을 거꾸로 내려다보고 싶다는 꿈
이 있었다.

　북배산 등정은 춘천의 삼악산 동북쪽에 있는 덕두원
리에서 출발해 명월골을 지나 고도트미—독가동—싸리재
를 거쳐 긴 능선을 타고 정상으로 향하는 코스다. 왕복 20
킬로미터의 길 없는 원시의 숲을 지도와 나침반을 들고 찾

아 올라가야 하는 만만치 않은 산행이다.

등산 초입에 위치한 덕두원리는 초가집이 몇 채 있는 빈한한 벽촌이다. 그곳에 사는 농부에게 지도를 펴 들고 산촌에 대해 몇 가지를 물었다. 멀리 하늘과 맞닿은 능선을 싸리재라고 한단다. 싸리나무가 많아서 가을에는 싸리버섯이 많이 나고, 봄에는 고사리와 고비가 많이 자생한다는 이야기였다.

농부는 나에게 이 산골에 무엇 때문에 왔느냐며 적이 놀라는 눈치였지만, 그때는 '등산'이라는 말 자체가 없던 시절이라 쉽게 설명할 길이 없어 그냥 얼버무려야 했다. 당시에는 시골에 가면 간혹 산골 사람을 차에 태워줘야 하는 경우가 있었는데, 그때만 해도 차를 타본 사람이 거의 없어서 어떤 사람은 엉겁결에 신을 차 밖에 벗어놓고 올라타는 해프닝이 벌어지기도 했다. 국민소득이 200달러 정도였으니 개화기 시대와도 다를 바 없었고, 지금의 아프리카 수준을 상상하면 큰 차이가 없을 것이다.

덕두원리를 출발해 거의 세 시간을 걸어 6킬로미터 지점에 이르자 어디선가 도끼질 소리가 들려왔다. 지도를 펴놓고 현 위치를 확인해보니 싸리재가 얼마 남지 않은 지점이었다. 도끼 소리는 진작 멈추었기 때문에 처음 소리가 났던 쪽으로 더듬어가며 찾아보았다. 숲을 헤치고 너럭바위를 넘어 계곡을 가로질러 간신히 인기척이 난 곳을 찾아가보니 산비탈 으슥한 곳에 화전민이 살고 있었다. 집이라고는 하지만 억새지붕 한쪽이 삭아서 내려앉았고 벽은 싸리로 엮어 진흙을 발라놓았다(이 화전민 움막집은 1973년 강제 철거됐다).

1968년 10월 삼척에서 무장공비 침투 사건이 발생한적이 있다. 소년 이승복이 희생된 반공 사건이다. 이 사건을 계기로 깊은 산속에 산재해 있던 화전민들이 1968년 화전민 정리법에 의해 1976년까지 강제 하산했고, 정부에서만든 독가촌으로 집단 이주했다. 그 당시 전국 산골에 산재해 있는 화전민은 무려 4만 호에 이른다. 8년간의 강제이주 작업이 끝나고 1976년 이후에는 화전민을 산골에서볼 수 없게 됐다.

남이 안 가는 산간벽지를 다니다 보니 산골 외딴곳에서 가끔 화전민을 만날 때가 있다. 자연 무구한 순수한 사람을 만나는 행운의 날이다. 그 만남은 인간 고통의 뿌리와우리 역사가 지닌 고난의 흔적을 현지에서 몸으로 배우게해준다. 왠지 생의 회의가 강렬하게 복받치며 삶의 결정적인 전환점이 된다. 내가 갈 길은 뚜렷해진다. 그들이 나 모르게 나에게 희망을 준 까닭이다.

나도 화전민이다. 장발장이다. 소박하게 살자. 자연에 살자. 은혜와 자비에 살자. 바로 이거야! 속으로 외쳤다. 당시 나는 새파랗게 젊은 마흔이었고, 그 충격으로 아나키스트적인 도시의 화전민을 자처하며 '1인 국가'를 창건한다. 화전민을 연민한 것은 나의 결핍 때문이다.

슬픔을 먹고사는 사람들

화전민과의 만남은 건강하고 순결하고 아름다웠다. 남들은 가벼운 사연쯤으로 여길지 모르나 너무나 애잔한 사연들이 기막히게 수런거린다. 그들은 오직 먹는 것 자체가 비애였다. 먹는 게 원수였고 생존의 뜻마저도 무위였다. 먹는다는 것은 슬픔을 먹는 것이었고 흐느끼며 삼켜야 했다. 먹는 것만큼 절박한 것이 또 있을까?

쌀밥은 일 년 내내 구경조차 할 수 없고 감자, 옥수수 범벅을 마주하고 있으면 슬픔이 절정에 이른다. 이것을 씹어야 하나, 핥아야 하나, 삼켜야 하나. 이것을 넘겨야만 힘을 쓸 텐데 목구멍이 포도청이라 이것마저 떨어져가니 이제 말려놓은 산나물과 무청 시래기를 삶아 쑤셔 넣어야 할 판이라고 뇌까린다.

스스로 살아가는 개별화된 생명들은
자신만의 향취를 풍기는 아름다움의 총화다
나뭇잎 스치는 바람 소리,
계곡의 물소리는 산의 호흡인가

화전민들은 먹는다 하지 않고 '쑤셔 넣는다', '처먹는다'고 말한다. 간장에 물을 타서 부추 잎을 둥둥 띄운 냉국과 찐 감자를 놓고 "어서 빨리 처먹어, 이 지겨운 것아, 이 애물단지야! 이것마저도 내일부터는 때울 거리가 없어. 이 웬수야" 한다. "이놈의 지겨운 몸뚱어리는 언제 고꾸라지려나? 그놈의 오라질 저승사자는 어디로 가서 오늘도 나를 안 데려가나." 추석은 며칠 안 남았고 해는 나날이 짧아져 곧 엄동설한이 닥쳐올 텐데 하늘도 무심하다며 이 세상에 대한 원망을 통틀어 해댄다.

사방에는 높은 산뿐이고 돗자리만 한 하늘이 빼꼼 보이는 비탈진 산에 불을 놓아 작은 화전을 일군 사람들. 말이 밭이지 태반이 돌자갈이어서 쟁기도 제대로 쓸 수 없어 화전민의 손은 흡사 원숭이 손에 가깝다. 그것도 한군데가 아니고 움막에서 먼 거리에 있는 산지를 이리저리 옮겨 다니지 않으면 땅의 지력이 약해져서 매년 순환 농사를 지어야 한다. 산골의 토지가 워낙 황폐한 데다 가난해서 비료도 못 사 쓰니까 농작물이 제대로 자라지 못해 소출은 형편없다.

농작물은 감자, 옥수수, 귀리, 조, 콩, 수수 등이지만 주식으로 쓰는 것은 감자와 옥수수가 태반이다. 멍석만 한 경사진 텃밭에 푸성귀와 파, 마늘, 깨 등을 심어 반찬으로 이용하고, 그 외의 모든 것은 산속을 헤매며 닥치는 대로 채집해서 자급자족하는 방법 외에는 없다.

병이라도 들면 꼼짝없이 앉아서 죽어야 한다. 병원이란 화전민에게는 애당초부터 없는 것이다. 돈이 없어 약도 살 수 없고, 민가에 전해 내려오는 약초를 수집해 쓰는 것이 고작이다. 그래 산에서 나는 당귀, 산구절초, 백도라지, 만삼, 더덕, 명아주, 둥굴레, 용담 등을 귀하게 여기며 신주처럼 모아둔다. 암, 뇌졸중, 폐질환, 심장병 등 중병에 걸려도 무슨 병인지도 모르고, 그저 속병이니 화병이니 하며 운명에 맡기고 한탄이 약이다.

화전민의 재산 중 제일 값어치 나가는 것은 단연코 무쇠솥이다. 다음으로는 곡괭이, 톱, 도끼, 삽 등의 농기구이고, 다음이 부엌에서 쓰는 함지, 물통, 장독과 약간의 식기다. 전기가 없으니 가전제품은 애당초 없고, 옷가지라야 한두 벌만 가지고 평생을 난다. 집도 산에서 얻은 목재와 자연 재료를 써서 자력으로 손수 짓고, 생활에 필요한 모든 것은 식구들이 가내 작업으로 만든 것이어서 석기 시대를 방불케 한다. 그들의 가난은 대를 이어 후손으로 이어져갈 수밖에 없다.

고기라고는 구경조차 할 수 없고 추석이나 설 때가 되면 돼지고기 두서너 근을 제사상에 올린 후에 얻어먹는 게 고작인 화전민. 눈이 많이 내린 해에는 눈에 빠진 토끼나 노루를 사냥하기도 하지만 몇 년에 한 번 있을까 말까 한 드문 횡재다.

시집보내는 날까지 딸에게 먹인 고기가 한 근을 넘지 못한다고 땅이 꺼지도록 한숨지어 뇌까리며 침을 획 내뱉는다. "육시럴 년아! 칵 뒈져버려라" 하며 시도 때도 없이 딸에게 욕바가지를 퍼붓고 살아왔는데, 그 딸이 오늘 시집을 간단다. 어미는 땅을 치고 하늘을 우러러보며 통곡한다. 못 먹이고 천덕꾸러기로 자라온 죄 없는 자식에게 가난의 분풀이를 매질로 해댄 잘못의 한이 복받쳐 몸부림친다.

결혼이라야 예식도 없고 하객도 없이 단둘이 보따리 하나 달랑 들려 보내는 게 전부다. 막상 딸을 떠나보내야 한다고 생각하니 해준 게 너무 없고, 한 입이라도 덜려고 남의 집 식모로 팔려가 눈칫밥 먹인 게 측은하고 불쌍하다. 말라빠진 딸의 휑한 눈에서 주르르, 납작한 오징어 가슴에 눈물이 얼룩진다. 남의 집 식모로 뼈 빠지게 일하며 살던 중 갑자기 집으로 오라 해서 가보니 생판 보지도 들지도 못한 머슴살이를 데려와 봇짐 하나 들고 따라가라는 게 아닌가.

자나 깨나 부모의 고생을 덜어줘야겠다는 생각 외에는 어떤 생각도 해본 적 없는 딸이었다. 식모살이 집에서 얻은 귀하고 귀한 구리무(크림)를 엄마에게 발라주려고 소중히 간직하고 있었는데……. 딸은 하염없이 흐느낀다. "세 끼 굶어도 신랑을 챙겨라. 그게 살길이다. 너는 뼈만 추려도 좋으니 시집의 귀신이 되어야 한다. 이것아, 이제 어미는 잊고 잘 살아야 한다." 어미도 흐느낀다.

지지리도 가난한 화전민의 딸로 태어나 배를 곯으며 겨우겨우 살아왔다. 욕지거리를 먹는 것도 매를 맞는 것도 산과 엉킨 사람의 도리로 여겼다. 하기야 남과 섞여 살아본 적이 없으니 움막과 산과 아비와 어미가 다였다. 그런데 하늘같이 여겼던 불쌍한 부모와 헤어져야 한다니 있을 수 없는 일이다.

아버지가 지켜보는 가운데 엄마는 보자기를 폈다. 다시는 이 소굴에 기어들어 오지 않겠다며 봇짐을 싸서 도망치던 그 낡아빠진 보자기다. 그렇게 도망쳐도 날이 어두워지면 언제 그랬냐는 듯 돌아와 감자를 솥에 안치곤 했다. 그 보자기가 오늘 대물림으로 이 집을 떠난다. 이 보자기는 이 집의 혼과 부모의 마음과 딸이 유년 시절에 혼자 쓸쓸하게 공깃돌 놀이하던 꿈을 담아간다. 아버지는 꼬깃꼬깃 구겨진 얼마 안 되는 돈을 보자기에 아무렇게나 쑤셔 넣으면서, "얘야, 이거 얼마 안 되지만 이게 다다" 하며 획 돌아 주저앉고는 차돌같이 굳어져 어깨를 들먹이며 흐느낀다.

나중에 떠날 때 머슴은 보따리를 겨드랑이에 끼고 저만치서 색시를 기다리는 눈치다. 딸은 마당의 장독대도 쓰다듬고 대추나무도 어루만지며 영 발이 안 떨어진다. 이 기막히는 광경이 화전민의 전부다. 딸은 산길 구비마다 정든 바위와 나무를 보고 울면서 낯선 머슴을 따라간다.

그늘진 곳으로 밀려나 신음하는 현대판 화전민

화전민들은 어떤 이유로 산에 들어가고 무얼 하며 살았을까? 옛날에는 관아의 수탈을 견디지 못하거나 지주들에게 농토를 빼앗기고 산속으로 도망쳐 화전민이 된 경우도 적지 않았지만 예전이나 지금이나 집안과 개인의 능력 차이로 갈린다. '선비 집안에 선비 난다'는 말이 있듯이 농경 사회에서는 땅이 없으면 소작인이나 머슴살이로 전락해 가난해질 수밖에 없다.

1960년대는 산업화 초기여서 공부한 극소수 사람만

이 일자리를 얻을 수 있었다. 배운 사람은 드물고 인구는 나날이 늘고 농토는 한정됐기 때문에 농사 인구가 넘쳐나 백수들만 늘었다. 사회 구조상 직종의 수요공급 격차가 크게 벌어질 수밖에 없는 모순을 갖고 있었다. 즉 화전민은 농경 사회에서 산업 사회로 진입하는 격동기에 생겨난 필요악이다.

먹고살 방도가 없어 산속으로 들어가 산비탈에 불을 질러 밭을 일구고 간신이 목숨만 지탱하던 화전민, 그들의 비극은 계속된다. 오늘날에도 사회 변화에 따라 새로운 직업이 탄생하고, 있던 직업이 없어지고, 같은 직업끼리도 죽느냐 사느냐 치열한 경쟁 속에 부침을 거듭하며 현대판 화전민이 넘쳐난다. 도시의 화전민은 그늘진 곳으로 자꾸만 밀려나 어두운 구석에서 신음하고 있다.

화전민 시대에 파생한 직종으로 보는 흥미로운 이야기가 있다. 개화기를 전후해 보부상이란 직종이 있었다. 그뿐인가, 풍악 행상도 있고 봇짐장사, 광주리장사, 닭장 행상, 독장사, 환쟁이 놀이꾼, 금니를 야매로 하는 얼치기 치과의사 등도 있었다.

이런 장사치들은 지금은 우스개로 보이지만, 그 시대에는 문화 유행을 선도하는 직업인인 동시에 봉건적 신분

제도 때문에 비천한 장사꾼으로 취급받는 수모를 견뎌내야 했다. 통 큰 보부상은 무거운 짐을 지고 먼 거리와 큰 고개를 넘나다니는, 요즘으로 치면 등산의 프로였다.

보부상이란 봇짐장사와 등짐장사를 합해 이르는 말이다. 무게와 부피가 크고 값이 싼 상품을 지게에 짊어지고 다니면서 판매하는 장사를 '부負상'이라고 불렀다. 취급 품목은 소금, 무쇠그릇, 어물, 미역, 토기, 목물木物, 누룩, 담배, 죽물竹物, 돗자리, 삼麻, 꿀 등이다.

'보褓상'은 부피가 작고 가벼우며 값이 비교적 비싼 상품을 보자기에 싸서 들거나 질빵에 걸머지고 다니면서 판매하는 장사를 말한다. 취급 상품은 포布, 면綿, 릉綾, 백帛, 지물紙物, 돈피豚皮, 수달피水獺皮, 면화, 피혁, 삼蔘, 금, 은, 동 등이다.

보부상들은 주로 농촌을 찾아다니며 장사를 했지만 고을과 고을의 영嶺을 넘나다니며 고행의 장사를 했던 통 큰 상인을 진짜 보부상이라고 부른다. 그네들은 주막집에서 숙식을 하고 산적의 습격을 대비해 집단으로 고개를 넘어 다녔는데, 지게꾼도 있고 당나귀에 짐을 싣기도 했다. 실크로드 상인을 연상케 하는 대목이다.

당시에는 그네들이 본래 목적인 장사를 하면서, 요즘

으로 말하면 기자처럼 뉴스를 전파하고 우체부 역할도 해 냈다. 물류의 소통과 세상의 소문을 퍼뜨리는 일을 보부상들이 하고 다닌 것이다.

구룡령 옛길, 죽령, 문경새재, 함백령, 삽당령 등 예전의 보부상이나 소 장사꾼들이 넘어 다녔던 고개에 들면 그네들이 영을 넘은 안도감에 왁자지껄 한숨 돌려 쉬는 장면이 그려진다. 한편 갈 길이 아득한 운명의 길을 한탄하며 욕사발 타령을 처량하게 내뽑아 요지경 세상을 조롱하는 탄식이 출렁이는 듯 상상된다.

나는 보부상이 넘나들던 고개를 걸으면 가슴이 메고 피가 거꾸로 치솟는 애잔한 마음에 곤죽이 된다. 그 길은 기막히게 불쌍한 길이다. 마지막 낙엽이 지는 만추에는 더 그러하다. 잘 사는 것 좋지, 그러나 더 잘 살려면 깨져야 한다. 화전민, 보부상의 처방전으로 자연에 파고들고 사회 속에 부딪쳐 깨지고 일어서 싸운다. 마음 치료가 아니라 문제를 만들어 깨져야 한다. 마음이 아니라 행동이다.

인생은 너무나 짧다. 지금 너무 바쁘게 달리고 있는 사람들, 더 늦기 전에 화전민의 처절한 고생을, 더 늦기 전에 보부상의 모험적 개척 행동을 본받아야 한다. 그렇지 않으면 생의 마지막 순간에 마주하게 되는 것은 젊어 건강할 때 모험하지 않았던 후회뿐일 것이다.

화전민과 보부상 앞에서 깨달은 인생의 의미를 사변적 관념으로만 이해해서는 아무 소용이 없다. 그네들이 겪었던 고난의 피와 얼룩진 땀을 우리 개개인이 직접 밟고 누워 밤을 지새워봐야 한다. 자신을 깨부수고 스스로 고생을 자처해야 한다.

생각이 깊어지는 삶이 행복하다

인생에서 중요한 것은 실패하지 않는 것이 아니라
실패해도 좌절하지 않는 데 있습니다
습관을 최대한 다스리십시오
그렇지 않으면 그 습관이 나를 지배하게 됩니다
외부의 적은 물리치기 쉬워도 마음속의 적은 그렇지 못합니다
남에게 속는 가장 확실한 방법은
자신이 남보다 영리하다고 굳게 믿는 것입니다

꿈꾸는 자는
실험한다

나의 영토는 경계가 없다. 그러나 밤이면 랜턴 불빛이 미치는 데까지가 나의 영역이다. 이 작은 세상을 어둠이 감싸준다. 좁은 한 평의 캠프는 자유의 크렘린, 요새다. 몽상의 세계와 독대하고 앞으로 다가올 일을 커닝하는 곳.

이곳에서 조조曹操의 음모 페스티벌은 기차다. 노병은 세상의 하잘것없는 제설분분諸說紛紛을 백안시한다. '에라 모르겠다, 자연에 맡겨 놀자. 이제 됐다! 교과서에 없는 짓만 골라서 밀고나가자.' 세상은 사변적인 말이나 문장의 기교로 설명되는 곳이 아니다. 몸으로 직접 부딪쳐 땀과 눈물로 빚어내는 실존의 공간이다.

성취는 생각이 아니라 지체 없는 행동이며 미완의 길이다. 자신의 몸을 던져 실수를 당연시하는 모험의 실험장이다. 실패를 거듭하며 '젠장'을 중얼거릴 수밖에 없다. 인생은 잘못을 되풀이하는 운명의 연속이다. 그 운명은 인간의 무한한 욕망의 죗값이다.

실수를 무엇으로 막을 수 있을까? 자연은 실수가 없다. 무욕질서無慾秩序의 시스템이다. 생각을 행동으로 이어주는 아웃도어 생활을 들여다보자. 행동하는 취향 문화를 삶의 실험이라 여기자. 삶의 모든 근본은 원시생활 속에 담겨 있다. 문명의 때가 묻지 않은 인간은 선하다.

야외 생활은 야생에 묻혀 마음이 넉넉해지는 여장旅裝이라고나 할까. 그 흔적은 보이지 않으나 바로 그것이 평화의 매력이다. 하고 싶은 일을 하며 하루하루를 바꿔나가는 것이 일상이다. 캠핑은 열정적인 소꿉놀이다. 삶의 신념을 심어주는 묘약은 아웃도어의 행위 문화에 있다.

자연은 여간해서 그 속을 보여주지 않는다. 그 행간의 뜻을 사람이 건져내야 한다. 있는 그대로의 환경과 있는 그대로의 형편으로 자신과 만나라. 자연에 뒹굴며 낭만을 통해 복잡한 세상을 단순화하라. 불가능에 도전하는 고매한 정신이 자연을 흠모한다. 속물 세상에는 자연이 살지 않는다.

나는 농사하며 땀방울을 응시하는 습관을 배웠다. 일

인생의 9부 능선을 지나고 있는 나는 혼자 산다. 티끌만 한 고통도 가족에게 짐 지우지 않는다.

과 놀이를 결합해 여행에 끼워 자연을 쇼핑한다. 야생에 버려져 몸과 마음이 갈구하는 대로 살다 간다. 인생의 9부 능선을 지나고 있는 나는 혼자 산다. 윤리와 도덕 관습에 저항한다. 내가 자식들에게 효도를 받는 게 아니라 내가 자식들에게 효도한다. 나의 티끌만 한 고통도 가족에게 짐 지우지 않는다.

나는 실수를 저지르며 그 실수를 실험한다. 실험은 이

기심의 세련화와 삶의 합리화다. 그것을 행동으로 실험한다. 나는 환자로 죽지 않고 여행자로 죽을 것이다. 그 사막의 섬을 그리워한다.

삶은 말이 아니라
행동이다

타성에 도전하라

나는 교양과 지식, 지성을 통합하여 내면화하는 일이 참으로 소중하게 느껴진다. 상품의 질은 일일이 따지면서 삶의 질은 소홀히 하는 우리의 타성을 들여다보자. 단순한 자연 탐방, 캠핑, 산행이 아닌 자연을 통해 삶의 방식을 학습하는 프로그램이 필요하다. 두려움을 모르는 천진난만한 아이들처럼 사소한 일에 얽매이지 않는 열린 마음으로, 전통에 매이지 않는 유연함으로, 지식보다는 감성으로, 꾸밈보다는 내용으로 산을 통해 깨우친다.

산과 자연은 인간이 정복할 수 없는 숭고한 대상이다. 우리는 자연에 항상 정복당하는 한낱 자연의 일부라는 사실을 겸허히 받아들여야 한다. '삶'은 말로 설명할 대상이 아니라 직접 보여주어야 할 무엇이다. 우리가 산행을 하는 이유는 자연을 통해 삶의 방식을 바꾸는 데 있다. 자연 중심의 삶이 사람의 마음을 넉넉하게 하고 근심걱정을 덜어주며 고품격의 삶을 만들어준다. 또한 벅찬 자유와 감성, 열정, 삶의 의욕 등을 북돋아준다.

그동안 나와 함께 고된 산행을 체험한 많은 젊은이가 새롭게 변화되었다. 늦잠 자던 사람, 자신의 일을 가족이나 남에게 떠넘기던 사람, 집안일을 하지 않는 것을 당연시하던 남자, 하루 종일 남편의 퇴근 시간만을 기다리던 부인, 맹목적 자식 사랑에 빠져 정체성을 잃은 부모, 사회성이 결여돼 방황하던 젊은이, 결혼을 앞두고 갈등에 빠진 젊은이, 상실감에 허우적대던 중년, 짜증만 부리던 철없는 자녀 등 일일이 열거할 수 없이 많은 사람이 나의 열린 인성 교육 프로그램을 통해 그릇된 습관을 고쳐나갔다.

가정, 학교, 직장의 교육은 일시적이다. 근본적으로 개인의 행동 양식까지 바꿔놓지는 못한다. 권위적이며 폐쇄적인 기존 시스템의 폐단 때문이다. 배우고자 하는 본인의 의욕이 자연스럽게 우러나와야 한다. 사람은 원초적(본능) 무의식 속에 쾌락을 좋아하고 억압을 거부하는 본성을 가지고 있다. 지시하는 교육이 아니라 직접 보여주면 된다.

수많은 사람이 나의 열린 인성 교육 프로그램을 통해 그릇된 습관을 고쳐나갔다.

나를 발견하는 공부를 시작하자

공부 중의 공부는 나를 발견하는 일이다. 나는 노년을 살고 있다. 사람은 나이를 먹어서 늙어갈 뿐 아니라 대우받고 동정받고 주저앉아 있는 가운데 더욱 늙어간다. 정년퇴직의 올가미를 벗어나 죽음에 이르기까지 현역으로 뛰어야 한다. 젊은이의 공부는 30~40년 후의 바람직한 자기 모습을 만들어가는 작업이다. 젊어서부터 노후 준비를 위해 자연 중심의 취향 문화에 중독되는 길 외에는 방법이 없다.

산행은 우리 생활을 간결한 삶의 방식으로 바꿔준다. 실용성과 절약 정신을 키워주며 검소한 인간으로 거듭나게

산행은 고생을 사서 하는 움직이는 명상이다.

한다. 일 년에 한 번밖에 쓰지 않는 물건을 쌓아둔다던가 외
식이나 의복 등으로 낭비하는 일이 없어진다. 돈과 시간을
책과 산행, 여행에 유용하게 쓴다. 사업상의 이유로 하룻밤
에 몇 십만 원을 술값으로 허비하던 사람이 산행을 하면서
그 습관이 없어진 경우도 봤다. 재미있고 유익한 산행을 두
고 다른 오락거리에서 흥미를 느끼지 못하게 된 것이다.

　　나는 옷이나 구두, 레저 용품과 생활용품을 중고품으
로 구입해 쓴다. 60년 전 결혼할 때도, 넝마 중고시장에서
조금도 부끄럼 없이 당당하게 곤색 양복(속칭 세비로)을 사
입고 식을 치렀다. 남들은 신랑이니 당연히 새 정장을 입었

으리라고 속았을 것이다. 이런 행동은 돈을 아끼는 마음 외에도 사치와 거품에 저항하는 유쾌하고도 멋스런 반란이다. 이런 것이 인문학이 목표로 하는 삶의 기술이다.

남이 아닌 자신과의 경쟁에서 이기려면 절약하는 생활과 자연에 뒹구는 극기 훈련이 효자다. 산행은 고생을 사서 하는 움직이는 명상이다. 무력한 사람도, 망설이는 사람도, 용기가 부족한 사람도 감성이 넘쳐 활기차게 생활하게 된다. 공허함과 상실감을 들판에서 실험한다. 우리의 인생은 단 한 번뿐이다. 이것이 엔트로피적 생활이다.

내일보다 오늘이 젊다. 지금이 바로 기회다. 산처럼, 강물처럼, 망망대해처럼 저 스스로 그러하듯 우리 일상도 자연에 거슬리는 일을 자제하여 궁극적으로 자연에 기대야 한다.

세계로 지구로
출근하라

역사는 호사가들이 지난 사건을 권력적 시각에서 기록한
것이다. 그러나 역사는 자기 삶을 위한 유용한 가치의 도구
여야 한다. 자신의 몸으로 부대껴 겪은 고통의 체험이 역사
여야 한다. 그 과정은 고난의 지옥이지만, 그 지옥이 유일
한 주적主敵이다. 인간의 고통은 눈에 보이지 않고 원스톱으
로 설명되지 않는다. 각 개인이 뼈를 깎는 순간순간의 아픔
을 각인한 것이 역사다.

　　역사는 타인이나 사회, 권력자의 이야기가 아니라 자
신만의 생명 줄이다. 마라톤이 한 발 한 발 칼로 족문足紋을
새기는 자학의 극치이듯 사실을 곧이곧대로 우직하게 행
동한 자취가 역사다. 불확실한 미래에 대한 '불안과 결여'

와의 전쟁이 삶이고 역사다. 인간은 불안해지는 순간부터 용맹한 전사가 된다.

걷기, 몸으로 자연을 읽다

나는 이런 연유로 걷는다. 걷다 죽는 것이 평소의 바람이다. 세상을 뒤로하고 굽이굽이 산길 따라 발길을 옮기며 들풀과 나무와 숲을 만난다. 내 마음은 숲에 머물며 나를 본다. 목가적 언덕에서 명시를 암송하면 혼자서 아름답다.

걷기는 발을 빌려 몸으로 자연과 세상을 읽는 운동이다. 가장 원시적인 문화 읽기이자 앞서가는 모던이다. 걷기는 쓰는 삶을 위한 워밍업이다. '일+여행+레저+감성+존재'를 걷기로 완성해보라. 몸을 펜대 삼아 자연의 모든 것을 땅에 새기고 써내는 것이다. 글은 몸으로 밀어붙인 존재확인이며 나심裸心의 갤러리다.

걷기란 각본 없이 즉흥적으로 행동하는 행위 예술이며 사유의 극치다. 자연의 속내를 부둥켜안고 치열하게 몸을 던져 동화한다. 몸을 욕망으로 소비하는 것이 아니라 열망으로 소진한다. 고유한 개별성을 갈망하고 현재와 미래 두 장르에 몰입한다. 스파르탄spartan보다 더 모질게 스스로의 인생을 담금질한다.

힘들지만 좋아서 하는 일이다. 사람들이 왜 이것을 모르는지 안타깝다. 민들레 홀씨처럼 어디론가 떠돌며 숨겨진 기막힌 곳에 든다. 혼자 무릎 치며 노는 기쁨, 누가 엿듣고 알까 조아린다. 이렇게 가슴 뛰는 일, 세상에 들킬까 생각하니 유쾌하다. 마음의 짐을 내리고 티끌만 한 연민도 자연에 맡겨 논다. 이제 근심걱정 자연에 방기하고 손을 턴다.

　　산다는 것은 발끝에 달렸다. 걷고 뛰며 발이 닳아 문드러져야 세상이 보인다. 호기와 탐험으로 쏘다니며 출근을 지구로 자연으로 하라. 모든 사연과 사람을 넘어서 들풀과 흙과 연결되라. 여한 없다. 이대로 좋다. 마음껏 살았다. 이제 노향목老香木은 흙에게 당부한다. 내 마지막 잎새 땅에 사뿐히 지는 날, 못 본 체해다오. 무엇을 더 바라겠는가?

산다는 것은 발끝에 달렸다

걷고 뛰며 발이 닳아 문드러져야 세상이 보인다

호기와 탐험으로 쏘다니며

출근을 지구로 자연으로 하라

모든 사연과 사람을 넘어서 들풀과 흙과 연결되라

씨 속의 사과는
자연만이 안다

생존의 긴장으로 앞만 보고 달려온 삶이었다. 갇힌 삶을 걷어치우고 하고픈 것 하면서 자유롭게 지냈다. 나는 운명보다도 인과율을 믿으며 순간을 사는 아나키스트에 가깝다. 아귀다툼하는 인간 공장 쪽에는 눈길조차 보내지 않는다.

나는 자연과의 사치를 꿈꾼다. 그 놀이를 통해 나를 열망하고, 더 넓은 세상을 향한 자연주의자를 편애한다. 미리 정해진 삶의 모럴과 외부에서 주어진 한계 안에 갇혀 살 수 없고, 행동이 생각이고 신념이다. 없는 세계를 빚어내기 위해 결핍된 세상을 향한 투쟁이 나의 유쾌한 일상이다.

이제 망각에서 깨어나 더 이상 세월을 소진하지 말자. 세상은 상식적으로 보이는 만만한 곳이 아니라 우주와 맞닿아 있는 광활하고 경이로운 공간이다. 세계는 착각이며 모든 것은 현상이다. 세상에 대한 우리의 인지력은 아주 제한적이다. 지구 위의 '한 사람'이 아니라 우주의 '새 친구'로 새롭게 거듭났다고 생각해보라. '나'라는 주어를 버리고 우주의 먼지로 돌아갈 일이다.

프랑스 천체물리학자 위베르 리브는 지구가 우주의 중심이라는 편협한 생각을 버리라고 권한다. 주식 시세, 가계부, 통장 잔고, 텔레비전 프로그램 등 눈에 보이는 수치에만 붙들려 살고 있는 현대인들에게 이제라도 눈을 들어 밤하늘을 쳐다보라고 권한다. 밤하늘에 무수히 쏟아지는 별빛이 우리네 삶이 얼마나 존엄하고 위대한 배려 가운데 존재해야 하는지를 일깨워준다고 말한다.

중력의 법칙과 양자론에 따라 움직이는 우주에는 시와 철학, 과학 그리고 인생을 살아가는 본질이 담겨 있다. 우주에서 지구를 바라보면 국경은 아무 의미가 없다. 우주에는 위와 아래라는 구분이 없다. 우리는 우리가 우주의 중심이라는 착각에 빠져 있으나 우주에 그런 중심은 존재하지 않는다. 인간은 세계의 중심에 있다고 착각하고, 스스로를 세계의 중심적 의미로 파악한다.

모든 것은 착각이고 자만일 뿐이다. 우주와 지구와 자연의 경이로움을 바로 보고, 그 너머 숨겨져 있는 삶의 의미를 진지하게 들여다보자. 사과 속의 씨는 헤아려 볼 수 있으나 씨 속의 사과는 자연만이 안다. 꽃이 열매로 익은 다음 마침내 떨어져 썩는 사과는 현실의 한 부분이면서 우주의 한 부분이다. 어떤 사과를 완벽하게 기술하려면 결국 온 세계를 기술해야만 한다.

한 인간은 지구 위 한 알의 모래 같은 미미한 존재에 불과하지만 그 생애는 우주로 설명되어야 한다. 우주와 자연을 제대로 설명할 수 있어야 인간 존재를 터득한다. 굳은 삶을 무너뜨리고 매번 새롭게 사는 길을 택할 때 우주적 인류사관을 꿰뚫는 유유자적한 삶이 가능해진다. 소외된 지혜로는 늘 뒤처질 수밖에 없다.

사과 속의 씨는 헤아려 볼 수 있으나
씨 속의 사과는 자연만이 안다
꽃이 열매로 익은 다음 마침내 떨어져 썩는 사과는
현실의 한 부분이면서 우주의 한 부분이다

극지에서
다시 태어나라

고된 산행과 캠핑을 통해 자아에 대한 의식이 싹트면서 나는 나를 살리고 나를 믿게 됐다. 사람은 자기애에 빠져 자기에 집착하는 나머지 자아를 길들이고 훈련시키려 하지 않는다. 스스로를 처벌하지 않는다(여기서 처벌이란 채찍질, 노력, 인내 등을 말한다). 바로 여기에 함정이 도사리고 있고, 인간의 비애가 자라난다. 인생에 성공한 사람은 항상 스스로를 성찰하고 처벌하여 스스로 죗값을 치르며 치열하게 살아간다.

가혹하리만큼 스스로를 담금질할 필요가 있다. 이 담금질은 이제껏 살아온 집이나 직장 내에서는 습관화된 속성 때문에 거의 불가능하다. 따라서 지금까지의 틀을 벗어나 넓은 자연에 나가 서바이벌 게임을 펼쳐야 한다. 자연에서 벌이는 서바이벌 게임은 우리에게 흥미와 처벌(재미와 고생)을 동시에 주는 놀이이자 훈련이다.

인생을 긴 안목으로 설계하고 넓은 시야를 가졌을 때 종착역은 결국 자연이다. 삶이 여행이라면 우리가 돌아가야 할 고향은 내가 태어나 자란 강원도나 경상도가 아니라 자연 그 자체다.

사람의 몸은 다리부터 약해진다고 한다. 중병에 걸리거나 극도로 노쇠하면 단 한 걸음도 스스로 걷지 못한다. 걷는다는 것은 위대한 일이다. 나는 이 교훈을 항상 간직하고 걸을 수 없을 땐 기어서라도 산책한다. 노쇠와 투병이란 바로 자신과의 싸움이다. 육체의 건강만이 아니라 마음의 평온에서 우러나오는 총체적인 삶의 건강을 추구해야 한다. 건강은 결코 근육질만 키우는 것이 아니다.

나는 27년 전 뇌졸중으로 쓰러졌을 때 누워서 죽을 것인가, 걸어서 살 것인가를 곰곰이 생각했다. 눕지 않고 캠핑과 산행을 계속한 끝에 지금 기적같이 살아 있다. 말하자면 스페어 인생이니 그저 고맙고, 그래서 자유인이 된 까닭이기도 하다. 나는 틈만 나면 텐트를 싸 짊어지고 아무 데나 발길 닿는 대로 달리고 걷다가 야영을 한다.

미국, 캐나다, 알래스카, 네팔, 인도, 유럽 그리고 일본과 중국 등, 일인용 텐트를 휴대하고 2년여 동안 해외를 오토캠핑으로 여행할 때 나는 기막힌 자유와 고독과 즐거움을 느꼈다. 물론 죽도록 고생하고 초라한 음식에 몰골은 말이 아니었지만, 모름지기 이것이 바로 발로 뛰는 행위 문화가 아닐까? 그때 사귄 지구촌 수십의 사람들과 20여 년이 지난 지금까지도 편지로 교류하고 있다. 다 캠핑 덕택이다.

험준한 대자연 속에서 펼쳐지는 청아한 삶은 인위적인 매체 없이 나를 순수한 자연에 투영하고 객관화시켜 스스로를 발견하는 고귀한 시간이다. 동시에 스스로를 비우는 무아의 경지에 도착한다. 산속에서 만나는 숲, 계곡의 물소리, 이름 모를 산야초, 이끼 낀 바위, 맑은 새소리, 낙엽 떨어지는 소리, 문명과 동떨어진 눈 덮인 산야, 나의 발자국 소리, 이 모든 것이 소스라치도록 놀라운 힘을 지녔다.

일상생활에서 소중히 여겨온 나의 일들이 하잘것없는 것으로 여겨지는 여백의 시간. 바로 이것이 우리를 둘러싸고 있는 하고많은 허구와 무가치를 깨우치게 해준다. 인간은 누구나 어머니로부터 태어나지만 다시 자연에서 새롭게 태어나야 한다.

(위) 알래스카와 아메리카 대륙의 극
지를 떠돌며 자유인이 되다. 오늘 밤은
여기에서!

(아래) 지구촌 수많은 사람들과 지금까
지도 편지로 교류하고 있다.

숲에서 보낸 하루는
훌쩍 자란다

숲은 생명의 문화 공간이며 도시는 죽음의 엔트로피 지옥
이다. 화려한 도시를 잠재우고 검소한 산길을 걸어보라. 며
칠간 숲에 주저앉아보라. 펜과 사유보다 더 순도 높은 자연
미에 둘러싸여 있는 동안은 짧은 생애 그대로가 좋다. 숲에
서는 서두를 일이 없다.

숲은 느린 시간과 세월의 탄력으로 침묵한다. 숲은 보
이지 않게 자란다. 분명히 자라지만 잠시도 머물지 않는다.
늘 같은 날이지만 똑같은 날은 하루도 없다. 그래서 새롭고
정겹다. 숲은 내 이웃이다. 숲에는 기다림이 있고, 세월이
있고, 삶이 있고, 인내가 있다. 나의 원망과 갈등, 탄식을 숲
의 봄, 여름, 가을, 겨울과 같이한다. 사시사철 청량한 물소
리로 마음을 다스린다.

농막 캠프에 들면 괜스레 일없이 서성대는 게 일이다. 지붕 밑에 매달아 놓은 망태기가 궁금하다. 씨앗을 모아두었는데 다람쥐나 날짐승이 침입할까 봐 걱정이다. 씨앗은 땅이나 눈 속에 버려두는 게 생태적으로 옳지만 동물이 먹어치울까 봐 높은 데다 매달아 놓는다. 씨앗은 농막에서 제일가는 생명의 재산 목록이다. 하잘것없는 먼지 부스러기처럼 보이는 저 좁쌀만 한 씨앗 속에 다양하고 오묘한 생명이 숨어 있기 때문이다.

나는 이 사실이 하도 신기하고 고마워서 생의 시조인 씨에게 자주 문안을 드린다. 지금은 죽은 듯 잠들어 있지만 나비가 날아들고 햇살이 따뜻해지는 봄날이면 그네들은 기막힌 세상을 만들어낼 것이다. 나는 기꺼이 그의 종살이를 살며 가슴에 봄을 품고 땀방울을 마다하지 않는다.

내가 산을 찾는 이유 중 하나는 이렇듯 새 생명을 많이 심고 퍼뜨리기 위해서다. 쌀과 돈만으로는 행복해질 수 없다. 씨앗을 모으고 뿌리며, 새 생명을 틔우는 데 진정한 풍요가 있다. 이 과정을 힘들여 노동하는 진정성이 마음의 황폐를 씻어주고 평화를 가져온다.

달리 길은 없다. 이것만으로 충분하다. 씨앗의 쭉정이와 알맹이로 점철된 것이 바로 나의 삶이다. 흙을 마주하고 같은 일을 반복하다 보면 지루하기도 하지만 이렇게 사는 방법이 가장 옳다. 세속의 기쁨으로 들떠 있는 도시의 낙원은 이겨도 지는 삶이다. 도시의 삶은 공허하다. 측은지심이 든다.

숲은 보이지 않게 자란다
분명히 자라지만 잠시도 머물지 않는다
늘 같은 날이지만 똑같은 날은 하루도 없다
그래서 새롭고 정겹다

생명 있는 것은 모두
저마다의 자리가 있다

노란 향기로 봄을 알리는 생강나무

이 세상을 살아가면서 중요한 것 하나가 산과 그 언저리에 사는 생태계에 눈을 뜨는 일이다. 겨울의 끝자락인 이른 봄날 산에 들면 나무들은 온통 깊은 잠에 빠져 있는데 유독 노랑연두 물감을 뿌려놓은 듯 점점이 꽃을 달고 있는 나무가 있다. 바로 생강나무다.

생강나무의 꽃은 산수유꽃과 구분되지 않을 정도로 흡사하다. 두 나무는 잎보다 꽃이 먼저 피는데 작은 꽃가루가 가지에 총총히 붙어 핀다. 꽃은 화려하지 않고 수수하고 소박하다. 다른 점이 있다면 산수유꽃은 향이 없는데 생강나무꽃은 신기하게도 연한 생강 향이 난다. 참으로 싱그럽고 산뜻한 향이다.

해마다 3월이 되면 나는 이 향이 그리워 안달한다. 3월 첫 주면 산에 올라 기어코 좁쌀만 한 꽃망울을 만난다. 아직 꽃이 어려 향이 없으면 그다음 주에 또 달려간다. 그다음 주, 그다음 주 연달아 생강나무 군락지를 찾아 향수 축제를 벌인다. 나와 일행은 그 오묘한 향기에 취해 어찌 할 줄 모른다. 산골에 이런 재미가 있다니!

산에 들어 잘 살펴 귀 기울이고 냄새 좇으면 늘 새 소식이 온다. 모든 것이 새롭고 처음 보는 듯 아기 눈이 된다. 매번 새로운 꽃, 새로운 풀잎, 새로운 나무를 만난다. 하도 많아서 여러 번 만난 사이인데도 이름을 도무지 알 수 없어 애를 먹기 일쑤다. 가끔은 식물도감을 뒤져 새 친구를 얻는다. 또한 산을 좋아하는 이들과 어울리다 보면 웬만한 약초와 나무에 두루 통달한 심성 맑은 이들의 도움을 받는다.

생강나무의 꽃이 지면 진달래꽃으로 봄이 절정에 이르고, 나뭇잎이 푸릇푸릇 돋아나 어느새 철쭉꽃 질 무렵이 되면 여름 문턱이다. 이렇게 꽃피는 계절의 질서가 손님으로 와 우리를 미소 짓게 한다. 그러다 곧 추석이 오고, 덧없는 세월의 무상함을 느끼는 겨울이 될 터…….

생명 있는 모든 것은 저마다의 자리가 있고, 우리의 삶과 어떤 형태로든 연결돼 있는 자연이 가르치는 길을 거역할 수 없다. 나는 앞으로 불과 세 번의 생강나무꽃 향을 맡으면 아흔이 된다. 아흔은 채워야지 싶은 욕심에 나는 오늘도 산에 있다.

지친 나그네를 위로하는 해맑은 새소리

봄의 산골짝은 새소리로 생기가 넘친다. 봄의 새는 쉴 새 없이 짖어대며 짝을 찾아 둥지를 튼다. 소리만 들릴 뿐 새는 여간해서 눈에 띄지 않는다. 끊임없이 움직이고 좀처럼 가까이 오지 않는다. 단순한 곡조의 노래를 부르는 새가 있는가 하면 현란하게 다양한 소리를 내는 새도 있다. 그중에서도 끊어질 듯 애처롭게 이어지는 가냘픈 소리가 심금을 울린다.

　새는 나뭇가지나 잎을 물어다 둥지를 튼다. 높은 나뭇가지 사이에 집을 짓지만 폭풍우도 잘 견뎌낸다. 새는 행복하다. 자유롭게 날고 마음대로 먹이를 낚는다. 인간은 끊임없이 일해야 먹고사는데 저 새들은 노는 듯 살면서도 돈, 밥, 자식, 공부 걱정을 안 해도 되니 얼마나 좋을까. 산새는 인간보다 높은 차원에서 살고 있는지도 모른다.

　쇼펜하우어는 《인생론》에서 이런 이야기를 했다.

솔직히 말해 나는 동물이나 식물을 보면 금세 마음이 밝아지고 저절로 즐거워진다. 특히 개와 자유를 얻은 모든 동물, 즉 새나 곤충 같은 것, 그리고 수목을 봤을 때 그렇다. 그런데 이와는 달리 인간을 보면 거의 언제나 으레 혐오를 느낀다. 왜냐하면 약간의 예외는 있겠지만 인간은 누구나 다 가장 서투른 그리고 가장 흠이 많은 실패작……추한 육신과 천한 욕정과 속된 야망, 온갖 어리석음과 사악으로 가득 차 있는 외모와 부자연스럽고 타락한 생활에서 오는 천박하고 횡포한 모습을 하고 있으니 말이다. 그래서 나는 되도록 그들과 마주치는 것을 피하고 자연의 품에서 동식물과 사이좋게 지내면서 즐거움을 나누고 싶다.

삶의 괴로움, 삶의 허무, 생존 의지, 죽음 등을 사유했던 쇼펜하우어는 사람의 생애란 평탄하고 즐거운 길이 아니라 가는 곳마다 장애물이 놓인 험한 길이라고 강조했다. 루소처럼 자연에 귀의하는 삶을 설파했던 쇼펜하우어의 철학이 특별하게 다가오는 봄이다.

사유하는 마라토너

삶의 힘은 어디서 오는가. 마라톤을 거울 삼아 생각해본다. 마라톤, 낯설고 생소하고 두렵다. 42.195킬로미터는 상상할 수 없는 지옥이다. 접근할 수 없고 주눅 들게 하는 딴 세상 이야기다. 직접 뛴 체험을 말로는 설명할 수 없다. 뛴 사람만이 알 뿐이다.

마라톤은 정신적·육체적으로 자기 학대를 스스로 만들어 하는 운동이다. 이 본질은 극한 상황에서 마주친 인간 실존의 처절한 드라마다. 땀과 피와 눈물로 얼룩진 몸부림이다. 삶의 저항이고 수용이다. 불가능에 도전하고 무상의 가치를 흡족하게 받아들이는 인간 정신의 고귀한 승화다.

마라톤은 이 세상에서 가장 혹독한 노동이고 고독이며 고문이다. 바위를 뚫고 자라는 나무를 보라. 바위를 붙

잡고 나무는 운다. 뿌리가 부여잡은 목마름, 비바람에 혈혈단신 벌거벗고 맞선다. 죽기 살기로 뛰는 꼴통은 이 세상 다 싸잡은 고독을 먹는다. 모든 고통의 신음을 토한다. 마라톤은 분초와의 사투다. 끝없이 지루하게 달리며 모든 것을 드러내놓고 자신을 본다.

마라토너는 정신과 육체의 한계를 넘어 긍정과 부정을 융합한다. 달리면 생각이 한 점으로 모이고, 극한에 이르러 무아마저 버린다. 극한 상황으로 내몰아 '스스로 그러함自然'의 순리를 깨닫는다. 결국 사유하는 마라토너는 괴짜이고 철학자다. 그저 달린다. 홀로의 뒷모습이 어찌 그리도 청아한가. 하나의 아름다움이 있으려면 반드시 하나의 고통과 하나의 고독도 함께 있어야 한다고 믿고 달리는 사람들. 마라토너는 세상을 냉철하게 꿰뚫어 보는 냉정한 합리주의자다.

외로움은 인간의 숙명이다. 대부분 외로움에서 벗어나기 위해 남과 같이 있으려 한다. 외로움 증후군에서 벗어나자. 오히려 외로움 속으로 더 파고들어가 더 좋은 고독으로 도약하자. 혼자 있는 고통을 혼자 있는 즐거움으로 치유받는 훈련 기법을 일상화하자, 마라토너처럼.

외로움은 인간의 숙명이다
외로움 속으로 더 파고들어가
더 좋은 고독으로 도약하자
마라토너처럼

걸음을 멈추면
생각도 멈춘다

세계적 철인을 키운 걷기의 힘

세상은 상업주의 경쟁으로 늘 바쁘게 돌아가고, 편리함을 추구하는 문명 발달에 둘러싸여 두 발로 걸을 기회가 점점 줄어들고 있다. 삶은 기초가 든든해야 흔들림이 없다. 그 기초가 바로 걷기다.

다리를 움직이면 움직일수록 뇌로 가는 에너지 공급이 활발해져 피로가 가시고 마음이 상쾌해진다. 걷다가 구름을 바라만 봐도 '아, 내가 너 같구나'라는 말이 저절로 나온다. 여기서 걷기란 무상의 가치에 흡족해하며 들판이나 숲을 허허롭게 거니는 것을 이른다. 스트레스가 쌓이고 마음이 답답할 때 걷다 보면 마음이 가벼워지고 좋은 아이디어가 번쩍 떠오른다. 무턱대고 걷는 것이 으뜸이다.

그래서 세계적인 철인들은 걷는 습관이 있었나 보다. 장 자크 루소는 "나는 걸을 때만 명상에 잠길 수 있다. 걸음을 멈추면 생각도 멈춘다. 나의 마음은 언제나 나의 다리와 함께 작동한다"라고 고백한 적이 있다. 칸트가 매일같이 산책했던 쾨니히스베르크의 필로소펜담, 헤겔이 걸었다는 하이델베르크의 필로소펜베크의 숲길이 바로 페리파토스, 소요학파逍遙學派의 고장이다.

나는 오래전에 이들 철학자가 사색하며 고뇌했던 그 유서 깊은 오솔길을 찾아간 적이 있다. 루소의 《고독한 산책자의 몽상》, 쇼펜하우어의 《의지와 표상으로서의 세계》 등을 떠올리며, 독일의 네카어 강변을 끼고 도는 고색창연한 하이델베르크 고성 건너편 산기슭을 걸으며, 그때만큼 나 자신이 된 적이 없다. 슈만의 피아노곡 〈나비〉가 들려올 것만 같은 꿈길이었다.

그때나 지금이나 나는 늘 걷는다. 걷다 죽는 것이 노인의 바람이다. 더 노약해지고 병들어 한 발짝도 걸을 수 없는 날을 생각하면 끔찍하다. 지금의 한 발자국은 살아 스스로 움직이는 소중한 흔적이다. 쉬엄쉬엄 느릿한 마음으로 걸을 때도 있지만 때로는 다부지게 걷는다. 평지에선 게으름을 피우지만 가파른 언덕에선 야무지게 기어오른다. 스스로 걸을 수 있는 지금에 감사하며, 길 없는 길을 만들어 걷고 또 걷는다. 경사가 심한 오르막에서는 숨이 턱턱 막히지만, 오르막과 내리막은 하나로 연결된 생의 파도다. 나는 이것을 걸으면서 깨달았다.

마사이족 하루 평균 3만 보 걸어

아프리카 케냐의 마사이족은 하루 평균 3만 보를 걷는다고 한다. 한국인은 잘해야 하루에 5,000보를 걸으며 직장인은 3,000~4,000보, 주부는 4,500보쯤 걷는다. 잘 걷지 않는 사람이나 노인은 1,000보 정도에 머문다.

마사이족은 맨발로 리듬을 타듯 빠르게 무게 중심을 발뒤꿈치에 두고 허리를 꼿꼿이 펴고 걷는다. 무게 중심이 발뒤꿈치―발 바깥쪽―새끼발가락―엄지발가락 순으로 이동하면서, 달걀을 구르듯 자연스럽고 리드미컬하게 걷기 때문에 척추와 관절에 부담을 주지 않는다. 마사이족의 이런 걸음을 연구하여 만든 워킹 신발이 바로 MBT$_{Masai}$ $_{Barefoot\ Technology}$다. 이 신발은 허리와 무릎 통증으로 고생하는 사람들에게 인기가 대단해서 20여 개국에 대량으로 보급되고 있다.

척추 모양은 걷는 습관에 의해 형성되는데 현대인들

은 S자로 굽어 있는 사람이 많다. 마사이족의 척추는 일자형이며 평균 수명은 80~90세다. 걸음걸이는 보통 8세 이전에 완성되기에 한번 길들여진 걸음걸이 습관은 고치기 어렵다. 게다가 기능과 실용성은 무시한 채 모양에만 치우쳐 만든 신발은 관절염을 초래한다.

걷는 훈련이 절실하다. 팔을 힘차게 저으며 큰 보폭으로 성큼성큼 걷는 파워 워킹을 해보라. 자기 체력에 맞춰 매일 걸으면 200개의 뼈와 60개의 근육이 골고루 움직여 총체적 운동 효과를 볼 수 있다.

가정은 살림이 아니라
경영이다

남자와 여자가 사랑을 보는 관점이 얼마나 다른지 잘 모르는 사람이 많다는 사실은 정말 놀랍다. 여자들은 대부분 남자도 자신과 같은 마음으로 사랑하고 여자를 바라보리라 짐작한다. 그러나 남자와 결혼하고 나면 그 생각이 얼마나 잘못됐는지를 깨닫고는 경악한다. 여자라면 누구나 한 번쯤 '백마 탄 왕자'를 꿈꾸지만 결혼하면 그런 사랑은 없다는 걸 곧 깨닫게 된다.

세상의 모든 남자는 선함과 악함, 용기와 비겁, 성실과 태만 사이에서 교묘하게 여자를 다뤄나간다. 세상의 남자들이 모두 '못된 남자'는 아니다. 선량하고 훌륭한 남자도 많다. 그러나 이 세상의 대다수 남자가 여기서 말하려는

'못된 남자'의 의식과 행동 방식을 잠재적으로 갖고 있다고 해도 아주 틀린 말은 아니다.

왜 세계적인 성악가 마리아 칼라스는 그토록 오랫동안 오나시스의 곁을 떠나지 못했을까? 그의 다른 여인들처럼 결국 자신도 배신당하기 위해서? 무엇이 재클린 케네디로 하여금 늘 자신을 속이는 남편 케네디 곁에 머물도록 했을까? 왜 뛰어난 재능을 지닌 수학자 밀레바 마리치는 남편 아인슈타인을 위해 부엌으로 밀려나는 걸 감수했을까?

여자는 왜 못된 남자에게 빠져드는가? 가부장제에서 이뤄지는 교육이 문제다. 부모는 딸을 집안에 가두고 남자와 사회로부터 차단시킨다. 딸이 스스로 사회에 적응하고 남녀의 문화 차이를 인식할 수 있도록 이끌지 않는다. 남편에게 선택되면 그 대가를 죽을 때까지 치러야 했던 우리 할머니와 어머니들의 안타까운 굴레다.

하지만 이제는 서로의 필요에 의해 결혼하는 시대다. 금지된 굴레란 없다. 현대 여성은 사랑, 신뢰, 행복 등의 가치를 지향하며 그것을 함께 나눌 동반자를 찾는다. 여자는 최상의 사랑과 삶을 원하고, 그럴 권리를 분명히 갖고 있다. 단순히 한 남자를 위하는 삶보다는 총체적 삶의 행복을 공유해야 한다.

경제 분석 영역을 다양한 인간 행동과 상호작용에까지 확장한 공로로 1992년 노벨 경제학상을 받은 게리 베커는 결혼 생활도 경제학의 논리를 비켜 갈 수 없다고 강조한다. 그는 가정에서 행해지는 모든 활동을 기업의 경제 활동의 틀로 체계화하면서, 결혼이라는 행위를 경제적으로 분석해볼 때 두 미혼 남녀는 결혼으로부터 얻는 이득이 독신일 때 얻게 되는 각자의 이득보다 크기 때문에 결혼에 이른다고 강조한다.

결혼, 가정, 가족을 경제적 측면으로 분석하고 파악하는 데는 꼭 물질적 만족만이 아니라 명예나 존경 등 정신적 만족 같은 내면의 이익도 필요하다. 또한 자기를 희생함으로써 가족의 행복을 가져오는 사랑도 중요한 경제적 행위로 다뤄야 한다. 경제 행위와 감성을 접목한 고품격의 삶의 질 향상을 최고의 가치로 삼고 선진화된 가정 문화를 펼쳐야 한다.

가정은 주식회사다. 소비만 하는 곳이 아니라 이익을 창출하고 생산을 지원하는 경영 시스템이다. 따라서 결혼은 인생 최대의 투자다. 결혼 상대에 따라 운명이 바뀐다. 결혼은 정신적·물질적 행복을 반드시 보장하지 않는다. 가정은 운영 기술에 따라 번영하기도 하고 파국을 맞기도 한다. 문화 자본과 결혼 경제 이론을 접목한 새로운 해법으로 가정을 경영할 필요가 있다.

아이들에겐
자연이 학교다

잘 놀아야 성공한다

세계로 진출하는 한국의 위상이 날로 높아지는 가운데 가히 문화 혁명이라고 할 수 있는 주 5일 근무제가 현실로 나타났다. 우리는 압축적 산업화를 통해 불과 50여 년 만에 이 과정을 따라잡았다. 그러나 200~300년에 걸쳐 형성된 서구 사회의 여가 문화와 야외 활동까지는 따라잡지 못했다. 문화는 압축적으로 만들어지는 것이 아니기 때문이다. 역사에는 월반이 없다. 21세기 국가 경쟁력은 레저 문화에서 결정된다고 해도 과언이 아니다. 레저 활동은 문화 생산과 문화 소비가 이루어지는 곳이기 때문이다.

주말이 되면 모두들 천지를 뒤흔드는 기세로 들뜬다. 사는 것이 힘겹다는 핑계로 신변잡기에 위로를 받으며 때로는 저속 문화에 빠져 사회를 흐려놓기 일쑤다. 레저 활동은 단지 노동과 공부로 지친 몸을 회복하기 위해서만이 아니라 아무런 성찰 없이 반복되는 일상(저속 문화, 하부 구조 문화, 변화 없는 무료한 일상)에 대한 반성과 보다 나은 미래를 위해 필요한 시간이다. 우리는 노는(레저 활동) 방법에 익숙하지 못할 뿐 아니라 노는 법에 별도의 지식과 기술과 훈련이 필요 없다고 착각하지만 결코 그렇지 않다.

레저 활등은 각각의 취향 분야로 이루어져 있으며, 전문 취미 활동을 심화하기 위해 반복적인 훈련이 필수적이다. 청소년들에겐 스스로 내면세계와의 일체감을 느끼게 하는 각별한 처방과 지도가 필요하다. 청소년들의 자발적인 취미 활동과 레저 활동을 인성 교육에 자연스럽게 접목시켜 놀면서 몸에 익히게 하는 열린 다중놀이Open Multi-play로 유도하는 새로운 인성 교육이 필요하다.

자연은 설교 없이 변화시킨다

우리네 교육은 순종順從 교육으로 일관해오고 있다. 이렇게 해라, 저렇게 해라, 하지 마라 등 자녀에게 억압적 지시만을 일삼아왔다. 그러니 자립 교육이 될 리 없고 "내가 할래요!"보다 "나는 몰라요!"가 먼저 튀어나온다.

자연은 설교 없이 인간을 가르치고 치유한다. 우리
자녀들을 자연에서 뒹굴게 하자.

부모는 꾸준히 인내심을 갖고 자녀 스스로가 행동할 수
있도록 홀로서기 기법으로 지도해야 한다. 부모의 욕구를
즉석에서 충족하기 위해 끊임없는 설교와 잔소리를 늘어놓
은 뒤 자녀가 "네" 하면 모든 것이 해결된 것으로 여기고 스
스로 만족하면 안 된다. 이것은 위안보상심리慰安補償心理다.
자녀는 이때마다 방어기제심리防禦機制心理를 본능적으로 작
동시켜 우선 요령껏 피할 뿐이다. 이렇게 부모자식 간에 불

편한 갈등이 끊임없이 반복되면 면역적 방어벽이 생겨 쇠귀에 경 읽는 꼴이 되고 만다.

더불어 살아가는 공동체의 한 시민으로 자녀를 키우려면 자녀를 야외에서 뒹굴게 해야 한다. 자연은 설교 없이 인간을 치유한다. 발달심리학에 의하면 인간의 성격은 5~6세 이전에 형성된다. 청소년들에게 성격을 고치라고 강요하는 것은 불가능한 일이다. 자연에서 이루어지는 문화 체험을 통해 습성을 변화시켜야 한다.

레저 활동에서 제일 중요한 목표는 서바이벌 정신을 체득케 하는 것이다. 악조건의 자연에서 생존해내는 기술과 정신을 길러 삶의 현장에 접목해 활기차게 어려움을 극복해나가는 데 의의가 있다. 극한 상황에서 마주친 인간 실존의 경지를 넘어 겸손하고 정의로운 젊은이로 거듭날 수 있도록 우리 부모들이 달라져야 한다.

너는 먼지이니
먼지로 돌아가리라

흙에서 난 몸, 흙과 함께 살아야

"너는 흙에서 나왔으니 흙으로 돌아갈 때까지 얼굴에 땀을
흘려야 양식을 먹을 수 있으리라. 너는 먼지이니 먼지로 돌
아가리라."

구약성경, 창세기, 3장 19절의 말씀이다. 모든 생명은
본래 흙에서 태어났으니 흙을 경작해 양식을 얻는 노동을
최고선으로 여기며 살다가 결국 흙으로 돌아간다는 뜻이
다. 원래 자리인 흙으로 돌아가는 일이 바로 죽음이다.

소중한 생명을 스스로 유지하기 위해 열심히 노동하
는 것은 인간의 마음과 몸을 정화시켜주고 건강하게 해준
다. 흙은 우리의 고향이며 어머니의 품처럼 포근하고 정겨
운 근원이다. 생계를 위한 일을 넘어 주말농장과 레저 생활

을 즐기는 자연인으로 살 때 자기 구원, 셀프 힐링Self-Healing
이 가능해진다. 인생을 진지하게 사는 사람들을 위해 자연
이 베푸는 은혜다.

　나는 자유의지를 갖고 언제나 자연에 의지하고 그 너
머를 찾는다. 이렇게 사는 것이 좀 힘들고 복잡할지 몰라
도 재미있는 일들이 예상 밖으로 생겨난다. 자신을 자연에
투영해 다양한 삶의 방식을 찾아낼 때 비로소 기쁨이 샘솟
는다. 삶이란 결국 자연의 거울로 자신을 돌아보는 일이다.
그래서 나는 언제라도 자연에 뒹굴 수 있는 잡동사니 도구
를 한 짐씩 지고 다니는 미련한 노병老兵을 자처한다.

　지금 우리에게 결핍된 것은 무엇인가? 살아가는 방법
은 여러 가지다. 개개인의 삶과 직결된 삶의 방식이 당사자
의 인생을 좌지우지하는 근본일 것이다. 그런데 우리는 자
신의 삶을 결정짓는 인생 항로를 모호하게 두고 타인과 세
상 탓을 하느라 바쁘다.

　더 가관은 우리 사회의 위정자들이다. 제 갈 길 가느라
여념 없는 국민들을 위하기는커녕 자신만의 영광을 위해
선동을 일삼는다. 저들끼리의 이익과 기득권 유지를 위해
국민을 선동해 서로 적대시하게 만들고 편을 갈라놓는다.
국민 대부분이 자신의 생계나 삶의 질 향상과는 아무런 관

련이 없는 그네들만의 이익 추구에 이용당한다.

이는 오늘날 심각한 문제가 되고 있는 지구의 엔트로피 확산에 인간의 또 다른 엔트로피 독소를 더하는 일이나 다름 없다. 이들이 자행하는 쓸모없는 행사에 소비되는 막대한 비용과 시간 그리고 눈에 보이지 않는 사회적 폐해의 손실이 고스란히 국민의 몫으로 돌아오고 있다.

정신문명 좌우하는 엔트로피 법칙 깨달아야

엔트로피는 간략하게 설명하기가 쉽지 않지만 우리가 꼭 알아야 할 자연법칙이자 일상생활의 근본 규범이다. 우주 안의 모든 물질과 에너지는 불변한다. 이것이 에너지 보존 법칙인 열역학 제1법칙이다. 그런데 이 에너지인 물체에 화학 변화를 일으키면 다른 형태로 변하여 원래 상태로 돌아오지 못한다. 이를 열역학 제2법칙이라고 한다.

예를 들어 연료나 석탄 나뭇가지를 불태우면 열이 발생하면서 연기와 재로 변해 탄산가스나 아황산가스 등 공해 물질이 발생하는데, 이 공해 물질은 영원히 원래 상태로 환원되지 못한다(불가역 법칙). 그러므로 엔트로피 공해가 계속해서 증가할 따름이다. 엔트로피란 사용 가능한 에너지가 공해로 변해 지구에 잔류해 증가한다는 뜻이다.

엔트로피 법칙에 의하면 우주 안의 모든 것은 일정한 구조와 가치로 시작해 무질서한 혼돈과 낭비의 상태로 나아간다. 이 방향을 거꾸로 되돌리기란 불가능하다. 이 법칙은 모든 것이 한정되어 있고 살아 있는 생물은 결국 죽게 되는 자연 세계에 두루 적용된다. 인간의 모든 행위와 생애도 엔트로피 법칙에 따른다.

노벨 화학상 수상자인 프레더릭 소디Frederick Soddy는 엔트로피 법칙이 모든 정치 체제의 흥망성쇠, 국가의 자유와 속박, 산업의 움직임, 가난과 부의 근본, 그리고 모든 종족의 행복까지도 관장한다고 말한다. 그에 따르면 엔트로피 법칙은 인류의 역사를 발전으로 보는 개념을 무너뜨린다. 뉴턴의 만유인력 법칙이 중세 기독교 세계관을 대치했을 때처럼 엔트로피 법칙이 현대 세계관을 바꾸게 될 것이라고 전망한다. 정치인, 신학자, 과학기술자, 경제학자, 심리학자, 사회학자 모두가 엔트로피 법칙을 기준으로 인간과 세계의 본질을 재조명하게 될 것이란다.

중요한 건 엔트로피 법칙을 현존하는 세계관에 덧붙여 이식시키려면 자연 중심의 세계관을 수립하지 않고서는 불가능하다는 것이다. 인간 중심의 세상을 자연 중심의 우주관으로 새롭게 배우고 실행해야 하는 까닭이다. 내면적 세계를 무한한 전체라고 본다면 물리적 세계는 일부분에 불과하다. 엔트로피 법칙은 시간과 공간 그리고 물질을 관장하지만, 이를 인식하는 인간의 영적인 힘(전체)의 지배를 받는다.

　문명이 물리적 실체를 조직화하는 방법과 물질에 부여하는 중요성의 정도는 인간의 정신 의지를 필요로 한다. 문명이 물리적 세계에 덜 부착돼 있을수록 인간은 물질의 한계를 초월하고 내면세계의 진수를 누리게 된다. 엔트로피 법칙과 인간이 어떻게 조화를 이루는지에 인간의 행복과 미래의 번영이 달렸다고 해도 과언이 아니다. 정신문명을 제대로 펼쳐나가려면 엔트로피 법칙의 완전한 이해와 실천이 필요하다.

　인류는 한 방향으로만 경쟁하듯 달려왔다. 개발은 무조건 좋은 것이라 여기며 거대 도시를 형성해왔다. 그러나 이 거대한 문명의 이면에는 눈에 보이지 않게 발생하는 물리적 독해인 엔트로피와 인간의 일방적인 욕구가 맞물려 문화라는 이름으로 위장되어 개인에게나 사회에게나 불행을 자초하고 있다. 자연을 버리고 도시를 걷는 군상의 말로다.

　우리는 과연 어떤 선택을 해야 할까?

자신을 자연에 투영해
다양한 삶의 방식을 찾아낼 때
비로소 기쁨이 샘솟는다
삶이란 결국 자연의 거울로
자신을 돌아보는 일이다

문화 취향이
사회 계급을 결정짓는다

나는 '문화'라는 말을 늘 서슴없이 써오면서도 그 뜻의 본질을 왜곡하는 것 같아 마음이 편치 않다. 문화란 무엇인가, 나와는 어떤 관련이 있는가? 사람의 취향, 취미, 습관은 무엇이며, 그것은 어떻게 형성되고 삶의 질에 어떤 영향을 미치는가?

내 삶의 많은 부분을 결정짓는 문화를 제대로 이해하려면 프랑스 사회학자 피에르 부르디외의 '아비투스' 개념을 이해할 필요가 있다. 아비투스란 개인의 문화적 소비 성향(취향)을 말하는데, 이 성향은 개인의 사회적 지위, 교육 수준, 사회 계층, 성장 배경 등에 따라 각기 다른 사회 구조를 내면화한다. 결국 아비투스란 각기 다른 생활 환경에 따라 생성된, 개인 안에 내재된 사회 계급이라고 할 수 있다.

우리는 습관화된 취향에 따라 편리한 대로 문화를 소비하지만, 사실 이것이 상류 문화와 하류 문화를 형성하는 결정적 요인이 된다(상류 문화와 하류 문화를 구분하는 것이 과연 옳은가 하는 문제는 논외로 한다).

부르디외에 따르면 자본 형태는 크게 세 가지로 나뉜다. 경제 활동의 기본 요소인 경제 자본, 사회적 연줄 망을 의미하는 사회 자본, 문화적 성향과 태도가 권력 수단이 되는 문화 자본이 그렇다. 여기서 내가 주목하는 것이 문화 자본이다. 부르디외에 의하면 문화 자본은 비가시적인 무형의 자산으로 개인의 노력 여하에 따라 얼마든지 높은 수준의 문화를 확보해 상위 계급에 진입하는 무기가 된다.

문화 자본을 만드는 취향은 학교에서 얻어진다기보다는 가족을 통한 문화 자본 전승의 결과다. 즉 부모의 문화 취향이 자녀의 문화 취향을 결정짓는 것이다. 그래서 부모의 문화 취향, 생활 습성이 중요하다. 자녀는 부모라는 거울을 통해 동일시와 각인을 되풀이하며 자신의 문화를 형성해간다. 부와 가난이 대물림되는 이치다. 조부모와 부모의 문화 취향이 자손에게 대물림되면서 가족력이 형성되고, 그 가족의 아비투스가 자녀의 운명을 좌우하는 요인이 된다.

아비투스는 취향 습관Habitude이라는 개념과도 유사하다. 누군가의 일상 취향 습관을 들여다보면 그의 문화 자본을 읽을 수 있다. 소비 성향도 문화 수준을 가늠하는 잣대다. 일상 습관과 소비 성향이 삶의 질을 결정한다고 해도 과언이 아니다.

현대는 소비 사회다. 우리는 끊임없이 소비하고, 가정은 소비의 집산지다. 먹고 입고 자는 데 필요한 모든 물질뿐만 아니라 오락, 여가 생활, 취미 활동, 예술 영역, 심지어는 무료하게 흘려보내는 시간을 포함한 무형의 모든 문화 활동이 소비로 이뤄져 있다. 예술, 여행, 운동, 공부, 연애, 인간관계, 여가 생활 등 이루 헤아릴 수 없는 인간의 활동과 행위가 바로 소비다. 인간은 소비를 위해 태어났다고 해도 잘못된 표현이 아니다.

소비의 내용은 천차만별이다. 고도의 훈련과 지적인 가치 체계로 이뤄지는 예술과 같은 문화 소비가 있는가 하면, 큰 노력 없이 보고 듣고 흉내만 내는 하류 문화의 소비도 있다. 이렇게 문화라는 것은 일상의 아비투스와 소비 성향의 차이에 의해 천차만별의 계급 구조를 만든다.

자, 그렇다면 우리는 어떤 문화 취향을 선택할 것인가? 삶의 질을 높이려면 문화 자본을 견고히 해야 한다. 문

화 자본을 견고히 하려면 우아하고 품격 높은 아비투스를

적극적으로 만들어야 한다.

한국인의 의식 구조,
이대로 좋은가

누구나 성공하기를 바란다. 그러나 누구는 성공하고 누구는 성공하지 못한다. 누구나 성공하겠다고 다짐하지만 성공하기 위해 자신을 바꿀 생각은 하지 않는다. 누구나 부자가 되길 원하지만 대부분 부자가 될 수 없는 습관을 갖고 산다. 세상은 늘 변화하라고 다그치는데 우리는 변화를 두려워하며 늘 그럴싸한 이유를 들어 변명한다.

홍사중의 《한국인, 가치관은 있는가》와 최준식의 《한국인에게 문화는 있는가》는 이런 한국인의 의식 구조를 잘 진단해준다. 이 책들에서 한국인의 미운 얼굴, 우리가 고쳐야 할 부분을 추려보면 다음과 같다.

집을 떠나지 못한다 / 내 가족만 중요시한다 / 내 새끼 유일주의에 교육 현장 망가졌다 / 개인보다 무리를 좋아한다 / 남을 배려하지 않는다 / 혼자 있기를 두려워한다 / 윗사람은 체면을 따지고 아래 사람은 눈치를 본다 / 아래위를 따져야 시원하다 / 남과 다른 것을 참지 못한다 / 낯선 것을 두려워한다 / 불확실성 회피 심리 / 열 잘 받고 화 잘 낸다 / 신명에 둘째가라면 서럽다 / 감 잡는 데 귀신이다 / 검증 없는 비과학적 사고 체계 / 유연성이 부족하다 / 노는 데는 귀신 / 무질서 의식 / 대강대강 괜찮아 적당주의 / 대중 심리에 휘말리는 몰지각 / 실험 없는 삶 / 우물 안 개구리 / 허풍과 허장성세 / 교양·매너·예의 부족 / 너무도 화끈한 종교 문화 / 집 안과 밖에서의 이분 구조 생활 등……

지금까지 '잘 살아보자'라며 앞만 보고 달려왔다면 이제는 철저하게 우리 자신을 돌아봐야 한다. '우리 것은 무조건 좋은 것이여'라는 사고도 객관적이지 못하다. 우리네 삶과 문화에 대한 진정한 비판과 사랑 없이 제대로 된 세계화는 불가능하다. 공동의 삶을 보다 품위 있게 누릴 수 있는 국민 개개인의 의식 구조 향상이 시급하다. 답은 우리 안에 있다. 밖에서 찾지 말자. 틀을 깨자.

캠핑은 문화다

단풍철이 되면 모두 설레는 마음으로 가을빛을 찾아 나선다. 나도 인적 드문 산 중턱 호젓한 단풍 길을 걸으며 깊어가는 가을 정취에 흠뻑 젖어든다. 고요는 경관을 다스린다. 내가 버티고 사는 큰 힘은 자연이 주는 고요에 있다. 그 힘이 생동의 원천이다.

그러나 이 호젓한 산길도 등산객이 늘어나면서 시장바닥이 돼버린다. 어디라 할 것 없이 몇 사람만 모이면 다른 무리는 전혀 배려하지 않고 고함을 치며 떠들어댄다. 아름답기 그지없는 단풍 숲은 소란의 도가니로 변한다. 노란색과 주황색으로 이별을 고하는 낙엽이 쓰레기처럼 보인다.

요즘 등산하는 풍경이 궁금해 어느 한 산악회 버스에 올라탄 것이 문제였다. 옛날같이 술잔을 돌려가며 차내에서 방방 춤추지 않는 것을 다행으로 여겨야 할까? 여기저기서 큰 소리로 잡담하는 것이 거슬렸지만 꾹 참았다. 그런데 교외를 벗어나자 고막이 터지도록 뽕짝을 틀어놓는다. 창밖의 가을 들녘을 바라보던 나는 지옥으로 빠져들고 말았다.

산에 도착하면 좀 나아지려나? 목적지에 도착해 등산길에 오르는 모습을 보니 마치 운동장 레이스 출발점에 선 것 같다. 사람들은 경쟁적으로 걷기 시작하고, 나는 맨 뒤에 처진다. 생각하며 걷는 게 아니라 힘으로 밀어붙이는 폭력 등산이다. 그러니 신문마다 관절염 치료 광고가 넘쳐나는 게 아닐까?

며칠 전에 찾았던 오토캠핑장에서도 비슷한 풍경을 보았다. 텐트가 다닥다닥 설치된 캠핑장은 마치 아파트 주차장을 캠핑장으로 급조한 것처럼 보였다. 먹자판을 벌인 채 먹고 마시고 고성방가 하는 사람들로 북새통을 이뤘다. 이들은 왜 그 먼 길을 떠나왔을까? 가을은 저 홀로 익어가고, 나무 그늘에 앉아 책 읽는 캠퍼는 단 한 사람도 찾아볼 수가 없었다.

호화찬란한 캠핑 장비도 놀라운 일이다. 스무 명은 충분히 잘 만한 커다란 돔 텐트에 대형 타프텐트를 연달아 치고 리빙과 주방 장비를 늘어놓았다. 전 세계 명품 브랜드들이 집결한 전시장이 되었다. 적게는 300만 원부터 2,000만 원까지 하는 비싼 장비들. 여기가 캠핑장인가, 장비 경연장인가? 5인용 텐트는 초라해서 구석에 끼기도 민망하다.

무엇을 위한 캠핑인가? 전국 어느 캠핑장엘 가도 과정과 목적이 서로 뒤바뀌어 있다. 아웃도어가 우리 인생에 끼치는 영향에 대해 평생을 두고 탐색해온 나로서는 더 이상할 말을 잃는다. 그토록 많은 캠핑 장비를 설치하고 철수하는 데 소모되는 시간과 일거리에 짓눌려 레저 활동의 진정한 즐거움은 사라지고 없다.

이렇게 노는 방식, 이젠 안 된다. 품위와 여백의 레저 활동이 필요하다. 다양한 문화를 구현해야 하는 우리네 삶은 어쩌다 이 지경이 됐는가? 나의 근심은 깊어만 간다.

고요는 경관을 다스린다
내가 버티고 사는 큰 힘은
자연이 주는 고요에 있다
그 힘이 생동의 원천이다

구순 가까운 늙은이가
글을 쓰는 까닭

생활의 인문학을 꿈꾸며

요즘 인문학 강좌가 홍수를 이룬다. 인문학은 다름 아닌 인간학이다. 나는 인간 탐구를 표출하는 일상어로서의 인문학을 지지한다. 원론적 인문학은 순수 인문학자의 몫, 나는 살아 숨 쉬는 삶에서 건져 올리는 실천 인문학 강좌를 새롭게 펴고자 한다.

다양한 아웃도어로 씨를 뿌리고 가꾸며 캠핑으로 해내는 주말레저농장을 온 가족이 함께 가꿔보라. 함께 땀 흘리며 일구는 목가적 생활의 행복감을 인문학으로 녹여내보라. 아웃도어 생활의 풍경을 번뜩이는 글과 사진으로 기록하여 타인들과 공유하는 행복감은 말로 표현하기 어렵다. 생활 현장에서 살아 숨 쉬는 소재들을 자연과 사회 전반의 다양한 현상들과 연계하는 이야깃거리가 쏟아진다. 책상머리 인문학의 위의威儀보다는 생활 전선의 애환이 뒤섞인 담론이 무성할 때 그것은 어떤 장르로도 인문학이다.

생활의 인문학이란 어려운 것이 아니다. 모닥불가에서 피워 올린 자아에 대한 꿈이 나에게로 와서 꽃이 되는 감수성 잔치를 여는 일이다. 우리가 인지할 수 없는 미지의 실제와 부딪히는 것이 인생이라면, 이때 일상과 다른 근원적 사유로 자기 도약을 가능하게 하는 것이 인문학의 역할이다.

인문학은 새로운 체험을 통한 시각과 새로운 진술 체계로 존재를 실험하는 학문 분야다. 나는 실생활에서 건져 올린 질문과 반란을 근거로 문화결정론적이 아닌 문화자유론적 의지로 글을 쓴다. 세계의 구조를 나름대로 해체하고 재구성하며 새로운 시각으로 창작한다.

인문학 입히기는 글쓰기가 전제다. 인간이란 존재는 언어 표현으로 이루어져 있다고 해도 과언이 아니다. 글을 쓰는 일은 스스로를 증명하는 일이다. 때로는 글을 쓰다 더 이상 끌고 나가지 못하고 갈기갈기 찢어버리기도 한다. 글을 잘 쓰려고 하면 할수록 허우적거리게 된다. 글에 빠지면 빠질수록 그러하다.

나는 책상머리 인문학의 위의威儀보다는 살아 숨 쉬는 삶에서 건져 올리는 실천 인문학을 지향한다.

이런 때는 늘 가까이 있는 습지를 걷는다. 찬바람 휘돌아 치는 그곳에서 세상일을 버리고 오가는 사람 없는 조용한 가을 한 귀퉁이를 밟는다. 그 발자국 잔해가 낙엽만큼이나 수없이 사라진다. 그렇다. 발자국 수만큼이나 생각을 지우며 무심히 걷다 보면 그만 시가 되고 글이 되는 길이 있다. 글은 이렇게 사람을 밖으로 내몬다. 그 재미로 나는 글을 쓴다.

경험하고도 쓰지 못한 이야기, 차마 할 수 없어 한쪽에 접어둔 이야기, 글재주가 없어 못 쓰고 있는 이야기들은 누구에게나 있다. 그동안 얼마나 많은 이야기가 우리의 눈앞을, 귓가를, 피부를 지나갔는가? 이렇게 인생이 가고 세월이 가는데 연륜은 어디에 쌓이고 있는가?

가족과 지역에 인문학을 입히자

저술가들이 책을 통해 독자와 소통하듯 가족과 이웃 간에도 정신적으로 위안을 주고 서로를 풍요롭게 하는 이야깃거리를 나눠야 한다. 그 첫걸음이 가족에게 '인문학을 입히는 이야기' 잔치다. 요즘은 지방마다 인문학 동호인 모임이 활발하다. 특히 거창은 예부터 특색 있는 다양한 인문학 모임이 지역 문화 형성에 큰 역할을 해왔다.

요즘에는 고을 문화를 넘어 전국 규모로 영역을 넓히면서 높고 따스한 글밭을 일구며 큰 꿈을 쌓아올리고 있다. 특히 서울의 상아탑 중심에서 활약하던 젊은 유망주들이 도시 문명을 뒤로하고 귀농하여 흙과 뒹굴며 어려운 여건에서도 인문학을 정신문화의 구심점으로 넓혀가고 있다. 학문 틀에 머물지 않고 자연과 함께하는 실천 인문학을 행동으로 옮기는 모습이 흐뭇하다.

나는 가끔 강사로 초청받아 거창의 인문학도들과 캠핑을 한다. 자연과 하나 되는 실천 인문학을 향한 열망의 꿈을 누가 막으랴. 노병은 그네들과 같이할 날이 얼마 남지 않았지만 여생을 길 위에 뒹굴며 글을 쓸 것이다. 나의 생은 지금부터니까! 나는 원초적 행위 본능과 감각으로 실용적이며 생산적인 가치 추구를 위해 산에 가고 호미질 하는 일꾼으로 글을 가꿔왔다. 이런 일을 해내는 방법으로 오토캠핑에 미쳐버렸고, 야지의 삶을 기록하기 위해 가당치도 않은 글쓰기를 하느라 무던히도 고생해왔다.

이렇게 나의 신상을 밝히는 까닭은 인문학을 배우려는 후학들을 위해서다. 전공 분야가 다르고 구순을 넘은 나이면 어떤가. 하는 일이 아무리 바빠도 노력 여하에 따라 인문학의 그늘에 기댈 수 있다. 우리는 그런 희망을 마땅히 가져야 한다. 늙는 줄도, 죽는 줄도 모르고 나는 자연 속으로 뛰어들어 온 산하를 헤맨다. 거기 내 발걸음이 닿는 곳, 내 손길이 닿는 곳에 인간을 위한 학문과 감성이 자란다. 그렇게 길어 올린 사색의 풍경만이 마음속에 뿌리내린다.

생활의 인문학이란 어려운 것이 아니다
모닥불가에서 피워 올린 자아에 대한 꿈이
나에게로 와서 꽃이 되는 감수성 잔치.
그 잔치를 여는 일이다

적막한 밤에는
영원을 생각하라

오늘 하루 나는 무엇 때문에 살아 있는가? 이제 나는 그것을 알고자 길을 떠난다. 모험을 즐기며 달려온 내가 문득 안개 속을 휘청거리며 곰곰이 생각해본다.

이 초라한 노인이 도대체 무슨 필요로 존재하는가? 나를 위해 살았는가, 아니면 누군가를 위해 살았는가? 내가 나도 남도 아닌 그저 그대로 살아가는 것이 인습의 뜻을 따르는 것이라면, 삶은 의미가 없다. 자연의 뜻을 받들고 자연의 섭리에 따라 사는 것이라야 보람이 있을 것이다.

오늘 하루 나는 또 자연 없이 허비해버린 것이 아닌지 반성한다. 허구한 세월 그저 그렇게 군중에 휩싸여 살아온 것이 아닌지? 살아야 한다는, 정말 살아가야 한다는 것이 생계를 위한 것이라면 부끄럽게 여겨야겠다. 꿈을 안고 인생의 기지개를 크게 펴볼 일이다.

적막이 끝없이 흐르며 깊어가는 밤이다. 시간이 골똘한 고뇌에 맞서 견디지 못하고 넘어져버린 고요하고 쓸쓸한 밤이다. 고뇌에 사로잡혀 있는 우리는 이런 밤을 통해 무르익는 희망을 찾아가보는 것도 좋겠다. 눈을 감고 귀를 닫으면 시간은 멈추고, 사람이 이 세상을 살아가는 일이 오로지 순수하게만 생각되는 밤이다.

비록 보잘것없는 노인이지만 이 영원의 시간 앞에 서서 다시 옷깃을 여며본다. 잠시 끼었다가 사라지는 아침 안개와 같이, 잠시 빛나고 사라지는 아침 이슬과 같이, 순간에 매여 허덕이는 하루하루의 생활이 너무나 활기차다. 땀을 흘리고 애를 태운 많은 일들은 모두 순간을 위한 것, 이젠 세월과 더불어 신비스런 힘에 다시 일어선다.

인생을 가꾸는
가장 아름다운 길

인간의 영원한 고향을 찾아서

오지의 산은 보물이다. 직접 발품을 파는 자만이 감동을 얻는다. 원시의 숨결을 마음껏 느끼고 누리려면 개척자가 되어야 한다. 새벽밥 지어 먹고 산에 들어 맑은 공기 마시며 자연의 친구들과 넉넉한 여백을 보내자.

마음을 빼앗는 들꽃들의 천국, 세월의 풍상을 의연하게 견디는 거목들, 험준한 산이어서 더욱 끌리는 비경이다. 그리고 더 이상 할 말을 잊게 하는 호젓한 숲, 오밀조밀한 계곡의 풍광, 시름을 잊게 하는 물소리가 산길의 사색을 깊게 한다. 이름 모를 들꽃들, 고원의 노란 원추리꽃 물결, 부드러운 산릉 따라 싱그러운 바람이 잎 사이를 지난다. 풀벌레 소리, 어둠이 깔리는 스산한 저녁노을과 밤하늘의 별,

생각만 해도 전율이 인다.

인간의 영원한 고향인 자연을 통해 자신의 존재 이유와 행복의 근원을 발견하자. 기계적 세계관에서 자연 생명의 세계관으로 눈을 뜨자. 자연에 사는 것이 인생을 가꾸는 가장 아름다운 길이다. 산에 있으면 평화가 있다. 도시인은 닫힌 굴레 속에서 사치와 이기심만을 키워간다. 도시인은 모든 것을 놓고 경쟁한다. 먹을 것과 입을 것, 부와 권력에 집착하고 미덕이냐 악덕이냐를 따지며 뒤엉켜 싸운다. 영혼의 평화는 생각하지 않는다.

상업주의에 중독된 도시의 속물들이여, 줄달음치는 발걸음을 멈추고 자급자족의 터전인 자연에서 내면세계를 키우는 삶의 보람을 찾자. 이제까지 의문의 여지 없이 받아들인 상식과 관념을 근본적으로 의심하며 바른길이 무엇인지 묻자. 인간의 의지대로 세계를 조종할 수 있다는 교만, 인간과 자연을 이원론적으로 분리시키는 사고, 영원한 성장을 믿는 물질주의, 어떤 종교보다 위력을 떨치고 있는 상업주의라는 또 하나의 종교, 이런 것들이 과연 옳은지 따져 묻자. 자연을 무자비하게 수탈해 대량 생산하고 대량 소비하는 것을 발전이라 여기는 인간중심주의는 그만 멈추자. 우리의 고통만을 조장할 뿐이다.

청순한 기쁨은 자연에서만 얻을 수 있다. 희망을 심고 행복을 가꾸려면 나무를 심고 씨를 뿌리자. 자신만의 이익을 돌보지 말고 남을 위해, 공동의 선을 위해, 지구를 위해 자연을 보살피고 가꿔야 한다. 인간의 이기심과 무절제한 욕망이 수목을 수탈하고 자연을 황폐화시키고 있다. 엔트로피의 독소를 좇는 삶이다.

인간과 땅(지구) 사이의 뗄 수 없는 관계에 주목하자. 죽임을 당해도 소리조차 지르지 못하는 침묵의 식물 세계가 사라진다면 인간도 동물도 생존할 수 없다. 식물은 땅을 정화시키고 공기를 맑게 하며 인간을 치유한다. 모든 생명은 근원적으로 흙과 식물을 통해 새로운 생명으로 태어나며 죽음과 화해한다. 산을 즐기는 대상으로만 찾을 것이 아니라 몇 그루의 나무라도 심어야 한다. 야생화를 좋아하고 사랑한다면 불특정 산야에 야생화 씨를 뿌려 보다 풍요로운 자연을 가꿔나가야 한다. 이제 새롭게 눈떠 향기 나는 그윽한 삶으로 나아가자.

산에 푸른 보석을 심다

나는 평생 산에 올랐고 아무 데나 잠자리를 마련해 뒹구는 캠퍼다. 그래 일찍이 산을 알게 되었다. 그 산을 이용만 한다면 내게는 어떤 진정성도 없다는 생각이 들었다. 산에 빠질 수밖에 없는 더 큰 멋진 방법은 없을까? 호강에 겨운 고민을 시작했다.

마흔 살 즈음, 나는 건설부 공무원으로 일하면서 부업으로 집을 지어 팔았다. 몇 년 전부터 해온 사업이 번창해 마침내 목돈이 마련되자 가평북면 도대리 명지산 동쪽 일대의 임야 30만 평을 매입했다. 그 당시 산촌의 임야 값은 평당 5원이었다. 서울의 집 한 채 값이 50만 원 할 때였으니 30만 평의 임야 값은 집 세 채 값과 맞먹는 것이었다.

임야를 사들이자마자 나는 나무를 심었다. 투자 가치는 없었지만 1967년부터 3년간 잣나무와 낙엽송 20만 그루를 심고 밤나무 5,000주를 심었다(임야는 굴곡과 경사가 심해 지적상 1평이면 실 표면적은 1.5~2평이 된다). 그 후로도 수년간 몇몇 산에 나무를 심어나갔다. 가을 산행 중에는 야생화 씨를 잘 받아두었다가 다음 해 봄이 되면 여기저기에 뿌렸다. 새싹이 돋아나는 재미를 보기 위해서라도 산을 자주 찾았다. 이젠 거의 생활 습성이 되었다.

내가 심은 나무들이 자라고 있는 모습을 보면 무상의 큰 보람을 느낀다. 나와 산을 만나게 해주는 것은 메마른 흙이 아니라 살아 숨 쉬는 생명의 숲이다. 저 나무들이 밤

낮없이 산소를 뿜어내 탄산가스를 정화하는 생명의 끈이
다, 푸른 보석이다. 나는 산에 보석을 심는다. 지구를 살리
고 우리네 영혼을 살리는 푸른 보석. 오늘도 녹색 평화를
꿈꾼다.

나와 산을 만나게 해주는 것은
메마른 흙이 아니라 살아 숨 쉬는 생명의 숲이다
저 나무들이 밤낮없이 산소를 뿜어내
탄산가스를 정화하는 생명의 끈이다
푸른 보석이다

홀로 숲을 이루는 나무는 없다

어떤 바보라도 사과 속 씨는 헤아릴 수 있습니다
그러나 씨 속의 사과는 자연만이 압니다
사람의 생명은 자연에 맡겨져 있고
그래서 사람은 자연에 순응해야 합니다

왜 혼자 사냐면
웃지요

내가 혼자 산다는 것을 알고 남들이 제일 궁금해하는 건 식사와 빨래 등 살림 문제다. 그 연세에 혼자 사세요? 그럼 식사는요? 외롭지 않으세요? 날은 추운데 병이라도 나면 어쩌려고요? 자식, 며느리는요? 때로는 밥보다 반찬 걱정을 더 한다. 의심 많은 사람은 말 못 할 사정이라도 있지 않나 하는 눈치다. 그럼 나는 한술 더 떠 이 나이에 산에도 가고 책도 읽고 칼럼도 쓰고 이메일도 수시로 주고받는다며 기염을 토한다.

내 말은 쇠귀에 경 읽기. '그래도 그렇지요'로 김을 뺀다. 내가 제일 혐오하는 말이다. 더 파고드는 사람은 한 방에 날려 보내려고 영하 15도 숲속에서 오토캠핑도 한다고 제압해본다. 그러면 '추운 겨울에 동사하려고 눈 위에서 자느냐'며 오히려 훈계한다. 절대 상종 못 할 냉혈 동물쯤으로 여기는 기색이 분명하다. 그러니 대화는 끊어지고 남남이 된다. 그래도 헤어질 때는 '젊은이보다 더 젊고 용감하다'며 칭찬해준다. 이럴 때 나는 치옹痴翁의 한마디를 떠올린다. "늙어서 젊은이와 거리가 생기는 것은 세대 차이가 아니라 늙기 전의 나를 잃음이다."

노래방, 찜질방, 텔레비전, 담배, 술 등 잡기를 일체 하지 않는 나는 이단자로 몰린다. 그래서 나는 산에 갈 때나 안 갈 때나 늘 산에 있게 된다. 27년간 혼자 살림을 꾸려오다 보니 이제는 프로 전업주부가 됐다. 밥하고 반찬 만드는 건 손에 익어 아무 문제가 없다. 나의 까다로운 비위는 나 아니면 맞출 수가 없다. 그렇다고 진수성찬에 비싼 음식을 탐내는 게 아니다. 내 입에 맞는 수수하고 값싼 음식에 익숙하다. 엔트로피적 사고를 생활 속에 실천한다.

나는 내가 좋아하는 반찬을 직접 만든다. 물김치와 식혜는 일 년 내내 담가 먹는다. 아욱국, 배추 꼬리를 넣은 배추 토장국을 즐겨 먹고 날파와 양파 그리고 오이지를 좋아한다. 외식은 거의 하지 않고 산행이나 여행을 할 때는 막국수나 칼국수로 때운다. 다들 좋아하는 회는 거들떠보지 않는다.

나는 살림을 즐겨 하는 편인데, 책 읽고 글 쓰는 일만
은 참으로 고역스럽다. 원래 기계공학을 공부한 공돌이여
서 글 쓰는 데는 소질이 없나 보다. 몇 년 전부터 황반변성
으로 시력이 약해져 힘에 부치는 글을 겨우 쓴다.

늘 떠날 준비가 되어 있는 내 집 현관 입구.

밭 갈고 때때로 책 읽으니
기쁘지 아니한가

생업을 핑계로 쉽게만 살려 하고 남의 눈치 보며 흉내 내는 허장성세의 의인화擬人化를 개탄한다. 이런 삶은 헝클어질 수밖에 없다. 삶과 죽음의 존재성마저 뒤죽박죽 뒤엉켜 일상이 속물로 전락되고 만다. 남 따라 하는 타성을 단칼에 처치할 일이다. 그럴싸한 외식이나 일삼고 상업화된 문화 현장을 들락거린다고 돌연 사유의 전환이 일지는 않는다. 차라리 눈밭에 나가 아이들과 뒹굴 일이다. 무의미한 삶을 무의미한 채로 버려둘 수 없는 나이를 또 한 살 먹었다.

춥지 않은 겨울이 없고 덥지 않은 여름이 없듯이, 지겨운 호미질에 굳은살이 생기고 핏자국이 맺히듯이, 힘든 일을 이겨내는 과정에 넉넉함이 스며들고 불언실행不言實行 중에 온건한 평화가 온다. 나른하고 감동 없는 일상을 벗어나

(위) 나른하고 감동 없는 일상을 벗어나려면 생의 원천인 흙을 파 뒤집어 씨앗을 가꾸며 새싹을 보듬는 순정의 불꽃을 지피면 될 일이다.

(아래) 연말연시가 되면 고요한 산속의 눈을 밟으며 새해에 씨 뿌릴 일과 신나는 여행 계획을 구상해보자.

듬는 순정의 불꽃을 지피면 될 일이다. 해보면 안다. 일하
다 주저앉아 석양빛 사이로 흘러드는 나뭇잎 그늘 사이를
무심히 바라보라. 불현듯 시원한 바람과 함께 아주 짧은 순
간 '흙내의 생애'란 바로 이런 거구나 하는 영감이 나를 감
싼다. 이렇게 자연인이 되는 것이다.

　전업 농부가 아닌 도시 근로자가 바쁜 시간을 쪼개 틈
틈이 목가적 영농과 레저 놀이를 하는 생활이 인생을 소박
하고 흔들림 없게 한다는 신념을 나는 갖고 있다. 대신에
반드시 해야 할 일이 있다. 밭을 정성껏 경작하고 레저를
즐기는 이상으로 늘 책을 끼고 열심히 독경해야 한다는 것
이다.

　물론 책에만 빠지면 행동 없는 사변적 허수아비로 전
락하기 쉽다. 때문에 반드시 역동적인 문화 설계를 끊임없
이 만들어내야 한다. 그것을 생활 속에 수혈해 아웃도어 생
활로 이끌어야 한다. 인생의 재미를 시스템화하여 언제나
휴가를 지내는 양 여백을 즐겨보라.

　해마다 연말연시가 되면 마지막 해를 보내며 새해 해
돋이를 보는 열성패들로 난리 법석이다. 그러나 이와는 아
랑곳없이 고요한 산속의 눈을 밟으며 새해에 씨 뿌릴 일과
신나는 여행 계획을 구상하면서 책 한 권을 마주하는 연말

연시는 어떨까? 사는 방법은 다 다르겠지만 그대는 어느 쪽인가?

봄의 전령들

입춘 무렵 버들강아지 몇 가지를 꺾어다 꽃병에 꽂으니 집 안에 봄기운이 가득하다. 이 무렵 양지바른 곳에는 조그만 애탕쑥 싹이 올라온다. 이 애탕쑥을 뜯어다 국을 끓이면, 늘 집에서 같은 음식만 먹고 밖에 나가 외식을 하는 것과는 달리, 색다른 감흥으로 봄을 맞게 된다. 애탕쑥은 말은 쑥이지만 일반 쑥과는 달리 맛이 쓰지도 않고 냄새도 순하다. 초봄 땅이 기지개를 켤 무렵, 들에 나가 애탕쑥을 뜯으면 흙내와 쑥 향이 은은하게 스민다. 아, 봄이로구나! 저절로 탄성이 나온다.

야지에서 철 따라 피고 지는 다년초 애탕쑥은 올해에도 어김없이 보송보송한 솜털을 피워낸다. 너희들에겐 못 당하겠구나. 새싹이 아직은 이른 봄빛에 떨고 있다. 어쩌면 그토록 순하디 순할까? 봄 두렁에 서니 다른 하늘이 열린다.

우리는 매일 습관적으로 똑같은 음식을 먹지만 봄 향기 물씬한 요리를 직접 만들면 한층 생활의 윤기가 더해진다. 조곤조곤 찾아드는 봄을 온몸으로 느끼게 해주는 애탕쑥 요리가 봄색을 알려준다. 영양 가치나 포만감을 따지기보다 싹트는 새봄의 향기를 머금고 가슴 설레는 작은 소꿉놀이가 더없이 평화롭다.

애탕쑥은 아예 어디서도 상품으로 유통되고 있지 않기 때문에 들에 나가 직접 뜯는 데 의미가 있다. 군데군데 남아 있는 눈밭을 뒤지고 양지바른 쪽을 찾아다니다 보면 깨끗한 모래언덕이나 개천가에 파랗게 군락을 이루며 돋아나 있다. 그것을 조심스레 하나씩 뜯어서 소쿠리에 담는다.

여린 애탕쑥은 곱게 다져야 한다. 믹서로 갈면 손쉽긴 하겠지만 기계 작용이 배어 봄 향이 떨어진다. 애탕쑥은 한 잎씩 손으로 다듬어 도마 위에 놓고 칼로 정성들여 다져야 한다. 그러는 동안 봄 내음이 마음을 웅성이게 한다. 애탕쑥국은 여느 국처럼 푸성귀를 듬뿍 넣는 것이 아니라 향기가 은근히 배어날 정도로 조금만 넣는 것이 요령이다.

다진 쇠고기에 다진 애탕쑥을 섞어 동그란 작은 완자를 만들기도 한다. 버들강아지 망울만 한 완자를 만들어 풀어놓은 계란 노른자에 잠깐 담갔다가 밀가루를 살짝 입힌다. 한겨울에 눈사람을 만들 듯이 흰 밀가루에 완자를 또르르 굴려 하얀 옷을 입힌다.

한쪽에는 노랑태 북어를 조그맣게 부셔서 밀가루와 계란에 버무려 딴 그릇에 담아두고, 소금만으로 간을 맞춰 물을 팔팔 끓인다. 간장이나 된장은 향이 강하기 때문에 담백한 애탕쑥 맛을 내려면 소금 이외의 다른 조미료는 일체 사용하지 않는다.

마지막으로 애탕쑥 완자를 끓는 물에 넣고, 이어 하얗게 옷을 입힌 명태 북어를 팔팔 끓는 물속에 넣으면 눈보라 치듯 춤을 춘다. 완자가 다 익을 즈음 파를 숭숭 썰어 넣고 살짝 끓여내면 된다.

애탕쑥국이 다 되면 파란 풀잎이 새겨진 사기그릇이나 질그릇에 담는다. 그리고 참기름 한 방울 떨어뜨리면 그 향이 담백하고 깔끔하다.

먹을거리를 위해서만이 아니라 들에 나가 풋풋한 풀과 흙을 주무르면 자연의 은밀한 매력에 푹 빠져 마냥 들판에 뒹굴고 싶어진다. 입춘 시기에는 애탕쑥이 최고지만 차차 온갖 나물과 들풀로 들판에 그 향기가 가득 채워질 것이다. 얼레지 나물이 제일 먼저 나오고 다음으로 원추리, 이어 두릅, 나물취, 곰취, 참나물, 곤드레 등 갖가지 나물이 연이어 나온다.

나는 이 많은 나물 중에서도 얼레지꽃에 늘 마음이 아프다. 저렇게 여리고 예쁜 꽃이 왜 나물이 되었을까? 왜 사람들의 먹이가 되었을까? 생각만 해도 슬프고 속상하다.

얼레지는 나물이기보다는 꽃으로 아름다우며, 해발 600미터 이상 높은 산의 토심이 깊은 비옥한 곳에 군락을 이뤄 자생하는 여러해살이 풀이다. 얼레지는 모든 식물이 겨울잠에 잠겨 싹을 틔우기도 전에 저들끼리만 유독 외로이 꽃 군락을 이룬다. 산행 중에 이 꽃을 만나면 가장 긴 봄을 만난 것마냥 그 언저리에 주저앉고 만다.

계절의 냉혹한 순환 앞에 이 봄은 아직 흔들리고 있다. 겨울 끝자락의 매서운 추위와 이른 봄 맞바람이 뒤섞여 백두대간 연봉을 휘몰아쳐 사정없이 때린다. 흔들리지 않고 살아간다면 참 이상한 일 아닌가? 우리는 자주 흔들리고 고생을 겪어야 한다. 흔들림과 고생은 즉 사유니까! 사유는 창조의 근원이며 틀이다. 삶은 변화이며 일하는 고역이다.

나이 들수록 움츠리지 말고 일과 걷기로 결판낼 일이다. 죄인처럼 삶의 뜻을 헤아리며, 목마름과 굶주림과 또 험난한 앞길을 헤치며 먼 곳을 겨냥할 일이다.

계절의 냉혹한 순환 앞에

이 봄은 아직 흔들리고 있다

흔들리지 않고 살아간다면,

참 이상한 일 아닌가

삶은 변화이며 일하는 고역이다

늙은 캠퍼를 위한
음악

샘골의 비닐 움막에서 저물어가는 해를 바라본다. 밖에는 눈이 내린다. 한가롭게 책을 편다. 끊겼다 이어질 듯 가냘픈, 들릴까 말까 하는 음악을 들으며 책을 뒤적인다.

없으면 못 살 정도로 좋아하는 클래식과 집시의 팝이다. 미샤 마이스키가 첼로로 연주한 슈만의 〈트로이메라이〉와 팬플루트의 제왕인 루마니아의 게오르그 잠피르가 연주한 독일 제임스 라스트의 〈외로운 양치기〉가 주곡이다.

〈트로이메라이〉는 〈어린 시절의 꿈〉으로도 알려진 곡으로 눈물짓지 않고는 못 견딜 정도로 서정적이고 감미롭게 마음을 파고든다. 정신착란을 앓고 마흔여섯에 세상을 등진 슈만이 환상과 공상을 꿈꾸듯 재현한 피아노곡이다. 실제로 트로이메라이는 독일어로 꿈, 공상이라는 뜻이기도 하다.

　나는 이 곡을 내가 이 세상을 떠나는 마지막 여행길에 오를 때 들을 곡으로 정했다. 나의 끝을 위무해줄 곡으로 슈만의 〈트로이메라이〉를 선택한 것은 필연 같다. 오지를 떠돌고 극지를 헤매며 길 위에 목숨을 내던졌던 내 일생을 〈트로이메라이〉에게서 위로받는다.

　〈외로운 양치기〉를 좋아하게 된 계기는 20여 년 전 동경의 신주쿠 거리에서였다. 해 질 무렵에 남미 칠레에서 온 거리악사의 연주를 배낭 위에 주저앉아 들으며 깊은 애수에 잠겼더랬다. 저절로 눈물이 흐르며 어두워지는 도심 하늘을 초점 없이 바라보는데, 한 여인이 슬픈 눈빛으로 내게 여행자냐며 속삭이듯 물어왔다. 그날 나는 그 여인과 우에노 공원으로 자리를 옮겨 벤치에 앉아 일본 문학과 세계 문학을 줄다리기하며 밤을 지새웠다. 그 젊은 여인과는 오늘까지도 편지로 소식을 주고받는다.

　〈외로운 양치기〉는 낯설고 신비한 악기 팬플루트를 내게 깊이 각인시켜준 곡이다. 팬플루트는 길이가 다른 대나무관을 뗏목 짜듯이 나란히 엮어 플롯처럼 여러 소리를 내는 단순한 악기지만 천상의 악기로 불린다. 동유럽과 남미, 멜라네시아, 아프리카, 중국 등에서 민속악기로 애용해왔다. 이 곡의 연주자로는 단연코 잠피르가 압도적이다. 그는 고국 루마니아에서 전해지는 20파이프를 22—25—30파이프까지 확장해 더욱 깊고 풍요로운 음색을 다양하게 들려준다.

끊길 듯 이어지며 애잔하게 울려 퍼지는 〈외로운 양치기〉의 선율은 마음과 육신을 잔잔히 가라앉혀 저절로 깊은 숨을 쉬게 한다. 허허벌판에서 홀로 양 떼와 외로운 싸움을 벌이는 소년을 바라다보는 센 강변의 정경이 선하게 보인다. 나는 이 곡을 끼고 고독의 여로를 깊게 한다.

불꽃처럼 살다 간
여인을 추억하며

나는 나의 힘이 닿지 않는 광막한 세계가 있음을 알고 있다. 가끔 작은 텐트 안에 우주를 품는다. 고요하고 어슴푸레한 작은 공간에 들면 흐뭇하다. 피할 수 없는 가난마저 두렵지 않은 생각이 들며 작은 애수에 젖는다. 서리같이 찬 이성이 격류에서 호수로 세속과 멀어져간다. 산다는 것은 만들어지는 것이다.

이런 땐 엉뚱하게도 전혜린을 떠올린다. 불꽃처럼 살다 간 여인, 흰 장미 한 송이를 좋아했던 전혜린. 그는 곧잘 이렇게 독백했다. "산다는 일, 호흡하고 말하고 미소할 수 있다는 일은 귀중한 일이다. 그 자체만으로도 의미 있는 일이 아닌가. 지금 나는 아주 작은 것에 만족한다."

그는 뮌헨의 우수를 사랑했다. "서울에서 뮌헨. 회색

우수와 레몬빛 가스등. 슈바빙. 그 자유와 낭만의 예술인 촌. 외로운 여름날의 전설."

검은 머플러, 우수에 서린 눈동자로 날카롭고도 매혹적인 에스프리를 쉴 새 없이 말하던 그녀의《그리고 아무 말도 하지 않았다》와《이 모든 괴로움을 또 다시》, 이 두 권의 책을 나는 늘 텐트에 간직한다.

그녀는 1965년 1월 10일 현해탄 관부연락선 배 위에서 거친 파도에 스스로 몸을 던졌다. 서른한 살의 나이였다. 사람은 이 세상에 태어나 얼마까지 살아야 만족할까? 오래 사는 것이 문제인가? 어떻게 사느냐가 더 중요한가?

드높은 하늘이 맑고 시원하다. 저 창공과 숲을 보고 자연의 사치를 마음껏 꿈꾼다. 자연은 사람을 홀리게 하지 않고 끌어들이는 푸른 나무와도 같다.

나는 어제도 산에 갔다. 그 시간을 헛되이 보내지 않았다는 기쁨을 무엇으로 사랴. 지난날의 즐거운 회상과 미래의 아름다운 희망은 언제나 산에 있다. 세속에 물들지 않은 진솔한 여백과 이완의 시간이 넘치지 않게 산에 흐른다.

상업주의 거품과 포퓰리즘에 물들지 않고 조악하고 이상스런 현혹에서 구해주는 산과 텐트와 농원을 나는 사랑한다. 인적 그친 골짜기에 물소리와 바람소리 새소리…… 어떤 거리낌도 없이 세상 사람들과 내가 서로 다르다는 것에 감사한다.

가끔 작은 텐트 안에 우주를 품는다. 고요하고 어슴푸레한 작은 공간에 들면 흐뭇하다.

나만의 문화를
설계하라

사상과 혁명의 꽃, 살롱 문화

쉰 줄에 들어선 여성을 '나이 지긋한 여인'이라고 한다. 굳이 말하자면 '아주머니', '부인', '주부'라고도 부른다. 여기서는 '레이디Lady'라는 단어를 사용하려고 한다.

그 레이디를 샤프롱chaperon이라 여기고, 크리스털 글라스 안에 신비로운 광채가 어려 있는 와인의 향기를 상상해보라. 샤프롱이란 우아하고 세련된 성장을 갖춰 입고 젊은 숙녀를 대동하여 사교 모임에 참석하는, 교양 있고 예의 바른 나이 지긋한 레이디를 이른다. 쉰 살 전후의 귀부인이다. 그들은 음악회, 갤러리, 오페라하우스, 살롱 등 사교 장소에 모여 담소하며 품격 있는 문화를 즐겼다.

17~18세기 프랑스에서 시작된 살롱 문화는 이탈리아

등 전 유럽으로 전파됐다. 살롱은 단순한 사교장이나 오락장이 아닌 지성의 산실이었다. 계몽사상의 창출과 전파에 상당한 역할을 했으며 프랑스 혁명의 기틀을 마련했다. 영혼의 만남과 문화 담론의 장이 된 살롱 문화는 오늘의 서구 문화를 이끌었다 해도 과언이 아니다.

우리가 서양인을 개인적으로 이해하기는 무척 쉽다. 그런데 각각의 개인은 다른 사람과 소통하는 것이 일상화된 사교적이고 사회적이며 자연을 사랑하는 훈련된 자유인이다. 풍파를 이겨내고 평화와 안식을 위해 노력하며 사회 정의와 규범을 잘 지키는 시민이다. 유럽인의 특징을 잘 나타내는 폭넓은 사교성은 그들의 부모와 조상 그리고 이웃과 살롱에서 대화와 토론 문화로 다져진 것이다.

억압과 통곡의 삶 살아낸 조선의 여인들

나는 늘 산을 오르면서도 유럽의 살롱 문화를 꿈꾸었다. 세상을 항해하고 싶은 열망으로 소아적 존재 방식을 슬피 여기며 산에 드나들었다. 삶에 있어 어떤 발생사적 필연이 있다면 와인 잔을 기울이며 담론을 즐기는 아고라agora의 '가인재녀佳人才女'를 내세우지 않을 수 없다. 그들의 재치와 아취雅趣 그리고 세련된 지성과 말씨와 에스프리는 그대로 시작품이며 문예다.

작품이며 문예다.

우리의 사정은 어떠한가. 19~20세기 격동기 조선 시대의 봉건적인 남존여비 풍속을 살펴보면 여인은 짐승에 가까운 삶을 살았다. 여인들은 억압과 통곡으로 몸부림치며 노예나 제물로서 삶을 마감했다. 내가 어린아이였던 70년 전만 해도 여인은 죄인처럼 갇혀 살아야 했고 온갖 모멸과 비인간적인 수난을 당하는 경우가 많았다. 그네들은 오로지 여자로 태어났다는 죄 아닌 죄로 살아야 했다. 그 누구도 이 잔악무도한 죄악을 고발하지 않고 외면했다. 이규태의 《세상에 불쌍한 죠선 너편네》를 보면 인간의 존엄성을 짓밟는 포악한 역사를 볼 수 있다. 이 역사가 여전히 진행 중이라는 게 나로 하여금 비통한 마음이 되게 한다.

미래의 꿈을 현재로 가져와 자연에 놀다

도도하게 흐르는 역사의 희생물이 되지 않으려면 개인의 인생사를 써나가야 한다. 시간 밖의 고아로 당당해야 한다. 그 고아는 홀로서기여서 자유롭다. 역사의 역전, 즉 미래에 있을 역사를 개인적이고 선택적인 현재로 둔갑시키는 변증법, 역이용 변증법이 필요하다. 이런 학설은 없지만 나는 오래전부터 이 메커니즘을 활용해 자연의 리듬에 맞춰 살

321

고자 힘써왔다. 흔히 말하는 이념이나 진보 따위가 아니라 (그것에 또 현혹되고 구속당하므로) 자연을 주축으로 개인의 취향 문화를 펼치는 삶, 그런 문화 설계를 지향해왔다.

　　미래를 당겨와 지금 쓰는 철학, 이것은 유물론도 아니고 유신론도 아니며 바로 유연론有然論이다. 사전에 유연론有然論이나 유연론唯然論이라는 단어가 없어 다행스럽다. 학설을 만들어내는 최초의 재미다. 미래 시공간의 실체를 가져올 수는 없지만 미래의 꿈이나 생각, 구상 등과 같은 무형 가치의 관념을 현재화해 얼마든지 이용할 수 있는 것이 인간의 특권이다. 유연론을 무슨 종교나 이념처럼 신봉하고 심취하자는 게 아니라 자유롭게 조립하고 해체하고 굴리고 날리면서 순간순간의 변화를 즐기자는 것이다. 자연에 노는 보람, 무엇에 비교할 수 있을까?

미래를 당겨와 지금 쓰는 철학,

이것은 유물론도 아니고 유신론도 아니며

바로 유연론有然論이다

자연에 노는 보람, 무엇에 비교할 수 있을까

과거의 문화로부터
자유로워져라

문화결정론과 문화자유의지론 사이

우리는 대체로 지금까지 살아온 방식과 습관만이 전부라 여기고 다른 방법으로 사는 것에 대해서는 잘 생각하지 않는다. 남들대로 살지 않으면 불안해서일까? 변화가 두려워서일까? 그만큼 과거로부터 자유로워지기는 어렵다. 과거가 현재를 구속한다.

그러나 과거를 단절하지 않고는 원하는 삶을 살 수 없다. 원하는 삶의 길이란 무엇인가? 새로운 출발이다. 우리는 이 출발을 항상 다음, 또 다음으로 미룬다. 아무리 훌륭한 계획도 오늘 실천한 작은 일보다 못하다.

그간 우리는 '원리로 보는 삶'을 저버리고 살지는 않았나? 문화 해석의 커다란 두 가지 흐름을 살펴보자. 사람은 자신이 태어나기 이전부터 존재하던 문화 속에서 태어난다. 따라서 태어난 그 순간부터 기존의 문화 속에 구속당하고 자란다. 이런 관점을 문화결정론(화이트와 슈펭글러)이라한다. 이와 대립하는 견해를 문화자유의지론(칸트와 카시러)이라고 한다. 두 이론을 취사선택해 융통성 있게 생활하는 것은 전적으로 각자 자신에게 달렸다.

문화결정론은 인간 행동의 목표와 목적은 인간이나집단의 자유의지에 의해서가 아니라 개인이나 집단의 기존 문화 안에서만 결정된다고 주장한다. 즉 전통 제일주의에다 보수적이고 운명론적 색깔이 짙다. 이 논리대로라면윗사람이나 부모의 틀에서 벗어나지 못한다.

문화자유의지론은 문화 교육을 통해 사회나 개인을변화시켜 우리의 자유의지에 들어맞도록 할 수 있다고 주장한다. 진보적이며 진취적인 견해다. 각 개인의 자유의지에 따른 창조성을 강조하고 끊임없는 변화를 강조한다.

원리와 본질을 추구하는 삶

우리 사회는 전통을 중히 여기는 유교 사회의 특징을 간직하고 있다. 그래서인지 새 문화를 만들어가는 데 주력하지않고 전통은 유전되고 계승되는 것으로만 여겨 가정이나 사회에서 갈등이 끊이지 않는다. 갈등이 폭주하는 사회, 문화가 해답이다. 국민의 수만큼이나 문화 수준도 천차만별이다. 취향 문화에 따라 큰 부류로 나눌 수 있겠으나 각자의 가치관과 합일되는 문화 표출은 고급문화, 대중문화, 저급문화 등 다양해질 수밖에 없다.

사람이 동물과 다른 점은 지능이 상당히 높다는 것이다. 그래서 문화를 만들어 온갖 향유를 즐긴다. 반대로 동물은 생존을 위한 먹이만 찾는다. 인간은 생각할 줄 아는 사고 능력이 대단하지만 원리와 본질로 생각하는 사람이 있는가 하면, 원리와 본질은 모른 채 단순 주입식 지식만으로 생각하는 사람도 있다. 이런 차이는 가족력이나 어린 시절부터 받은 교육의 영향에 기인한다. 원리와 본질을 추구하는 교육 없이는 지엽적인 문제에만 매달려 시야가 좁아지고 새로운 환경에 적응하기 어려워진다.

네덜란드 사회심리학자 헤이르트 호프스테더Geert Hofstede의 《세계의 문화와 조직》에 의하면 한국, 일본, 중국 등 동양계 사람은 대부분 '불확실성 회피 문화'의 사고 체계를 가지고 있다고 한다. 그래서 본질을 회피하고 현상을 좇는다는 것이다.

한국 사람들을 자세히 들여다보면 늘 참기 어려운 불

안을 스스로 유발한다. 인간의 개인적 미래를 종교에 의지한다. 자기 확신이 부족하고 느낌으로 살피며 산다. 말할 때 손동작을 함께하며 목소리를 높여 감정 표출이 심하다. 동료와 어울려 불만을 토하고 술 모임이 잦다. 합리적이지 못하고 문화적 생활 태도가 부족하다. 분석과 비판 의식을 회피한다. 감정적 욕구가 심하고 무의미하게 시간을 보낸다.

문화로 소통하는 가정

과연 우리네 가정에서 루소의 《에밀》을 학습하고 자연주의 육아 방식을 고민하며, 발달심리학에서 가르치는 육아 교육을 통해 5~6세 이전부터 교육하는 집이 과연 몇이나 될까? 어린 시절에 형성된 성격은 평생 바꿀 수 없는 성격이 된다. 그럼에도 이의 중요성을 인식하지 못하고 부부간에 네가 나를 닮으라며 서로 전쟁을 벌이기 일쑤다. 이를 해결하는 특효약으로는 문화를 완충 지대에 놓고 문화의 힘으로 조화를 이루는 것이다. 그중 특효약이 바로 아웃도어 문화다.

　성격을 바꾸라고 전쟁을 벌일 것이 아니라 문화로 소통하자. 오토캠핑을 베이스캠프로 삼고 생활화하는 주말 영농 생활을 즐겨보자. 산행, 걷기, 뛰기, 레포츠, 레저, 여행의 역동적 행위 문화를 이뤄가보자.

피에르 부르디외는 문화의 아비투스가 계층을 결정짓는다고 주장했다. 인간의 행동은 엄격한 합리성과 계산을 근거로 행해지기보다는 일정한 체험을 통한 기억과 습관 그리고 본인이 좋아하는 것과 사회적 전통에 영향을 받는다. 이런 결과로 얻어진 인간들의 문화 차이를 '구별 짓기La distinction'라 하여 문화생활의 계층을 구분했다.

아웃도어를 중심으로 하는 야외 취향 문화가 없는 가정은 아무리 경제적으로 풍요롭고 사회적으로 성공했다 하더라도 생계와 생물적 의미에 불과한 하위 문화 가정이라 하겠다.

갈등이 폭주하는 사회,

문화가 해답이다

문화를 완충 지대에 놓고

문화의 힘으로 조화를 이뤄야 한다

가장이 변해야
세상이 변한다

아침에 신문 읽는 일은 언제나 우울하다. 온 나라가 떠들썩하게 서로 물고 뜯는 정치판이나 하루가 멀다고 터져 나오는 성폭행 사건 보도를 목도하노라면, 부끄러움에 얼굴을 들 수가 없다. 어제오늘의 일은 아니지만 우리의 정치 작태는 너무나 한심스럽다. 한국 사람에게 정치는 과연 필요악인가? 이런 근본적인 물음조차 회의적이다. 권력과 기득권 확보를 위한 추태와 돈 추문, 자리와 출세를 위한 그들만의 이익 집단, 네거티브 난장판으로 얼룩진 치졸한 오합지중의 혼탁한 사회를 나는 경멸한다.

그러나 이를 몬도 카네(개 같은 세상) 이야기로만 돌릴 순 없다. 좋든 나쁘든 우리의 일이다. 우리는 잘 살 수 있는 모든 기반을 온 국민의 피와 땀으로 이뤄놓았는데도 지금 여러 면에서 혼란과 위기를 맞고 있다. 선거철이 되면 이런 현상은 더 병적으로 드러난다. 서민들은 묵묵히 나라를 진정으로 사랑하는 백성들이다. 이에 반해 정치권력의 맛에 물든 정치꾼과 그들을 추종하는 인간들이 서로 뒤섞여 떠벌리는 꼴은 추악하다. 이로 인한 사회적 상처와 사회 자본의 손실은 너무나도 크며, 결국 모두 국민의 부담으로 돌아온다. 오직 표심에 의해 정책과 국민의 뜻이 실현되는 조용한 선거 풍토 문화가 없어 아쉽다.

성숙된 국민이 되는 길과 더 나은 나라를 만들기 위한 각 가정의 삶의 방식을 같이 고민해야 할 시점이다. 백가쟁명百家爭鳴에 의한 원인과 처방이 난무하고 있지만 모두 남을 비난하는 것뿐이다. 자신의 장점과 남의 단점만을 떠들어댄다. 밉기도 하고 혐오스럽기도 하지만 우리의 일이니 더 시야를 넓혀 우리 자신의 실상을 똑바로 보고 논의하여 치유하자.

가장이 먼저 변해야

이 병폐를 치유하는 길은 간단하다. 가정이 곧 사회임을 인식하는 데서 출발한다. 가정이 치유되면 만사 오케이다. 가정의 치유는 가족이 아니라 바로 가장을 저격한다. 가장의 사고방식과 생활방식이 바뀌지 않는 한 만사가 도로아미타불이다.

한국 가정에서 가장들의 생활 문화는 구태의연하다. 특히 노는 방식이 그렇다. 가장들은 직장이나 사회에 나가면 세계 어디에 내놓아도 뒤지지 않는 첨단의 문화생활을 하면서, 유독 집에 돌아와서는 표리가 다른 사람이 되어 진부한 생활에 젖어든다. 가장의 이런 생활 습성이 바뀌지 않으면 즐거운 우리 집은 요연하다.

가족이 아니라 삼권을 쥐고 있는 가장에게 문제 해결의 열쇠가 달렸다. 가장의 성역 불가침을 부숴야 한다. 가장이 안 된다고 하면 그게 법인 가정, 이런 구조를 미덕으로 여겨서는 안 된다.

단 한 번뿐인 인생, 어떻게 살아야 할까. 자연의 순리에 따르는 삶, 자연에서 재미를 찾는 레저 활동과 문화생활을 존재 의미로 삼고 가족과 공유해보라. 이런 취향 문화를 가장이 앞장서서 행하면 만사 해결된다. 자연을 마다할 사람은 아무도 없다. 흔히들 돈을 번 뒤에 또는 일을 성사시킨 뒤에 취향 문화를 즐겨야 한다고 하지만 그렇게 생각하는 이는 그 생각을 무덤까지 끌고 갈 공산이 크다.

가정적이어야 한다는 말은 가장이 가정에 칩거한다는 의미가 아니다. 톡톡 튀는 아이디어와 가족을 신명나게 하는 감성 어린 분위기를 늘 조성하며 야외 레저 생활을 이끈다는 뜻이다. 가장은 늘 파릇파릇하고 지적 위트가 넘쳐나는 세련미로 즐거운 놀이 기술로 가족을 기쁘게 해야 한다. 가장의 요건은 숙련된 기술자다. 가장이 자연의 힘을 빌려 가족을 변화시키면 세상도 변화된다. 가족의 힘으로 이뤄낸 국민의 나라가 된다. 정치꾼이나 잡것들이 사회 개혁이니, 민주화니, 복지니 하면서 국민을 길들이려 비집고 들어올 틈새를 주지 말아야 한다.

국민 삶의 수준이 높아지고 문화가 세련돼 내적 삶이 풍요로워지면 세상을 겁낼 필요가 없어진다. 가족이 무기다. 가족의 행복권이 미사일보다 든든한 방어이며 공격 무기다. 그런 세상을 만드는 문화 설계자는 CEO인 가장이고, 가족은 땀 흘려 일하며 아웃도어를 즐기는 세계인이며, 초원의 캠프가 놀이터다.

우리는 지금 일상생활을 하는 데 아무 지장이 없을 정도로 편한 세상에서 살고 있다. 마트가 집 부근에 널려 있고, 대중교통망은 전 세계에서 제일 잘돼 있고, IT 문화는 첨단을 걷고, 사회간접자본 시설은 거의 완벽하고, 전 국토가 일일생활권으로 형성돼 있으며, 집집마다 차량을 보유하고 있어 편리하기 이를 데 없다. 세계가 부러워할 지경이다. 그런데도 못 살겠다는 사람들뿐이다.

지진 없는 수려한 조국강산 들판에 나가 마음껏 걸어보라. 걷다 배고프면 라면 끓여 먹고 나무에 해먹 걸고 비박하는 재미로 살아보라. 가장이 집에서 앞치마를 두르면 가족은 SNS로 띄울 것이다. 온 가족이 싸이가 되어 방방말춤을 출 것이다.

초원의 집? 즐거운 우리 집!

우리는 상업주의 물결에 휩싸인 나머지 고생을 사서 한다. 가장은 힘들게 돈 벌고 일하지만 밑 빠진 독에 물 붓기다. 가정은 소비만 하는 곳이다. 정해진 수입으로 소비를 잘하는 것이 버는 것이다. 불요불급한 소비는 무엇인지 소박한 삶의 잣대로 가늠해보면 알 것이다. 아웃도어 생활에 맛 들이면 가계 지출은 30퍼센트 이상 절약된다. 소박해질수록 몸과 마음은 점점 풍요로워진다는 것을 알게 된다.

내 지인 중 한 사람은 가계 지출을 50퍼센트 줄였다. 술 문화, 결혼 문화, 미용과 성형, 옷 치장, 외식, 사우나, 노래방, 쾌락 소비를 극도로 줄이면 시골에 농장이 생긴다.

가장이 열성적으로 앞장서서 자기 가정을 감성 어린 낙원으로 만들고 가족과 사회 양쪽의 고민이 해결되게 하라. 부르디외가 주장하는 구별 짓기의 아비투스 문화로 삶의 질을 높여보라.

빈곤의 대물림은 문화 자본의 결핍이며 취향 문화의 부재, 그 이상도 이하도 아니다. 이는 철학이며 가장은 가족을 취향 문화로 무장시킬 책무가 있다. 이는 이상론이 아니라 현실적으로 가능하며 시급한 일이다. 사고방식이 구태의연하고 완고한 가장이라도 자기 가족에게 참된 행복의 길이 있음을 깨닫게 되면 생각을 바꿀 것이다.

우리 국민의 기질은 혈통을 중히 여기고 가족을 자신의 생명처럼 여기는 본태성이 강하다. 다만 사회 인습에 갇혀 살다 보니 더 좋은 생활방식이 있다는 것을 모르고 남 따라 살고 있을 뿐이다. 야외 취향 문화생활에 목가적 낭만이 있음을 알게 된다면 자진해서 개혁할 것이다.

주말을 즐기는 프로젝트를 만들고 열성적으로 참여하는 세포조직을 활성화하면 홍보와 운용 방법에 따라서 동조자가 많아질 것이다. '초원의 집'을 벤치마킹하라. 그런 모델링을 보여주는 구조적 시스템이 없어서 활성화되지 않을 뿐 그런 삶을 선망하는 이들 자체가 없는 것은 아니다. 잠재적 수요자들은 옛날로 말하면 《상록수》 계몽자거나 서구의 살롱 문화에 해당된다.

그 누구도 자신의 가정을 '초원의 집'처럼 자연과 같이 하는 화목하고 사랑스러운 공간으로 만드는 일을 마다하지 않을 것이다. 아파트는 생활 업무를 지원하는 후방 기지로 규정하고, 초원의 집은 씨 뿌리고 레저를 즐기는 전방 베이스캠프로 삼는 전략을 세워보라. 이동 주택 텐트가 '즐거운 우리 집'이다.

그 누구도 자신의 가정을 '초원의 집'처럼
자연과 같이하는 화목하고 사랑스러운 공간으로
만드는 일을 마다하지 않을 것이다
'초원의 집'을 벤치마킹하라

삶을 바꾸고 싶다면
노는 방법을 바꿔라

제로 스트레스 베이스캠프

한국인은 누구인가? 우리의 자화상이 알고 싶어 주문처럼 묻고 살았다. 사실을 알아야 실체가 보인다. 우리의 문화를 보는 시각은 크게 두 가지가 있다. 우리 것은 무조건 좋은 것이라는 민족중심주의와 우리 문화를 깔보는 자민족멸시주의다. 두 시각 모두 마음에 들지 않아도 우리 자신의 실상은 똑바로 진단해야겠다.

문명 발전은 인류에게 유익하지만 부작용도 많다. 화려한 발전 뒤로 묻힌 자연성과 인간성 파괴를 성찰한다. 사람을 만드는 것은 환경이 아니라 사람의 의지다. 행복이란 고난을 극복한 사람이 느끼는 감정이다. 나는 평생을 두고 집 없는 전원생활을 하고 있다. 집 없는 전원생활은 '제로 스트레스 베이스캠프'다. 레저 생활도 기업처럼 경쟁해야 진지한 삶을 맛볼 수 있다. 인간은 늙어갈수록 모험하는 자연인이 돼야 한다. 늙어서 잘 살아야 한다.

운명이란 세상이 붙이는 말이다. 자아와 전쟁하며 세상이 무엇인가에 대해 모든 것을 걸어보라. 현실을 뒤집어 그 뒤를 보라. 남들이 도시에 붙어 있는 사이 산촌을 헤매보라. 모험의 진정한 의미는 모험의 결과에 있지만 결과를 예측할 수 없는 모험, 모험의 결과를 또 모험하는 삶을 권한다.

나는 구순을 바라보는 나이에도 아직도 일거리를 찾으려 애쓴다. 그 일거리라는 것이 나의 취향 문화와 일치하기 때문에 열불을 올리며 싸다닌다. 나는 이 사회가 올바른 길로 나아가는 공동체 건설을 할 수 있도록 뜻있는 사람들과 운동하는 데 한 줌의 재가 되기를 열망한다.

캠핑, 등산, 힐링 투어를 하나로

인습과 제도에 묶이면 아무것도 안 된다. 오토캠핑장에서만 캠핑을 해야 하고, 산악회를 통해서만 등산해야 한다는 규정은 없다. 오토캠핑이 하나의 문화가 되어 우리 생활을 전면적으로 바꾸는 성공 스토리를 만들자. 노는 방법을 바꿔 '건강 가족 가사일 같이하기', '소박한 삶의 풍요로움',

행복이란 고난을 극복한 사람이 느끼는 감정이다. 나
는 평생을 두고 집 없는 전원생활을 하고 있다.

'자유와 여백', '홀로서기', '자각된 삶과 봉사하는 국민'으로
거듭날 수 있다.

오토캠핑과 등산 인구가 1,800만 명에 달했다. 수도권
인구는 2,400만 명이다. 거대한 배후도시 인구를 주말 영
농을 겸한 레저 생활로 유도하면 어떨까? 각 개인의 농가
로 캠핑하러 가는 것이다. 농가는 소득이 오르고, 도시민은
레저 영농의 절제된 생활로 가계 지출이 절약된다면 얼마

나 다행한 일인가. 어디 그뿐인가. 도농 간의 문화 교류와 인간애를 북돋는, 지금까지 없던 끈끈한 관계 회복으로 대박이 터질 것이다.

캠핑, 등산, 힐링 투어를 생산적 의미로 대중화시켜 삶의 질을 혁신해보자. 도시민들의 놀고먹고 마시기만 하는 소모성 놀이 문화는 바뀌어야 한다. 그런 문화는 농민에게 상대적 박탈감만 안겨준다. 농촌에 음식물을 갖다 버리고 농촌의 소득과 문화 향상에는 아무 보탬이 안 된다면 너와 나는 더 멀어지고 더 병든다.

전 국토가 대상지이지만 우선 유휴 농지와 한계 농지 그리고 휴전선 인근의 미개발지부터 주목해보자. 그곳을 레저 영농화해서 특별한 평화의 의미를 담아 세계적인 DMZ 문화지구로 만들어보자. 아마도 한국이 자랑하는 21세기 녹색 르네상스 문화가 이뤄질 것이다.

거미가 하늘을 난다?

거미는 망을 치고 은밀하게 기다렸다가 먹이가 걸려들면
날쌔게 낚아채는 벌레다. 곤충이 아니다. 따라서 날개가 없
다. 날개가 없으니 새처럼 날지 못한다. 그런데 놀랍게도
잠시나마 공중을 날 수 있는 능력이 있다.

거미의 알은 어미 거미의 푹신하고 단단한 줄로 만들
어져 둥지에서 부화된다. 몇백 마리의 새끼가 둥지에서 뛰
쳐나오는데, 놀랍게도 어미는 새끼들에게 먹이를 주지 않
는다. 새끼 거미는 태어나면서부터 제 스스로의 힘으로 살
아가야 한다. 태어난 형제끼리 먹이사슬의 경쟁이 생기지
않도록 먼 곳으로 스스로 떠나야 한다. 그 본능이 공중을
날게 한다.

새끼 거미들은 우선 높은 곳으로 기어오른다. 그리고 궁둥이를 하늘을 향해 뻗고 가는 은실을 술술 뽑아낸다. 그러면 그 줄이 바람을 타고 날아가기 시작하는데, 그 거미줄 끝에 새끼 거미가 매달려 멀리 날아간다. 민들레 씨가 낙하산 모양의 작은 털에 매달려 날아가 멀리 종자를 번식시키는 것과 같다.

날아간 곳에서 거미의 생활은 시작되고, 바람을 이용하는 방식은 그 후에도 계속된다. 바로 집을 만들 때다. 지붕이나 나무에 올라가 길게 실을 뽑아 바람에 날려 어딘가에 붙으면 그 실을 기초로 하여 망을 짜서 넓혀나간다. 종류에 따라 다르지만 새끼 거미가 둥지에서 태어난 뒤 날아가 제집을 마련하는 시기는 대략 6월경이다. 이때쯤 이 놀라운 광경을 관찰할 수 있다.

소는 풀만 먹는데 왜 클까

사람은 빵이나 밥, 고기, 생선, 계란, 우유, 야채, 해초 등 수백 가지를 먹는데도 소에 비해 몸집이 월등하게 작다. 소, 말, 코끼리 등 초식 동물은 풀만 먹는데 왜 거대한 몸집을 갖고 있을까?

그 비밀은 바로 체내에 사는 미생물이다. 초식 동물의

위나 장 안에는 음식물을 분해하는 수십 종의 미생물이 1제곱센티미터당 100만 개나 있어 섭취한 식물에서 효율적으로 대량의 단백질을 섭취한다. 인간에게는 그런 유용한 미생물이 체내에 없어 동물성 음식에서 단백질을 취할 수밖에 없다.

또한 소는 위와 장이 식물을 섭취하는 데 적합하도록 만들어져 있어 4개의 위로 되새김질을 하며 음식물을 충분히 씹어 소화한다. 그리고 자기 몸길이의 스무 배나 되는 장에서 영양분을 충분히 흡수한다. 즉 사람과 소는 몸의 구조나 생리 활동 시스템이 완전히 달라 본태적으로 차이가 날 수밖에 없다.

나무들의 목욕재계

가을이 깊어지면 나뭇잎이 한 잎 한 잎 떨어지다 겨울이 다가오면 우수수 다 떨어진다. 가을이 지나면 나무는 발가벗은 알몸으로 겨울을 이겨내야 한다. 겨울 산에 들어 나무를 대하면 인간은 스스로 부끄러워진다. 그러나 이는 사람의 생각일 뿐 나무는 반대일 수 있다.

기온이 낮아져 뿌리에서 수분 공급이 어려워지면 잎의 생리 활동이 중지된다. 드디어 무거웠던 잎을 다 떨구고 두꺼운 나무껍질 옷을 입고 홀가분하게 겨울을 나는 것이다.

낙엽에는 중요한 역할이 따로 있다. 인간부터 아메바까지 모든 동물에게는 먹은 음식을 배설하는 생리 기관이 있다. 그러나 식물에는 배설 기관이 없다. 식물은 제 몸에 들어간 것과 체내에서 스스로 발생한 것 중 버릴 수 있는 것은 일산화탄소, 수증기 등 기체뿐이다. 그 외의 불필요한 모든 것은 나뭇잎 세포 안에 저장해 일 년에 한 번 낙엽 철에 모아 버린다. 낙엽은 바로 나무의 배설물인 것이다.

놀라운 것은 매년 쌓이는 낙엽을 자신에게 필요한 비료로 유용하게 쓴다는 것이다. 영양분의 자급자족이다. 가을이 되면 나무는 일 년간 쌓인 때를 씻어내는 시원하고 홀가분한 목욕재계를 치른다.

산소마스크 없이 히말라야 넘는 새

히말라야 등반팀은 가끔 8,000미터가 넘는 마나슬루 주봉을 넘나드는 황새 종의 새를 본다고 한다. 새들은 아침에 티베트를 떠나 그날로 히말라야산맥을 넘어 네팔 쪽으로 날아온단다. 해발 8,000미터나 되는 상공의 기온은 영하 35~40도가 기본. 산소 농도가 아주 희박한 극지를 어떻게 날아 횡단하는 걸까? 보온력이 뛰어난 털과 추위를 견디는 피부의 조직 기능이 주요하겠지만 산소 부족은 어떻게 해결하는 걸까?

새의 폐에는 기낭氣囊이라고 하는 주머니가 몇 개 있어 그곳에 산소를 저장한다. 새가 숨을 들이켜면 공기가 폐를 통해 기낭으로 들어가고, 숨을 뱉으면 기낭의 공기가 폐를 거쳐 몸 밖으로 나간다. 새는 한 번의 호흡으로 두 번이나 산소를 폐로부터 혈액 안으로 흡수하게 된다. 더욱 놀라운 것은 이 기낭이 혈관처럼 온몸에 뻗어 있고, 뼈 사이의 구멍들을 차지해 공기를 저장한다는 것이다. 그래서 새는 더욱 가벼워진다. 열을 쉽게 방출하고 산소를 차곡차곡 저장한다. 참새 같은 존재가 히말라야를 넘을 수 있는 신비다.

나무는 가을이 지나면
발가벗은 알몸으로 겨울을 이겨내야 한다
겨울 산에 들어 나무를 대하면
인간은 스스로 부끄러워진다

깐돌이 나라

깐돌이 나라

인구수로 볼 때 세계에서 가장 작은 나라 열 개를 꼽아보면
다음과 같다.

1. 바티칸 시국(900명)

2. 모나코 공국(3만 6,000명)

3. 나우루 공화국(9,500명)

4. 투발루 공화국(1만 2,373명)

5. 산마리노(3만 167명)

6. 리히텐슈타인(3만 4,761명)

7. 마셜 제도(6만 5,000명)

8. 세이셸 공화국(8만 7,476명)

9. 몰디브 공화국(39만 6,334명)

10. 세인트키츠 네비스(4만 9,100명)

나의 깐돌이 나라 샘골은 어디쯤 속해 있을까?

샘골은 인구 한 명으로 이루어진 레저농원이다. 나는 이 나라의 유일한 자유인이자 자연인이다. 면적은 1,000평이고 장소는 오대산 국립공원 북쪽에 위치한 광원리 산1번지 대한민국 국유지 경계선에 위치한, 세계에서 제일 작은 나라다. 국체는 왕국도 민주공화국도 공산국가도 아니다. 아나키즘의 무법을 국체로 삼고 보헤미안적 노동으로 먹고사는 모험을 즐기는 레저 나라다.

나의 사회적 지위는 '노숙자', '자급자족', '독립적 생산자', '뜨내기', '고독의 위로', '숲에 길을 묻다', '자연에 미친 노인', '주말이 수도 없이 많은 졸옹卒翁', '거지 여행', '제로 스트레스 달인', '가슴이 시키는 대로 걷기', '동해안 양양에서 서해 강화까지 뚜벅뚜벅 걷는 백치옹白痴翁', '서바이벌의 야망', '모험과 도전의 반항', '문명에 대한 조롱', '인간 공장에 대한 냉소', '자연주의 맹종', '지구는 하나지만 세계는 만들기 나름', '자연인 & 자유인으로 살고 죽기'로 표현할 수 있다.

며칠 전 알고 지내는 젊은이가 나에게 물었다. "선생님, 외국에서 길을 잃으면 어쩌려고요?" 나는 이렇게 답했다. "그래봤자 지구 위에 있지, 어디에 있겠어!" 나는 매일 등산화 끈을 매며 "아, 이제 출근이다! 나는 세계로 출근한다!"라고 중얼거린다.

캠퍼로 살고 캠퍼로 죽기

내가 바라는 꿈은 무엇인가? 노인에게도 꿈이 있나? 나는 인생 후반전이 아니라 마지막 결승점인 골인 선상에 있다. 슬픔도 기쁨 되는 꿈을 알고 싶다. 내 마음을 함께 싣고 다니는 조그마한 캠프, 이곳저곳 옮겨 다니며 고통과 기쁨을 나눈다. 캠핑이 고향이다. 고향은 흩어진 나의 꿈을 마무른다.

인생은 흘러가는 것이다. 늘 꿈과 함께 흘러간다. 인생은 정해진 것이 아니라 꿈을 좇아가는 여로다. 캠핑은 여로의 도구다. 캠핑에 꿈을 싣고 자연에 맡기면 꿈이 되는 것이다. 노숙하기에는 나이가 지나치게 많고 미래의 꿈보다는 지난날의 회상에서 기쁨을 찾을 나이지만 나는 줄곧 캠핑의 꿈을 앞날에 바친다. 꿈에 꿀맛 보듯 늙는 줄도 모르고 지나친 꿈들을 다시 꿈꾼다. 초라한 캠프는 이 늙은이의 꿈을 읽어줄 것이다.

살아간다는 것은 변화를 뜻하고, 늙었을 때 끝나는 것이 아니라 꿈이 없을 때 끝나는 것이다. 꿈이 없는 것은 실패를 꿈꾸는 것이다. 행운은 있는 법, 그러나 그 행운은 요행을 바라지 않고 꿈을 향해 힘껏 뛴 사람을 위한 꿈의 보상이다.

사소한 안락의 휴식이 두렵다. 꿈을 이야기하지만 꿈은 안락하고자 하는 자기를 타자화하는 일이다. 삶에는 정지가 없다. 자리 잡지 못하고 흔들린다. 피동적으로 흔들리지 않고 공격적으로 흔들 때 인생을 실험하고 꿈을 희망하며 또 다른 꿈을 향해 실험한다.

꿈은 실험이다. 시인들은 꿈을 실험하지 않고 환상으로 꾸민다. 자아는 늘 이상을 향해 달린다. 닿을 수 없는 무지개를 헤맨다. 무지개를 꿈이라고 한다. 허나 무지개는 빛의 프리즘 합성 색채일 뿐 우리가 원하는 소망의 꿈은 아니다. 안락의 휴식은 없다.

사람들은 타인으로부터 인정받고 싶어 한다. 고통의 근원은 인정받고 싶어 하는 자연적 욕구와 의식적 욕구가 주범이다. 상대적 빈곤감, 이것이 고통을 가중시킨다. 소통의 시대, 공감의 시대라며 사회적 화해를 내세우지만, 꿈은

이 틈바구니에서 갈등한다.

삶을 깊게 들여다보면 인간의 모든 행동은 인정받고자 하는 욕구의 연속이다. 이 욕구를 꿈이라고도 하지만 이미 사회에 형성되어 있는 사회 구조 자체가 개인의 꿈을 암묵적으로 가로막고 있다.

나의 대안은 캠퍼로 사는 삶이다. 이것이 내가 꾸는 꿈이다.

인생은 흘러가는 것이다. 늘 꿈과 함께 흘러간다. 초라한 캠프는 이 늙은이의 꿈을 읽어줄 것이다.

국민 행복 프로젝트를
제안함

진정한 국민 행복 증진을 위해 주말레저농원을 권함

정부 당국의 캐치프레이즈는 단연코 '국민 행복'이다. 그러나 진정한 행복을 위한 알짜 프로그램은 빠진 것이 아닌가 싶다. 나는 국민 스스로가 자신과 가족의 행복을 성취하기 위해 주말레저농원을 생활화할 것을 권하는 바이다.

돗자리만 한 주말농장은 도시 주변에서 흔히 볼 수 있다. 이는 후발 산업의 유물이다. 우리 주변에는 분야는 각기 다르지만 이와 같은 비효율적인 후진성이 많이 산재돼 있다. 그런데 아무도 이 문제를 미래형으로 바꾸려 하지 않는다. 내가 추진하는 프로젝트는 기존의 '주말농장'이 아닌 '주말레저농원'이다. 도시 주변을 벗어나 적어도 두세 시간 소요되는 농촌에 주말농장을 갖는 프로그램이다.

움츠렸던 청운의 꿈을 산촌 초원에서 마음껏 펼치며 야심 찬 레포츠를 앞세워 씨 뿌리고 밭 가꾸는 일이다. 땅과 같이하면 인성이 근본부터 바뀌며 여유로운 마음가짐으로 국민 화합을 이룰 수 있다. 러시아의 주말농원 다차를 벤치마킹하자. 러시아는 거의 전 국민이 다차를 갖고 있으며 이로 인해 사회가 화합과 안정을 이룩하여 국민들이 주말농원 없이는 못 살 정도로 행복을 누린다. 해봐야 안다.

100평 토지를 기준으로 취득하면 1,000만~2,000만 원, 임대하면 1년에 20~50만 원에 농원 주인이 될 수 있다. 50평 농원도 충분하다. 현 중앙정부와 지방자치단체의 시책을 살펴보면 '녹색농촌 체험 마을', '귀농사업', '체제형 주말농장', '주말농장', '다목적 캠핑장', '도·농 녹색교류사업', '도시민 농촌체험' 등 수많은 사업을 막대한 국비를 써가며 시행하고 있다. 보통 국민에게 이 사업들은 피부에 와 닿지 않을뿐더러 행복을 느끼게 하는 일은 거의 없다.

주말레저농원 사업은 정부의 예산이 거의 들지 않지만 파생 효과는 어마어마하다. 경제적인 것 외에도 국민 행복 증진에 대한 계량을 불허하는 르네상스적 행복 부흥의 역사가 이루어질 것이다. 국민 스스로 의식 개혁과 행복을 추구하는 본능적 욕구를 선진 문화로 계몽하는 체계적 추진

세계를 향해 청운의 꿈을 마음껏 펼치는 주말레저농
원 캠프나비 이정표 앞에서.

이 요건이다. 본 프로젝트를 철저히 검토해 시행한다면 우
리 국민의 행복지수는 아시안 드림의 꿈을 성취할 것이다.

성공했다고 행복한 게 아니라 행복해야 성공한 것
우리는 일제 강점기를 벗어나자마자 6·25 전쟁과 냉전시
대를 겪었다. 그러나 보릿고개의 굶주림을 참으며 제3공화
국의 강력한 경제개발 추진과 새마을운동을 통해 세계에

서 유례없는 기적을 이루어냈다.

'하면 된다'는 정신으로 작열하는 중동 사막과 월남의 전쟁터에 목숨을 담보로 내놓은 국민들, 넉넉지 못한 보수에도 가족을 보살피며 조국 건설에 공을 세운 국내 근로자들, 그렇게 희생한 국민들 덕분에 1960~70년대의 경제난을 극복했다. 시련이 닥칠 때면 지하 1,000미터 막장에서 사투를 벌이는 광부의 정신으로 일어서며, 끊이지 않는 정쟁과 사회 풍파에도 선진 산업화를 온 국민의 피와 땀으로 이뤄냈다.

하지만 새 정부가 출범한 지금, 미래의 사정은 전과 판이하다. 지난 40여 년간 경제 성장은 연 평균 6.7퍼센트였으나 앞으로는 2퍼센트 미만의 저성장을 예고하고 있기 때문이다. 고용 확대를 위시해 민생 해결과 복지 확대, 양극화 해결 등 온 국민이 바라는 희망을 무엇으로 채워나갈 것인가? 치열한 국제 경쟁 속에서 '미래 전략 사업'을 높은 단계로 완성해나가야 하는 어려운 상황에서 국민 행복을 이뤄내야 할 절대 소명의 시대를 맞은 것이다.

우리는 지금 수출국 세계 10위권의 반열에 올랐고, 1인당 국민소득 2만 달러를 넘어섰다. 그런데도 국민총만족도GNS와 국민행복도GNH는 OECD 36개 국가 중 24위에 머물러 있다. 영국에 본부를 둔 유럽신경제재단NEF이 지난해 실시한 국가별 행복지수 조사를 보면 한국은 143개국 중 68위에 그쳤다. 이 조사에서 히말라야 산자락에 위치한 작은 나라 부탄의 일인당 국민소득은 2,000달러에 불과하지만 국민행복도는 1위를 차지했다. 국민의 97퍼센트가 행복하다고 답해 세계의 주목을 끌었다.

유엔 조사에 따르면 우리나라 행복지수는 세계 156개국 중 56위에 머문다. 우리나라에 비해 경제 수준이 크게 떨어지는 태국이 52위, 말레이시아가 51위다. 우리의 경제는 성장했지만 행복은 전혀 성장하지 않은 것이다. 오직 국민의 '총체적 행복'을 위해 정부와 국민이 혼연일체가 되어 '행복'을 만들어나가야 하는 중대한 시점이라 하겠다.

우리의 행복지수, 이대로 좋은가

경제적 진보와 물질적 소유는 중요하다. 이는 삶을 크게 개선할 수 있기 때문이다. 하지만 이런 경제적 진보는 다른 목표들과 동시에 추구될 때만 행복을 동반한다. 즉 국민 소득보다 행복 추구가 국민의 최종 목표가 돼야 한다.

물질만능주의가 우리를 행복으로 이끌지는 않는다. 정신 건강, 문화 확대와 응용, 여가 선용, 취향 생활, 건강한 레저 활동, 공동체 의식 증진에 의한 총체적 삶이 행복을 이끌어준다. 국제기구와 부탄왕국에서 채택해 권고하는 국민행복지수 요건은 다음과 같다. 몸과 마음의 건강, 내적 마음의 생활, 심리적 웰빙, 자연과 함께하는 개방 교육, 자연과 함께하는 여가 생활 증대, 문화적 다양성, 즐거운 시간 보내기, 공동체 활성화, 자연을 가까이하는 생태적 보전, 이상 아홉 가지다.

현대를 흔히 자기 상실의 시대, 불안의 시대, 갈등의 시대, 소외의 시대라고들 한다. 이 시대가 어느 시대보다 물질적 욕구가 강하고 문명의 이기利器를 양산해 대량 소비와 관능적 쾌락의 광장으로 너나 할 것 없이 달려가고 있기 때문이다.

선진국들은 탄탄하고 행복한 국가를 건설하는 데 200~300년의 산업화 과정과 문화 계몽, 그 진흥의 진통 과정을 겪었다. 이제 50여 년의 개도국 과정을 거친 한국은 경제 건설만으로는 부족하다는 것을 절실하게 깨달아야 한다. 역사에는 월반이 없다는 게 진리다.

월반한 나라는 앞선 국민보다 문화를 위시해 삶의 질 향상을 위한 '품격 높이는 과외 공부'를 몇십 배나 해도 턱없이 부족하다는 점을 알아야 한다. 월반하는 과정에서 잃은 것이 너무나 많다는 것을 골수에 사무치도록 깨우치고, 이제라도 '행복하지 못한 설움'을 채우는 꿈을 온 국민이 뭉쳐서 이뤄내야 한다.

쌀과 돈만으로는 행복해질 수 없다

우리나라는 혼란스러우면서도 어중간하게 질서가 잡힌 나라다. 혼란에 친숙하면서도 적당히 질서를 헤쳐나가는, 이해하기 어려운 암호 체계를 갖고 있는 사회다. 삶의 방식에 모종의 비합리적 질서가 있다. 되는 일도 없고, 안 되는 일도 없다.

이게 문제다. 우리 공동체가 붕괴되지 않을 정도로 위태롭다는 것. 이것이 우리의 행복을 가로막는다. 도대체 이 비합리적인, 질서 아닌 질서란 무엇인가? 누구나 다 알지만 아무도 모르는 이 사회, 원인은 말하지 않고 처방만을 제시한다. 선진국이 200~300년에 이룩한 문명을 40~50년에 따라잡으려는 데서 온 후유증이 우리를 괴롭힌다.

여가 생활을 바로잡아야 한다. 정의나 윤리도덕의 가르침이 잘못된 게 아니라 무질서하게 노는 방법이 손의 지문처럼 밴 것이 문제다. 우리는 산업화와 정보화의 물결 속에 자신을 되돌아볼 기회를 멀리하고 자연에 목말라하면서도 겉으로만 스쳤다. 일에서 벗어나 레저 활동을 즐기는 문화가 즐거움, 자유, 자기 발전을 가져오고, 그것이 바로 행복을 가져오는 메커니즘이다. 더 넓은 세상, 세계, 자연으로 나아가야 한다.

쌀과 돈만으로는 행복해질 수 없다. 자연과 조화를 이루는 맑고 소박한 행동과 마음의 풍요가 있어야 한다. 사회 통합을 이루는 소통의 길은 자연을 매개로 한 주말 레저 생활만이 해법이다. 초원의 캠핑은 사람들로 하여금 감성과 정서를 풍부하게 길러주어 화기애애한 이웃이 되게 하고 사회를 밝게 만들어 사회악을 줄이는 효자다. 모든 답은 초원의 자연에서 우러나오는 마음의 순화에 달려 있다. 이런 의욕적인 시책은 과거의 경제개발 5개년 계획과 새마을운동보다 더 높은 차원의 정신을 담아 미래의 행복을 당겨오는 지혜로운 제2의 새마을운동이다.

행복으로 가는 초원 캠프

국민 행복 세상을 설계할 때 세계적 경제학자 제레미 리프킨의 권고를 빼놓을 수 없다. 그는 인류가 기술 혁신에 의해 얻은 것과 잃은 것은 무엇인지, 선진 산업 사회의 모순은 무엇인지를 구체적으로 예시하면서, 인간이 자연과 조

쌀과 돈만으로는 행복해질 수 없다
자연과 조화를 이루는 맑고 소박한 행동과
마음의 풍요가 있어야 한다

화를 이루는 새로운 세계에서 이루어질 에너지 제도와 정치·경제·과학·교육·종교·군사·가치관 등을 짚었다.

그의 저서 《엔트로피》, 《공감의 시대》, 《유러피언 드림》, 《소유의 종말》 등은 새로운 우주관을 선보이면서 우리로 하여금 자연 중심의 세계관을 갖고 행동하도록 동기를 부여한다. 인간은 인간과 정서적 교감을 나누며 살아가는 종족이다. 좋은 일이든 나쁜 일이든 끊임없이 사람을 만나야 하고 그 속에서 일하고 놀며 고통도 나누는 사회적인 동물이다.

이것을 한마디로 요약하면 '공감' 본능이다. 인간 활동의 한 축은 서로 이해관계로 얽혀 부대끼는 경제 활동에 있지만 다른 한 축은 여가를 즐기며 서로가 지닌 색다른 풍경에 이끌리는 문화 활동에 있다. 공감의 역사야말로 인류의 최고 문명이자 문화다. 인간애 없는 문화 곤궁을 넘어 자연과 호흡하는 인성으로 화합하는 일은 필수다.

행복으로 가는 초원 캠프, 꼭 살아내야 한다. 땀방울을 통해 자연스런 변화로 이끄는 주말레저농원이 답이다.

농민과 도시민이 원원하는 게임

도시민의 레저 문화는 개선돼야 한다. 지금까지 도시민의 레저 문화는 농민에게 박탈감을 안겨줬다. 농촌의 소득과 문화 향상에는 아무런 힘도 실어주지 않으면서 쓰레기만 잔뜩 버리고 돌아섰다. 농촌 소득 향상과 도시민의 자아실현을 함께 달성하는 블루오션을 계발해 삶의 질을 향상시켜보자. 서로가 행복을 안겨주는 국민운동을 펼쳐보자. 이 사업으로 국민(농민+도시민)이 바라는 희망과 아픔을 함께 풀 수 있다.

이 운동을 보다 활성화하기 위해 작은 상설 기구를 설치하고 현장을 찾아가는 '기동계몽보급운동 교육팀'을 육성·운용하며 상설 전시전람회를 운영해 국민 곁으로 다가가 행복을 전도하자. 캠핑하러 가더라도 이제는 주말농원으로 가고, 주말농원이 없는 캠퍼는 농가를 찾아가 캠핑을 즐기면서 텃밭을 임대한다.

농가 소득 실정은 손익분기점을 감당하기 힘들 정도로 각박하다. 따라서 도시인의 유입으로 농가 소득의 결손을 메우고 전 국민이 영농을 돕는 윈윈 사업을 전개해야 한다. 농가는 농지를 주말레저농장으로 분양, 임대, 위탁함으로써 소득을 발생시키고, 영농에 부수된 제반 소득원이 사안에 따라 연쇄적으로 발생하도록 돕는다(밭 갈기, 시설물 설치 등). 도시 근처의 2~5평 기준 주말농장 임대료는 대략 1년간 평당 2~3만 원이지만 도시에서 차량으로 1~3시간 거리에 있는 농지 임대료는 평당 1년간 2,000~5,000원에 불과하다. 농민이 자경하여 얻는 소득보다 농지를 임대하여 얻는 수익이 훨씬 높아지고 있는 실정이다.

산촌에는 도시인들이 농지만 취득해놓고 경작하지 않는 휴경지가 많다. 이런 토지를 소유주와 협의해 공동으로 농산물을 생산 증대하는 데 기여해야 할 것이다(농지법에 의하면 현지에 거주하지 않는 부재 지주는 농지를 타인에게 임대할 수 없고 경작하지 않으면 과태료가 부과되며 일정 기한을 위반하면 정부에서 강제 매입한다). 소득 증대와 도농 간 소통과 문화 교류, 의식 개혁과 새로운 문화가 꽃필 수 있는 길이다. 선진 문화가 농촌에 수혈되고 그 문화가 자연 품격의 마음을 담아 환원하여 도시에 스밀 수 있다.

국민 행복 르네상스, 자연 DNA부터 회복해야

주말레저농원을 시작하면 도시민의 주말이 달라질 것이다. 밭을 가꾸고 초원에서 뒹굴며 농가의 맑고 소박한 삶의 풍요로움을 배우게 된다. 가족과 농촌을 체험하고 농사일 돕기 자원봉사도 하며 싱싱한 야채를 자급자족할 수 있다. 나아가 야지에서 서바이벌 레저로 건강을 다지고 단란

한 가족으로 발전하게 된다. 주말 영농만이 아니라 등산과 여백을 즐기는 힐링 여행 캠프로도 활용할 수 있다. 자연을 사랑하는 순정으로 농촌을 체험하며 건강하고 평화롭게 잘 사는 기반 문화를 가족과 농가에 심는다.

가족 중에 시간 여유가 있는 사람이나 노령자는 가능한 한 현지 농원에 체류하는 방법을 택하고, 친지 간에 농원을 서로 바꿔가며 이용하는 색다른 경험도 생각할 수 있다. 중고등학생 자녀라면 그들끼리만 캠핑하며 씨 뿌리고 가꾸는 경험을 쌓아도 좋겠다.

캠프 체류 공간은 캠퍼의 목적에 따라 마련해야겠지만, 가능한 한 집을 짓지 않고 비닐하우스 한 동만 지어 캠핑하는 소박한 설계를 권고한다. 나는 주말레저농원을 47년간 운영하면서 현재까지 집을 한 번도 짓지 않았다. 비닐하우스에 의지해 캠핑하며 레저와 영농을 즐긴다. 겨울철에도 농원을 찾아 북극곰—힐링 캠핑을 한다.

외형상으로는 주말레저농원을 권장하는 프로그램이지만 본질은 사람의 인성을 순화하는 철학적인 전인 교육 프로그램이다. 전원 캠프를 통해 레저 생활에 익숙해지면 해외여행도 오토캠핑으로 신나게 즐길 수 있다. 학교 교육을 위시해 진로 결정 등 학생과 부모들의 고민거리가 본 프로젝트를 통해 많이 개선될 것이다. 세상을 바라보는 관점이 자연으로 향하면 인생을 바라보는 시선이 자연스럽게 내적인 행복을 지향하기 때문이다. 사회적으로 지탄의 대상이 되는 게임 중독, 음주 문화, 호화 결혼, 반사회적 반항 등 모든 문제가 완화될 것이다.

모든 답은 본 프로젝트의 과감한 실천에 있다. 본 프로젝트만이 21세기 국민 행복 르네상스 문화를 이뤄낼 것이다. 왜냐하면 인간은 자연을 좋아할 뿐만 아니라 자연에 회귀하려는 DNA를 갖고 있기 때문이다.

모든 답은 초원의 자연에서 우러나오는
마음의 순화에 달려 있다
공감의 역사야말로
인류의 최고 문명이자 문화다

나의 유언장

삶에서 죽음으로 가는 일

우리는 생업에 쫓겨 정신없이 도시 속에 파묻혀 살지만 지금 샘골에는 들국화, 개미취, 산 부추, 구절초 등의 야생화가 한창이다. 나는 이 꽃 저 꽃 중에서도 들국화를 제일 좋아한다. 들국화는 아무 데서나 피지 않고, 한 발짝 물러나 한적한 양지바른 곳에 자리한다. 연보라색의 화려하지 않은 쓸쓸한 자태에 마음이 쏠린다. 그 언저리에 억새풀이 나부끼는 정경은 가을을 한층 짙게 한다.

어느 해 9월 하순 4일간 샘골 농원에서 캠핑하며 비닐하우스 보온덮개와 해가리개 차양 공사를 했다. 샘골에서 고요한 시간을 보내는 동안 이제는 알려야 할 때가 되었다는 생각이 들어 나의 유언장을 공개한다.

유언은 가족에게만 은밀하게 남기는 것으로 알려져 있으나 사람은 사회와 더불어 많은 사람과 인연을 맺고 살기 때문에 공개해야 한다고 생각한다. 또한 나의 경우는 가족에게만 매몰되어 사는 게 아니라 집의 울타리를 걷어치우고 야성의 유목민을 자처하는 노마드이기 때문이다. 가족과는 오래전에 이미 쾌히 합의했고, 사람의 몸은 자기 몸이기도 하지만 생을 끝내면 자연으로 돌아간다는 '앎'은 인생을 철저히 지존至尊하는 다짐이다.

유 언 장

1. 사망 즉시 연세대 의대 해부학교실에 의학 연구용으로 시체를 기증한다.

2. 장례 의식은 일체 하지 않는다.

3. 모든 사람에게 사망 소식을 알리지 않는다.

4. 조의, 금품 등 일체를 받지 않는다.

5. 의과대학에서 해부 실습 후 의대의 관례에 따라 1년 후에 유골을 화장 처리하여 분말로 산포한다. 이때 가족이나 지인이 참석하지 않는다.

6. 무덤, 유골함, 수목장 등의 흔적을 일체 남기지 않는다.

7. 제사와 위령제 등을 하지 않는다.

8. '죽은 자 박상설'을 기리려면 가을, 들국화 언저리에 억새풀 나부끼는 산길을 걸으며 '그렇게도 산을 좋아했던 산사람 깐돌이'로 기억해주길 바란다.

9. '망자―박상설'이 생전에 치열하게 몸을 굴려 쓴 글 모음과 행적을 대표할 등산화, 배낭, 텐트, 호미, 영정 사진(아래 사진) 각 1점만을 그가 흙과 뒹굴던 샘골 농원에 보존한다.

10. 시신 기증 등록증
   등록번호: 10-344
   연세대학교 의과대학 해부학과
   전화 02-2228-1663

덕유산 정상에서 떠오르는 해를 보며.

에필로그 1

나는 산길을 걸었습니다.

길은 여러 갈래가 있었습니다.

사람 발길의 흔적이 적은 길을 택했습니다.

얼마 안 가 길의 흔적이 없어졌습니다.

이제 길 없는 숲을 헤쳐나가야 합니다.

길 없는 곳은 길을 만드는 방편이 되었습니다.

그리고 보니 모든 풍경이 달라졌습니다.

남들이 안 가는 길을 가니 심오한 자연 속에 있게 되었습니다.

나는 길 없는 길을 갈 것입니다. 남들 따라가지 않을 것입니다.

험난한 숲을 헤쳐나가는 고생이 없다면, 도착한 후의 보람은 반으로 줄어들 것입니다.

진정한 자유와 마음의 평화를 얻기 위해 내가 원하는 길을 만들어갈 것입니다.

불가능하다는 것을 알려면 직접 해봐야 압니다.

내 식대로 살다, 떠날 때도 내 식대로 떠납니다.

내 가족을 위시해 모든 사람에게 번거로움 끼치지 않고 원래의 자리인 자연으로 돌아갑니다.

에필로그 2

모든 사람에게는 미래의 노인과 죽음이 같이하고 있습니다.

사람들은 자신에게 고통스러운 늙음이나 죽음을 피하려는 속성이 있습니다. 그중 '늙음'에 대하여 유난히도 꺼려하고 '죽음'은 아예 남의 일처럼 금단시하고 있습니다. 나는 이 금기를 깨뜨렸습니다.

모든 사람이 묵시적으로 숨겨놓은 '늙음과 죽음'의 정체를 나는 나와 공유합니다.

우리는 '늙음'을 마치 수치스러운 죄인쯤으로 여깁니다.

다른 사람의 늙음은 보이지만 자신의 늙음은 보이지 않는 함정에 빠져 있습니다. 늙음이 쳐들어오는 것을 막으려고 다이어트, 에어로빅, 건강식, 찜질방을 전전하며 위로받으려고 안간힘을 다합니다.

그래봐야 모두 소용없는 일입니다.

인간은 자연이 시키는 대로 따를 수밖에 없습니다.

흰 머리카락 하나, 주름 하나를 만들기 위해 오랜 세월을 고생하며 살아왔습니다.

그게 삶과 죽음의 경계를 알리는, 저무는 기호입니다.

인간들은 말합니다. 흰머리, 주름은 자기가 만든 게 아니고 억울하게 만들어진 애물단지라고…….

이게 인간의 원초적인 착각이며 비극입니다.

강제로 만들어진 것이 아니라 자연의 길입니다.

자연은 만물을 초월하는 절대적인 존재입니다.

우리는 자연을 거역할 수 없는 미미한 존재에 불과합니다.

그러므로 '인생'을 의연하고 슬기롭게 지내야 하고

'죽음'을 묵묵히 맞아들여야 합니다.

공부 중의 공부는 바로 죽음을 받아들이는 것입니다.

자연이 시키는 대로 그 품에 안길 뿐입니다.

인생 순례 너무나 만족하고 즐거웠습니다.

인생 순례 마치고 자연으로 돌아가는

까돌이 박상설

박상설 옹이 남긴 단 한 권의 저서.
운명하는 순간까지 생각과 말과 행위의 일치를 위해
자신의 문장을 뜯어 읽고 반복해 사유하는 일을
멈추지 않았다.
개체로서 고독하되 우주의 뭇 생명들과 들풀처럼
어울리며 강줄기처럼 유연하게 흐르던 만년의 모습에서
대자연의 풍모가 넘실거린다.
당신이 일평생 바라보던 별에 편히 당도하셨기를. RIP.

박상설의 자연 수업

아흔 살 캠퍼의 장쾌한 인생 탐험

© 박상설, 2023

펴낸날	1판 1쇄 2023년 12월 1일
지은이	박상설
펴낸이	김지혜 이정구
기획·편집	김지혜
디자인	여만엽
제작	효성문화
유통	우진출판물류
펴낸곳	나무와달
등록	2009년 11월 5일(제408-2009-000006호)
주소	서울특별시 광진구 광장로1가길 13, A-201(04966)
전화	02-3436-2608
팩스	070-4142-2608
이메일	treemoonpub@gmail.com
SNS	@treemoonpub

ISBN 978-89-963716-4-9 03810